警視庁監察官Q

フォトグラフ

鈴峯紅也

朝日文庫

本書は書き下ろしです。

目次

ブルー・ボックス見取り図

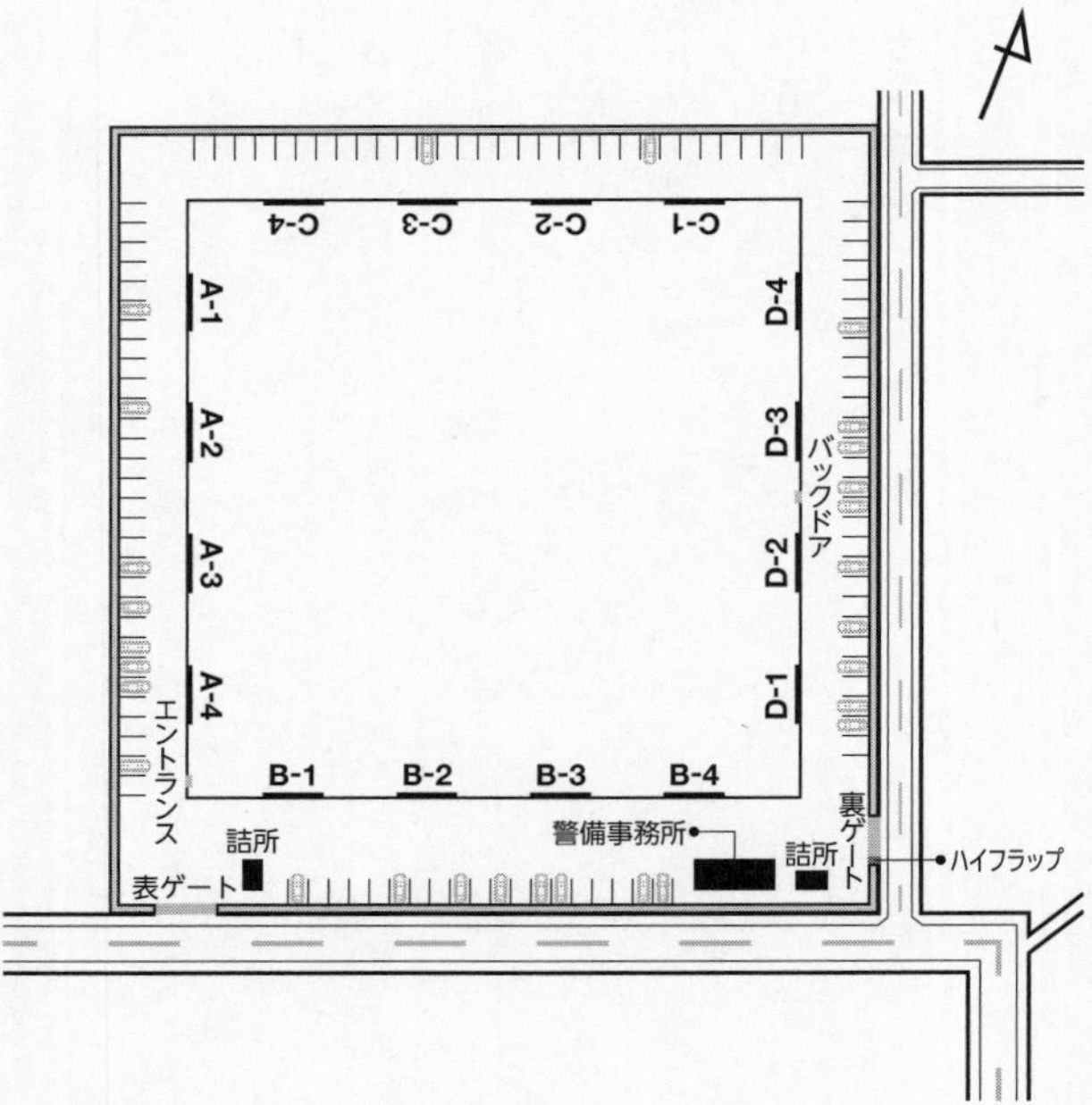

警視庁監察官Q

フォトグラフ

序

《やあ、ミィちゃん。久し振りだね。元気だったかい？

えっ。そんなに久し振りでもないって？　ははっ。つれないね。ずいぶん嫌われたものだ。一日千秋。想《おも》いは簡単にリアルタイムを超越もし、人は生来、その想いさえ途絶えてしまったリアルタイムをも、時候やらというお仕着せの挨拶であっさり埋める生き物だというのに――。

ああ。それはそうとね。この前話した、バリの信仰の山、アグンの噴火だけど。お陰様で、思ったほどのものではなかったみたいだ。噴煙は盛大に噴き上がったけれど、単なる水蒸気爆発で、マグマの流出はなかったようでね。ングラ・ライ国際空港は用心のために三日間ほど閉鎖になったというけれど、アムラプラにある僕の別荘は特に被害もなく無事だった。もっとも、噴火警戒レベルは最高位で維持されたままだし、アグンは長期噴出率の高い活火山だ。いつ大噴火が起こるかもしれないと思うと、油断は出来ないけどね。

んだって？　ひとまずは何事もなくて良かったって？　へえ、喜んでくれるの？　それにしては、どうにも感情が聞こえないのはいつものこととして、大いに心が籠っていない気もするのは気のせいかな？

――。

ま、いいとしようか。そもそも僕自身、噴火のときはその場にいなかったわけだし。だから今回は、たとえどんな大噴火があったとしても、被害は最悪でも別荘の全損程度、ということにはなるしね。絶望への心備えはささやかな幸福への絶対的条件だと、小心な僕は誰よりも知るつもりだよ。

えっ。なら僕はどこにいるのかって？　ふふっ。それは秘密、と言いたいところだけど、ミィちゃんには特別に教えてあげよう。

僕はね、今、武漢《ぶかん》にいるんだ。――何？　噴火の話と一緒に、この前聞いたって？　ふふっ。たしかにダニエルの絡みで言ったかもしれないけど、それはパーフェクトな回答には程遠いというものでね。場所は同じでも、〈今〉を言い表すには内容がまったく正しくないいんだ。

ダニエルの件はまだまだこれからの案件でね。僕が今武漢にいる目的は、新高炉の火入れのセレモニーに立ち会うためなんだ。去年、こちら武漢にある大手鉄鋼集団と合弁してね。この火入れで間違いなく、上海《シャンハイ》に本拠を置く永山鋼鉄股份有限公司は、粗鋼生産量で世界一になるよ。

　そう、ミィちゃんもよく知る、永山鋼鉄股份有限公司だ。だからもちろん、万里の波《は》濤《とう》を渡ってくれた和歌山の鉄鋼マン達も今回、上海から僕と一緒に来て、この晴れがましいセレモニーに参加している。亡くなった関口徳衛《せきぐちとくえい》さんと井辺《いべ》さんは仕方ないとして、関口貫太郎《かんたろう》さんの姿が無いのは寂しい限りだけど。

　ああ。そうそう。話のついでにはなるけど、貫太郎さんは元気かい？　湯島だってね。

　ふふっ。この質問には、少しだけでも驚いてくれたかな。

　別に僕は、貫太郎さんの消息を特に気にしたわけではないよ。職場を放棄して、しかも僕の子飼いの〈商売人〉にパスポートを〈依頼〉して、なんの挨拶もなく勝手に帰るという、好き放題をしてくれたとしてもね。——そう。正確には、少し周囲に洩《も》らしたかな。でも、そのくらい、口にした程度。えっ。本当かって？　本当さ。ミィちゃん、そこまで僕を甘く見たものではないよ。

　ミィちゃん。君にその昔、僕はサーティ・サタンと中国を繋《つな》ぐエージェントだと言ったはずだ。覚えているかい？

　ああ、ゴメン、ゴメン。忘れない頭脳だったね。

　僕はね、僕のネットワークでサーティ・サタンと中国を繋ぐ。つまりは、世界を繋ぐ男だ。

僕のネットワークは、いわば血脈のネットワークでね。華僑《かきょう》という括《くく》りの大きさには負けるけれど、プラナカンほど局地的でも希薄でもないという自負はある。

そのネットワークで、僕は磯部《いそべ》桃李《とうり》として日本と繋がり、和歌山の鉄鋼マン達とも繋がった。

そのネットワークで僕は、関口貫太郎さんが湯島の、Jボーイ所縁《ゆかり》のビルに住まいを得たということを知る。ふふっ。面白いものだ。そう思わないかい。

――。

さて、通話の距離も時間も長くしてしまった。申し訳ないね。

そんなわけで、僕はこの先しばらくは何もしない。どこへも行かない。

でも、ミィちゃん。覚えておくと良いよ。僕のネットワークは、僕の意志を乗せてどこまでも延び、僕の意思を汲《く》んで何ものをも搦《から》めとる。最近ではそう僕自身がね、このネットワークそのものに、搦めとられているのではと思わないでもないくらいだ。

どう？　怖いと思うかい？

――。

そうだね。僕のネットワークは、いや、僕自身は、時と場合によっては狂気、いや、俠気《きょうき》、いいや、凶器にもなるかもしれない。

でもミィちゃん。使いようによってはね。便利でプライスレスで、万能な利器にも変わるよ。

ミィちゃん。いや、お嬢。君は、どっちだと思うかな。

僕はね、君の望むように動きたいと、遠い武漢の平原や、遥か上海の空の下から、本当に願っているんだよ》

第一章

一

　クリスマス・イブの日曜日というのは、世間的にはいったい、どういう扱いになるのだろう。大変〈お目出度《めでた》い〉日ということになるのだろうか。

　家がどこそこ寺の檀家《だんか》だの、キリスト教徒でもあるまいしだのと、そんなことを目くじらを立てて放言する気はさらさらない。

　が、それにしても、だ。

　朝のニュースなどを見る限りには、前日の天皇誕生日が土曜日で、日曜のクリスマス・イブとで連休になったこの年は、前日二十三日の夜の方が（何かと）、大いに盛り上がったようだとキャスターが言っていた。そのせいでこの二十四日の、本来なら一番盛り上がるイブの朝から、クリスマスケーキを半額にするチェーン店もあるらしい。

おそらく、何はなくとも土曜日、ということなのだろう。

〈土曜日最強〉は悲しいかな、勤勉が売り物の日本人として誇るべきか、八百万《やおよろず》という多神教めいた実は無宗教の、なんでもありを自重すべきか——。

そんなことを、出勤の電車内で小田垣観月《おだがきみづき》はつらつらと考えた。

といって、大した答えが出るわけもない。ただ、クリスマス・イブの日曜日に出勤しなければならない身の上に対する恨み辛《つら》みを、平坦《へいたん》な思考の盆の上で転がしただけという結果に結実し、以上を以《もっ》て目的の駅に到着する。

そんな十二月二十四日の冬の朝、東京メトロ葛西《かさい》の駅前は人さえまばらだった。

「うわ。なんちゅう寒さよ」

ロータリーに出た観月は思わず、手足のやけに長い一六七センチの身体《からだ》を震わせた。

「陽《ひ》も差さないし」

ぼやきが白い呼気となって、重く垂れ込めるような曇天《どんてん》に真《ま》っ直《す》ぐに立ち上る。

この日はなんとも底冷えのする、しかも無風の朝だった。

ソリッドカラーのスリム・タイを締めた黒のパンツスーツは、観月の通常出勤の変わらないスタイルだ。ユニフォームと言っていいかもしれない。

その上に機能性重視の青いダウンジャケットを着込むのが観月の冬仕様だが、それでも寒いものは寒い。

「ううっ」

　強引に着膨れの腕を通したココアカラーのトートバッグを揺すり上げ、観月は両腕を擦《さす》りながらバス停に急いだ。

　葛西の駅前ロータリーから都バスに乗って、目的地のブルー・ボックスまでは道延べで一・八キロメートル強はある。警察官たる者の鍛えから言えば徒歩圏内ではあるが、実際に歩けば夏は汗だくになるし、冬は足裏から冷えが上ってくる絶妙な距離だ。

　到着後すぐに業務に入るには、観月にとってはやはり公共交通機関に頼るに如《し》くはない。

――うわっ。三十超えるとやっぱり、そうなっちゃうんすかねぇ。あと一年か。やだな。気を付けよ。

　ずけずけと、あるいはぬけぬけと、そんなことを言った部下の馬場猛《ばばたけし》巡査部長には、罰としてその日の〈お三時〉のあんこ玉十個を取り上げて支給しなかった。

　なぜか馬場はほっとした顔をしているようにも見えたが、些細《ささい》なことは気にしない。

　自他の別なく、観月には感情の機微がよくわからない。昔は歯がゆいばかりだったが、〈大人〉になった現在では、それも使いようによっては武器になることを学んでいた。

　年配の警察庁キャリアがよく使う、狸《たぬき》寝入りや死んだ振りよりはるかに強力な武器だ。

　ロータリーのバス停には、すでに都バスが停車中だった。乗り込んだ瞬間からもう、中はずいぶんと暖かかった。

　席に座って車窓を眺めれば、環七沿いの歩道に、走る馬場の姿が見えた。ワンショルダーのメッセンジャーバッグを背負ったジョギングスタイルで、白い息を吐きながら走っていた。

　軍手をはめた手をよく振り、地面を力強く蹴っている。姿勢のいい走り方だった。慣れた走り方だ。良く続いているというべきか。

（ふうん）

　見ているだけで寒いが、感心なことだ。あとで〈ご褒美〉として、取り上げたあんこ玉を十個、いや十五個あげよう。

「そうだ。おっちゃんにもあげようかな」

　車窓に頬杖《ほおづえ》を突き、観月はそんなことを呟《つぶや》いた。

　若宮八幡《わかみやはちまん》の境内に集まっていた鉄鋼マン達は、そういえば甘い物が好きだったことを思い出す。死んだ関口の爺《じい》ちゃんはあんパンオンリーだったと思うが、関口のおっちゃんは甘い物全般が好きだったはずだ。

　その関口のおっちゃん、関口貫太郎が中国は上海から不意に帰国してから、すでに一か月半が過ぎていた。最初はさすがにバタついたが、今では湯島に落ち着いている。

　これは、J分室の小日向《こひなた》純也《じゅんや》に牧瀬《まきせ》を貸し出したバーターの結果だった。と言って、こちらから何を希望したわけではない。持ち掛けられた提案にただで乗っかった格好だ。貫太郎は上海で〈商売人〉に準備させた〈日本国のパスポート〉で、神戸港から帰国し、〈日本国の自動車運転免許証〉でレンタカーを借り、和歌山市内新堀にある井辺新《しん》太《た》の墓所にやってきた。車のナビは、レンタカー会社の従業員にセットしてもらったらしい。

手持ちの金は、向こうで用意したという円を九十万円ほどだけだった。クレジットカードの類はそもそも、日本で〈生きて〉いた頃から持たなかったという。

——桃李の子飼いに払ったらよ。それしか残らなかった。いっそ気持ちが良いってもんだ。

貫太郎はそう言ってカラカラと笑った。

九十万円は一見するとそれなりの大金だが、観月が考えるに、貫太郎のこの先を思えば心許《こころもと》ない金額でしかなかった。

〈偽造〉での帰国は、たとえ本当に本人であっても〈密入国〉だ。

今の貫太郎は、存在そのものがゴーストなのだ。この先、何を言ってもその言葉のすべては、公には〈詐称〉でしかなく、何をしようとそのすべての扱いは、公には〈詐欺〉に近い。

大阪駅近くの系列のレンタカー会社に車を返し、観月は貫太郎を東京に連れて帰った。

ゴーストをそのまま和歌山に置くわけにはいかなかった。

東京では初め、観月の官舎近くのビジネスホテルに部屋を取った。

それから、さてどうしたものかと、貫太郎のこの先を考えていたときだった。

――東京に連れ帰ったお客さんは、元気かな？　なんで知ってるって？　ああ。そりゃ、僕だもの。僕の目は津々浦々、それこそ、和歌浦《わかのうら》が見えるところにもあるんだよ。

などと、掛かってきたのが純也からの電話だった。

――和歌山から東京に連れ帰ったお客さんのことだ。住むところ、困ってないかい？　ホテル住まいも楽じゃないだろ。どっちの預貯金かは知らないけど、大変だろうね。そこでだ。湯島の二階を、そのお客さんのために気持ちよく、無償で提供しようじゃないか。どうだい。

どうにも上からの物言いは大いに癪《しゃく》に障《さわ》ったが、背に腹は代えられないというか、足元を見られたというか――。

なんといっても公務員の薄給に、貫太郎のホテル代は痛手だった。それで乗っかった。

そうして関口貫太郎は、十一月十五日から台東区湯島の住人になった。

本人自体の存在は怪しいままだが、住まいは日盛《にっせい》貿易創始者の芦名《あしな》春子《はるこ》所有のビルで、公安J分室の小日向純也の口利きという関係は、思いたくはないが大いに心強かった。

と、そんなことを考えているうちにも、運行中の都バスの車内には停留所を知らせるアナウンスが聞こえた。

いつも通り、観月の乗車時間はだいたい十分だった。

南葛西三丁目の停留所で降りると、左近通りに沿って柔々《やわやわ》とした風が抜けていた。

どんなに柔々でも、冬の風は身を刺してくる。

「ぐっ。なんだってこんなに寒いのよ」

身体を丸め、観月は足を速めた。バスを降りると、職場であるブルー・ボックスまでは百メートルほどだ。大通りから生活道路然とした都道に入ると、取り敢《あ》えず風だけは避けられた。

そのまま突き当りまで八十メートルほど歩き、左に折れれば職場はいきなり出現する。

ブルー・ボックスは各フロア面積こそ二ヘクタール超と厖大《ぼうだい》だが、高層ではない。高々の三階建てだ。なので、遠距離からのランドマークにはならない。直近にならないとわからない。近くなって初めて、〈だだっ広い〉敷地の〈デカい建物〉として、本当にいきなり現れる。

それがブルー・ボックスに対して、おそらく誰もが持つ第一印象だろう。

「――へえ」

生活道路に曲がってすぐ、観月は進行方向の突き当りに目を凝らして感嘆した。

鉤《かぎ》の手に左に曲がる都道は、突き当りの右方で路地のような区道と繋がっている。

その区道から今まさに、先程バスで追い抜いた馬場が走り出てきた。

ただし、観月の口から洩れた感嘆は、馬場が走ったまま出てきたからではない。馬場が一念発起して走り始めたのは、長引く残暑の頃だった。その頃はほとんど、出会い頭にぶつかりそうなほど近付いたとき、ようやく区道から飛び出してきた。それが今では、約七十五メートルの余裕をもって姿を現すほどになった。

馬場にとって上司の牧瀬は、駅からブルー・ボックスまでを楽なジョギングで、約十五分で走破するらしい。

馬場も牧瀬にだいぶ近づいたということか。たゆまぬ努力が実を結んだ結果だ。

思わず漏れた観月の声は、そんな部下の努力にたいする上司としての賛嘆だったろう。わずかに波打つような胸内の感覚は、喜怒哀楽の感情のうち、特にバイアスの掛かった喜の顕現《けんげん》か。

自分でも良くはわからないが、少なくとも、罷《まか》り間違っても、ただ〈寒い〉だけの震えではないと思いたい。

道を鉤の手に曲がると、いきなり強い風が真正面から挑み掛かってきた。次第に強くなってもゆくようだ。

「もう。だからさ。寒いって」

風に押されるように上体を起こし、観月はますます重い色を増してゆく曇天を睨《にら》んだ。

わなかった。

部下の心構え、鍛錬には感心するが、自身も真似《まね》しようなどとは、観月は露ほども思わなかった。

とにかく、寒かった。

二

ブルー・ボックスの二階に、観月はおそらく馬場から遅れること十五分余りで到着した。

ジョグと徒歩の差もあるが、馬場は裏ゲートから場内に入り、建屋のDシャッタ面に設けたバックドアから入るのが常だった。そこから一階場内を真向いのA面方向に進み、中二階の旧総合管理室へ階段で上がり、カード・キーを使って二階へと向かう。

観月の場合は裏ゲートまでは一緒だが、その後は馬場と違ってBシャッタ側の外周路を通って表ゲート方面へ向かい、Aシャッタ面にあるエントランスから場内に入る。これが常だった。

二階に上がると、どこまでも続くキャビネットの列、また列が観月を出迎えた。少し照度を落としたLED照明は以前は暗い感じだったが、今はさほど感じない。

地震に因るキャビネット倒壊から、先月中にはブルー・ボックスは完全に再生を果たした。脆弱《ぜいじやく》さを排除し強度を増した新しいキャビネットは、列の数こそ減ったが、厚みと上積みを以て収蔵能力はほぼ変わらず、利便性は以前より格段にアップした。

照明に関してはキャビネットを高く積んだ分、照度に懸念もあったが、通路が広くなった分で相殺《そうさい》というか、印象としてはかえって明るくなったと、関係各所の評判は悪くない。

新生ブルー・ボックスは地震による倒壊というアクシデントを経て、警視庁が誇る超巨大集中保管庫として、その完成は間近いようだった。

「お早う」

観月は二階Aシャッタ面の角に位置する、現総合管理室のドアを開けた。

部屋を印象付けるのはまず、真正面に設えられたデュアルディスプレイ・クアッドモニタだと訪れた誰もが言う。

その両サイドから緩やかなカーブを描く白い長デスクが流れ出るようにして壁際の内周をほぼ埋め尽くし、部屋のど真ん中に一枚木の円卓が鎮座し、右手の奥側にささやかな応接セットが配され、ファミリータイプの大型冷蔵庫が設置されている。

これがブルー・ボックスの心臓部とも言える〈警視庁警務部　監察官室分室〉、通称、総合管理室の全貌だ。

「あ、お早うございます」

入室した観月にまず声を掛けてきたのは、円卓手前側のキャスタチェアから振り返った、主任の時田健吾《ときたけんご》だった。

時田は四十五歳でここでは最年長だが、三十一歳の牧瀬と大差ないほどに若く見える男だ。日々の節制の賜物《たまもの》だと、聞けば本人は得意げに言う。

「お早うございまぁす」

次いで応えたのは、時田の近くで首筋の汗を拭っていた馬場だった。

夏場なら到着して即、そのままシャワー室に直行は間違いないが、冬場はそこまでの汗は掻《か》かないようだ。

駅から走って軽く汗を拭き、そのままスーツに着替えて業務に就くというのが、近頃の馬場の常だった。

いずれにしろ、まずは四季をひと巡りしなければ、折々の働き方や過ごし方はなかなか把握出来ないだろう。

観月と牧瀬班が二十四時間態勢のブルー・ボックス専従となってからまだ、三か月余りしか経《た》っていなかった。

ちなみに、この専従というワードは、平時に於《お》ける全員の出勤場所がブルー・ボックスで、証拠品・押収品の保管保全が最優先業務になるということの意味合いであって、監察室員としての資格職務を放棄するということを意味するわけではない。

ときに本庁十一階の監察官室に顔を出すことも、そちらで仕事をすることもある。そのためにデスクも椅子も、全員分が監察官室には確保されている。

「馬場君。風邪、引かないようにね」

観月は腕からトートバッグを引っこ抜き、応接セットのテーブルに置いた。その奥にある両肘掛けのキャスタチェアと〈甘味専用大型冷蔵庫〉一帯が観月の定位置であり、この部屋におけるクイーンのテリトリーだった。

「了解っす。けど、管理官。あれっすね。今朝は本当に寒かったですね。この分だと、今夜はホワイト・クリスマスになったりして」

「かもね。でも、ホワイト・クリスマスでもただのクリスマス・イブでも、ブラックな職場の休日出勤には何の影響もないわ。ただ寒いだけ。だからお願いだけど、風邪は引かないでね。っていうか、うつさないでね」

「ふゎい」

馬場の返事はタオルの向こうで、やけにくぐもって聞こえた。

観月はダウンジャケットを脱いで、ハンガーに掛けた。

「おはようございます。そんなに寒かったですか」

最後に部屋の一番奥、クアッドモニタの前で、ブルー・ボックスを少数で取り仕切る要の、牧瀬広大《こうだい》警部が顔を上げた。私大出の三十一歳で警部はキャリア以外では同期の出世頭といってもいいだろう。柔道では七十三キロ級の国際強化選手でもあったという。

短髪で細面はシャープで、一八〇を超える身体は筋肉質で、いわゆる猛者《もさ》だ。

ただし、どれほど筋肉があろうとデカかろうと、このブルー・ボックスにおいては、クイーンの執事とも従者とも言うべき立場に甘んじる。

今日も夜勤明けで、現在時田らに引き継ぎの最中なのだろうが、そのまま待機寮に引き上げるかと思いきや、シャワー室とランドリー室を行き来し、そのまま仮眠室に入るに違いない。

そうして牧瀬は、この日も夜勤が決まっている。

これは観月が考え牧瀬に打診した結果だが、〈どうせ〉休みを与えたところで〈休まず鍛える〉に決まっている牧瀬に、快く貧乏くじを引いてもらった。

馬場はまだ世間的なイベントを気にする年頃のようで、前もってこの日、いや、この夜だけはどうしても自由を下さいと懇願されている。

多分、合コン、あるいは婚活パーティ的な何やらの集まりがあるのかも知れない。

時田は時田で、イブの夜にシャンメリーと鶏《とり》モモの照り焼きを楽しみにする息子が、この日曜日も中学で部活動に励んでいる。そう聞いていた。

牧瀬班には他に、森島和人《もりしまかずと》という四十一歳になる警部補がいるが、シフトとして森島はこの日は全休扱いだ。

森島にはサンタクロースを信じ、ショートケーキを愛する幼い娘が二人いる。

そうしてまさに、この日はクリスマス・イブだった。牧瀬班が二十四時間態勢のブルー・ボックス専従となって、初めて迎える大きな年中行事の日だ。

クリスマス・イブというのは、時田にしろ森島にしろ、父親が〈煙たがられ〉ることなく暗躍し、家族との思い出作りにいそしむことが出来る、年に何度もない日だと観月は認識している。

そういう日に部下の私生活を最大限に守ろうとすると、少数精鋭・二十四時間態勢の場合、誰かに必ずしわ寄せがいく。

それが貧乏くじであありジョーカーであり、ブルー・ボックスではクイーンの名の下にたいがい、牧瀬が指名される。

指名されても牧瀬は、眉一つ動かさない。

だから得難く優秀な執事とも、何かと重宝な従者とも言うべき立ち位置となり、それを以て牧瀬は、ブルー・ボックスに勤務する誰からも絶大な信任を得る。

そういう立ち位置なので、イベント続きの年末年始は、おそらく牧瀬に頼るところが大きくなると観月は茫漠《ぼうばく》と考え、部下も全員が薄々とはわかっているだろう。

茫漠でも薄々でも、統一見解というものは覆ることはない。

「なあ、馬場。ホワイト・クリスマスって、マジか？」

そんな一同の〈思い〉をよそに、牧瀬は椅子の背凭《せもた》れを軋《きし》ませて大きな身体を捻《ひね》った。

「ええ。降雪予想も、降るなら一センチは積もるってなってましたけど」

「そうか」

牧瀬は天井を見上げ、何やら考えたようだった。

考えて考えて、やがて欠伸《あくび》が出た。

「ま、考えても仕方ねえか」

そんなことを呟きながら立ち上がる。

こういうところも、牧瀬にはある。

「管理官。休みます」

「ご苦労様。出勤っていうのもなんだけど、出てくるのは夕食の後からでいいわよ」

「はあ。それって何時くらいの設定ですか」

「そうね。午後の七時とか、八時とか」

「えっ。いいんですか」

――。

牧瀬が訝《いぶか》しんだ。

考えたが、わからない。

「いいって、何が？」

「何がって。クリスマス・イブですけど」

「ああ。大丈夫よ。心配しないで。サンタクロースはもう信じてないしシャンメリーじゃなくてシャンパンを呑《の》むけど、クリスマスケーキはちゃんと用意しているから。七号サイズのイチゴショートのホールケーキと、同サイズのブッシュ・ド・ノエル・オ・グリーンティが一本」

うわっ、と声を上げたのは馬場だ。

「管理官。たしかケーキって六号までがファミリーサイズで、その上ってパーティサイズじゃ」

馬場の説明に、なぜか牧瀬は露骨に顔を顰《しか》めた。

「美味《おい》しいらしいわよ。〈銀座ワン〉一階の〈ぎをん屋〉で、一昨日《おととい》から今日までの限定商品だって」

「〈銀座ワン〉って。ああ。魔女の、――宝生《ほうしょう》さんとこのグループのっすか。京風スイーツの」

牧瀬は腕を組み、大きく頷《うなず》いた。

「そうよ。なんたって遣《や》り手がオーナーだから」

〈ぎをん屋〉のオーナーは、観月とは東大の同窓生にして今も親交のある、宝生聡子《さとこ》の兄、裕樹《ひろき》だ。本人も東大卒で直接の先輩に当たり、観月はそんな繋がりもあって、学生ト時代から〈何かと〉世話もし、世話にもなっていた。

ちなみに〈銀座ワン〉は、裕樹と聡子の父、宝生信一郎《しんいちろう》が社長を務める宝生エステートの持ち物だ。

「〈ぎをん屋〉がクリスマスケーキって、今年が初めてなんだけど、好評なら来年もやるって。今、店内の飲食スペースを増床中で、年明けからさ、和洋取り混ぜた甘味バイキングも始めるんだって。これってもう、楽しみしかないわよね」

「まあ、真顔で楽しみって言われても。そもそも管理官の楽しみは、お店にとって良いやら悪いやら」

「えっ」

「あ、いえ。——そうそう。管理官。話を戻しますけど、七時とか、八時でいいって」

「うわ。そこまで戻すの？　だって、だから言ったじゃない。〈ぎをん屋〉だからよ。銀座の」

「はあ」

「だから心配しないでいいって言ってるの。場所柄十時まで開いてるから。なんなら、八時を過ぎても全然ＯＫ」

ううん、と唸《うな》りながら、牧瀬は頭を掻いた。

「どうにもよくわからないっていうか、会話が嚙《か》み合ってない気はしますが。管理官がいいってんならまあ、いいってことで」

もう一度、休みます、と言って牧瀬は出て行った。

なんだろう。

とても消化不良な感じはあったが――。

気が付けば、馬場も時田も観月を見ていた。

「私、変なこと言ったかしら」

返答はなく、ただ時田は肩を竦《すく》め、馬場は目を泳がせた。

まったく、牧瀬といい残った二人といい、よくわからない。

「ああ。そうだ」

手を叩《たた》く。

ふと思いつくことがあった。

「主任、馬場君。あなた達も欲しいなら、口を利いてあげるわよ。〈ぎをん屋〉には伝《つ》手《て》があるから」

――要りません。

なぜか声が重なって返った。

こういうとき、なぜか部下達の声はよく揃《そろ》う。

三

「さぁて、と」

この日は午後になって、観月は二階にある一室から庫内に出た。一応、女子更衣室として使っている部屋だった。現状では観月専用の部屋、と言うことも出来る。

時刻はもうすぐ、三時になろうとする頃だった。

淡いピンクのトレーニングウェア、同色にそろえたジョギングシューズに、黒く細いヘッドセット。

これはもう恒例となった、観月がブルー・ボックス場内を回るときのスタイルだ。

「感度はどう？ ＯＫ？」

観月はヘッドセットのマイクに話し掛けた。

「良好でぇす」

返るのは、すこぶるクリアな馬場の声だ。

更衣室から観月が向かったのは№２－Ａ－01の棚の前、つまり、二階の角だった。

新生ブルー・ボックスは棚の数は減ったが、始まりのナンバーが変わるわけではない。

Ａシャッタ面に沿ってＡからＹＯ、〈ア～ヨ〉までの三十八行も以前と同じだ。

ただ、Cシャッタ面に動いたときの列の数だけは大幅に減った。01から始まり背中合わせに表裏の列で、最後が87と88の一対になる。それまでの半分以下だ。

二階も三階も、以前とは別物と言っていいほど様変わりした。けれど、スタート地点は変わらない。

A－01から。

これが〈女王の巡察〉の、不変のルールだった。

ただ、列が少なくなったことで自動的に列間は広くなり、以前より走り易《やす》くなったのは間違いない。距離も確実に短くなった。

巡察はこれまで、超記憶に依《よ》る収蔵品の確認と長距離走という両面を以てほぼ週に一回、二階か三階のどちらかのフロアで挙行されてきた。

入庫率は、十一月末で一階が五十六パーセント、主に証拠物件の二階が六十一パーセント、押収物の三階が五十八パーセントに達した。

七月前後は月に一パーセントから二パーセントの伸びがあったが、下半期で言えばかなり鈍った。けれどそれは、各所からの証拠品や押収品の収蔵要請が減ったということではない。地震のアクシデントで入庫を停止していたこともあり、入庫に関しては現在、溜《た》まった要請を〈無理なく・事故なく〉捌《さば》いている状態だった。現在でもひと月に重量物で〇・五トン内外、アイテム数で数百セットが、ブルー・ボックスでは純増していた。

だから当然、チェックは必要だ。観月は超記憶を以て、ほぼ一週間に一度、庫内の映像記憶をリニューアルする。

この〈特殊な業務〉こそ、観月が女王としてブルー・ボックスに君臨する所以《ゆえん》ではあるが、とはいえ——。

あまり大きな声では言えないが、どうしようもなく業務的なこの記憶力の酷使と、どうせならの私的な持久力の増進のバランスを以て、観月にとって〈女王の巡察〉は公私混同、一石二鳥なイベントだった。

そのバランスの重要因子である距離が、新生ブルー・ボックスでは半分になったのだ。さて——。

三階と二階を同日に行い、これまでに近い距離を確保するか。それともスピードを上げて、主に遅筋ではなく速筋を鍛えるか。

おそらくこれからは常にどちらにするか、巡察日には悩むところだろう。

ただし、今回に限っては走る直前にも馬場から、この夜だけは、と哀願の念押しをされていた。

そんなわけでこの日は、一も二もなく、スピードを上げることになった。

今夜だけは、と願う馬場の言葉の奥に、なんでこんな日に、というニュアンスが見え隠れする。

別にいつ巡察で走るかは観月の胸三寸というか、気分次第だ。体調次第でもある。

この日の午後に走るという観月の決定の奥にも、馬場とは対照的だが、そんな日だからこそ、というニュアンスはたしかにあった。

クリスマス・イブは、クリスマスケーキを食べる日だ。

クリスマス・イブは昔から、ホールケーキを大いに食べるのだ。

だからといって観月の場合、昔から太らない体質のようで、特に摂取カロリーを気にしたわけではない。昔から人より少し健啖《けんたん》でもあるようで、胃を空にしなければなどと目論《もくろ》んだわけでもない。

午後から走る理由は、ただ一つ。

すべては、〈より美味《うま》しく〉食べるためだ。

労働の後のビールは旨いと、企業戦士と呼ばれた頃の大人は口にしたようだが、観月ならばこう言う。

労働の前でも後でもビールはビールで取り敢えず旨いが、一緒に楽しむ甘味こそ労働の後は馬鹿ウマだ。特に観月の場合、この〈労働〉とは超記憶の発動のことだ。

超記憶は脳のエネルギーを大量に消費する。そんなとき、脳の回復には大量の糖エネルギー、観月の場合には甘味が絶対的に必要になる。

「じゃあ馬場君。スタートするわよ」

インカムに声を掛け、走り出す。

足取りは快調だ。外の寒さはどこへやら。どんなに広くとも、ブルー・ボックスの空調は完璧だ。

走り出すと、まず目に入ってくるのは〈捜四〉と書かれた段ボール箱の数々だった。

十把一絡《じっぱひとから》げにして、刑事部長だった当時の津山清忠《つやまきよただ》が置いていった物だ。

自死した冬木哲哉《ふゆきてつや》元刑事部捜四課長のオーバーコートを見つけたのも、同じ捜四の段ボール箱の中だった。

津山に都合の悪い物、秘すべき捜四の様々、わけもわからず仕舞い込んだ捜査員達の公私取り交ぜた数々。

すべてが津山の指示による置き土産、いや、ある意味、爆弾。

だから新生ブルー・ボックスでは、総合管理室に一番近い面の棚に収蔵した。そうして少しずつ、管理・データ化のために開けている。

書けない万年筆とインクカートリッジ、泥塗《どろまみ》れの手袋や靴、写真立て、おそらく青かったバンダナ、ボロボロの六法全書、etc.

内容のチェックは進んでいるが、アイテム数が多く、まだまだ先は見えない。

幸運、と言っていいかどうか、現状では特に大した物品に突き当たってはいない。もちろん、危険物などは皆無だ。

ただ、この段ボール箱の中身はある意味、人の心、情念、思惑のクロスワードパズルのようなものだ。

万年筆のインクカートリッジに封入された白い粉、写真立ての中でセピアに笑う男達、バンダナの色を変えるほどの黒い染み、六法全書のページで折られた鶴、etc.

取るに足りない、他愛もない物かもしれない。

だが、段ボール箱には冬木元捜四課長の例がある。

どうして置き去られたのかを様々な角度から考察、分析しなければならない。

そうして場合によってはその心、情念、思惑を汲み取り、昇華させなければならない。

あるいは浄化か。

それも、ブルー・ボックスに君臨する女王の使命であり、延《ひ》いては監察官、広くは人事一課の務めだろう。

この日の巡察は、馬場の心も拾って約七キロメートルを、観月は五十分ほどで走破した。マラソンのタイムから行けば同年代の平均にも満たないが、走りは二次的なもので、メインは記憶だ。

この日、問題のありそうな箇所は三十か所程度だった。二階は収蔵品より、証拠品の数が多い。その分、確認や持ち出し要請で訪れる捜査員が多い。そのとき雑に動かした物品は、観月の超記憶に検知され認知される。

〈女王の巡察〉の後は、場内ワンフロアに一台ずつ導入したクロスバイクで、時田が馬場と連絡を取り合ってその三十数か所を収蔵データと照合するだろう。単なる物品の〈微動〉だけなら作業はそれで終わりだ。

「ふう」

身体的なクールダウンの後、観月はシャワー室で熱いシャワーを浴び、出勤時のスタイルに着替えた。

それから総合管理室に戻り、昨日システムメンテナンスでエンジニアを連れて顔を出した、アップタウン警備保障の早川真紀《はやかわまき》に貰《もら》った〈黒豆さらさら〉を〈少し〉食べる。

こちらは脳のクールダウンだ。

「うぅん。やっぱり美味しいわ」

〈黒豆さらさら〉は、広尾の名店・果匠 正庵《しょうあん》の逸品だ。ちなみに同店の〈あんず大福〉も貰ったが、それは昨日のうちに全部食べた。餅は鮮度が命だ。置けば置くほど固くなる。

〈少し〉ではあるが、〈黒豆さらさら〉を堪能しているうちには日勤業務の終了時間になった。

その前に夜勤の牧瀬は、午後になって一度どこかへ出掛けたが、四時前には戻ったようだ。その後、三十分ほど前に普通の顔をして〈出勤〉してきた。

律儀なことだが、前もっていいと言っておいたという意味では、かえって律義に過ぎる。

「あら、いいのに。係長。夕飯は」

「あ、気にしないでください。後で仕出し弁当を頼みますから」

「言ったでしょ。私がまだいるから。温かい物、食べてきなさい。これは命令よ」

「はあ。それじゃ、お言葉に甘えて」

ことブルー・ボックスに限っては、勤務を規定するのは都の条例ではなく、観月だ。

ということで牧瀬が、最近見つけたらしい外の定食屋へ出掛けてほどなく、

「じゃ。私もそろそろ」

と時田が席を立ち、馬場が後を追うように帰り支度を始めた。

一人になると、総合管理室は静かなものだ。

冷蔵庫の音しかしない。

観月もようやく、ほっと一息つく。

もう五個くらい、〈黒豆さらさら〉を食べようか——。

などと考えていると、スマホが振動した。

馬場からだった。

出ると、やけに陽気な声がした。

「えっ」

——管理官。雪です。やっぱりホワイト・クリスマスになりそうですよ。

馬場は喜んでいるが、観月としてはちょっと困った感じだ。

ホールケーキ二個を抱え、銀座からおそらくラッシュになる電車でどうやって笹塚《ささづか》まで帰ろうか。タクシーも考えなければならないが、東京の雪の日は結構、タクシーを拾うだけで至難の業になる。

と、そんな思案の場面に外から牧瀬が帰ってきた。

上着の肩が少し濡《ぬ》れているようだった。

「管理官。雪ですよ。ホワイト・クリスマスですね」

「そうらしいわね」

観月は頬杖で答えた。

「定食屋さんでは、何食べたの？」

「肉野菜炒め定食に単品のサバ味噌《みそ》です」

「そう。ホワイト・クリスマスらしいわね」

「あ、そういうもんですか？」

「冗談に決まってるでしょ。わからないかしら」

「はあ。管理官の場合、わからないことが多いですけど」

「何それ」

「感覚、磨きます。──それはそうと、雪なんで、なんでしたら車、使いますか？」

「えっ。車って、あのサイケで小さな、あれのこと？」

「ええ。管理官が前に、燃料タンクを赤ランプギリギリで返してきたあれですけど。それが何か？」

「いえ。──いい車よね」

「有難うございます」

「それで来たの？　今日」

　ええ、と牧瀬は頷いた。

「年末年始の夜勤とか、それだけじゃなくて長い目で見て、着替えとかそれなりに持ってきとこうと思いましてね。結構かさばったんで、昨日の出勤は車で来たんです」

「そう」

　まだ公言してはいないが、さすがに係長だ。よくわかって先回りしてくれる。

「でも車って。雪だし」

　だからですよ、と牧瀬は言った。

「銀座からホールケーキ二個って、それだけで考え無しだなあと思ったんすけど、加えて雪ですから。電車の混み具合もタクシー乗り場の様子も、降ったら凄《すご》いことになるって簡単に想像出来ます。なので、遠慮なくどうぞ」

「ええっと」

言葉に少し棘《とげ》はあるような気はするが、言ってくれていることは分からないでもない。

ただ――。

「あのさ。でも繰り返すようで悪いけど、雪よね」

「あ、ご心配なく。午後に出たとき、まだ用意してなかったんで、最寄りのタイヤセンターでスタッドレス買って、その場で履き替えてますから」

「へえ。――やるわね」

「有難うございます。ただし、ですね」

「何よ」

せめて使った分のガソリンだけはよろしくお願いします、と言って、執事であり従者は、頭を下げながら手を合わせた。

四

何事もなくクリスマス・イブは過ぎ、クリスマス当日となった。

イブとは打って変わってこのクリスマス当日は、こと日本に限っては燃え尽き度が高い。特にこの年は月曜日とも重なって、終わった感はマックスだ。

しかも、前夜は路上を白く染めるほどに雪が降った。いやでもホワイト・クリスマスのムードが盛り上がったらしい。

その反動は、道路の隅で茶色く固まった雪の残骸を見れば如実だ。

祭りの後。

兵《つわもの》どもが夢の跡。

そんな日に、〈警察庁キャリア女子の会〉、妖怪の茶会は催された。出席は赤坂署長の加賀美《かがみ》晴子《はるこ》、本庁生安部生安総務課長の増山秀美《ますやまひでみ》、愛知県警本部に出向中の山本玲愛《やまもとれあ》警備総務課長に観月を加えた、会員全員だった。

この年の開催場所は、湯島の池之端《いけのはた》にある来福楼《らいふくろう》が選ばれた。

加賀美とは一度、前もって下見に訪れていた。観月が紹介する形になったが、観月自身、J分室の小日向純也に教えてもらった店だ。

この来福楼は湯島という場所柄、近くに仮住まいする組対特捜の東堂絆《とうどうきずな》やゴルダ・アルテルマン、防衛大臣政策参与の矢崎啓介《やざきけいすけ》に、鉄鋼マンの関口貫太郎も訪れるようだ。

不思議なメンバーが一堂に会する店だが、偶然ではない。全員が同じ湯島坂上の、芦名春子所有のビルに住んでいる。

ときにはJ分室の面々や、チャイニーズ・マフィアの異端児、魏老五《ぎろうご》のグループまで顔を出すらしい。

考えようによっては、〈物凄い〉店だ。妖怪の茶会にある意味、相応《ふさわ》しいといえた。

この妖怪の茶会は、基本的には不定期開催だ。普段は名古屋から出てくる山本玲愛のスケジュールに合わせて開かれる。

ただし、十二月ばかりは忘年会と銘打って例年、この二十五日に設定された。玲愛だけでなく、誰とスケジュールが合わなかろうと決行が決まりだった。

なぜなら、クリスマス・イブより断然予約も楽でセット料金もリーズナブルで、それでいてクリスマス気分もかろうじて味わえる貴重な日だからだ。

とある呪文を唱えさえすれば、日常の変わりない一日だったイブの寂しさや憂さを、なんとはない充足感、多幸感に置き換えてくれる。

これがさらに翌日、二十六日になるとそうはいかない。呪文は効かない。

呪文は巷《ちまた》に流れるジングルベルとは相性がいいけれど、琴の音にはまったくと言っていいほど合わず、搔き消される。

その呪文とは――。

――メリー・クリスマス。ヤッホーッ。

クリスマス・イブは嫌い。クリスマス当日は大好き、と加賀美は叫ぶような奇声を上げた。

一応、この十二月二十五日の茶会だけは忘年会と称してはいたが、要は〈置き換え〉のクリスマスを楽しもうとする妖怪達の宴《うたげ》だ。

なんたってさ、欲しい物がなんでも安くなってるから、と加賀美は奇声に続けてはしゃいだ。

デパ地下のケーキも鶏モモの照り焼きも、上階の宝飾品売り場や鞄《かばん》売り場、下着売り場のプレゼント用抱き合わせ商品も。

特に、最上階の特設会場などは――。

「投げ売りよ、投げ売り。もう本当に投げてるみたいに、捨て値で。つまり、投げ捨てね。拾わなくてどうするってのよ」

「はあ。よくわかりませんけど」

これは舐《な》めるようにビールを飲む観月の相槌《あいづち》だ。

「わかれよ」

加賀美は箸先で観月を指し、隣の増山に、下品です、と窘《たしな》められた。

ちなみに、妖怪の茶会は通常、必ずお洒落《しやれ》な店から始まる。

これは集まりのリーダーでもある、年長者の加賀美の譲らないモットーだ。

――最初から居酒屋じゃ、私らもすぐにオヤジ化するわよ。絶対にワイン、そっから入るの。いいわね。いくつになっても。

来福楼がそういう店に当てはまるかと言えば疑問符というかぎりぎりというか目を瞑《つむ》るというか、まあ、色々難しいところではある。

ただ、他の機会の茶会と違って、このクリスマス開催の忘年茶会だけは、クリスマス当日であることが最優先される。

要は、まず予約出来ることがなによりも大事で、必然的に顔が利く店が使われることが多い。

来福楼店主の馬達夫《またつお》は、予約の連絡を入れただけで何も言わなくとも、店最上の個室をどうぞと言ってくれた。

そんなわけで、観月や加賀美の思惑と、加賀美の懐具合を〈上級〉と見込んだ商売上手な店主の思惑が合致した来福楼は今後、何かと観月達に重宝されることだろう。

よく冷えたビールに棒棒鶏《バンバンジー》、海鮮サラダ。

下見に来たときと同じ順番で料理を頼む。

小籠包《ショウロンポウ》、海老と叉焼《チャーシユー》のオムレツが出てきたところで、呑み物を甕《かめ》出しの紹興酒に変える。

やがて、呑む酒の甕の年代が変わる頃、下見のときはJ分室からの差し入れで〈ふかひれの姿煮とナマコの醤油《しょうゆ》煮込み〉などという高級品が出てきたが、今回はない。自腹でそんな物を注文するのは本末転倒だ。なんのために忘年茶会をクリスマス当日に設定したのかわからなくなる。

料理はこの後も、クラゲ大根、季節の野菜の炒《いた》め、麩《ふ》の煮込みなど、オーソドックスにリーズナブルに進む。

特にお目出度いことも羨ましいこともない互いの近況報告を聞く。

「まるで業務報告ね」

頬杖でクラゲ大根をつまむ加賀美の言葉が、毎年のことだが的を射ている。全員がほぼ同時に頷く。

と、そんなアンニュイな妖怪達の許《もと》へ、店主の馬達夫が銀盆を抱えるようにして入ってきた。

「これ、初めましての方々にサービスね」

満面の笑みにして、あからさまに、ちょっと形の崩れたケーキだ。

「サービスって、これ、昨日のじゃないの？」

加賀美が箸の先でケーキを指し、また増山に窘められる。

「その通りね。でも、商品は新品。昨日のだからサービス。これ、当たり前のことよ」

けどね、と勿体《もったい》ぶって、達夫はその後で手を揉《も》んだ。

「こっちはプレゼント。サービスとは雲泥《うんでい》の差ね」

後ろから給仕係がワゴンを押して現れた。

運んできたのは、おそらくたらば蟹《がに》の葱塩《ねぎしお》炒めだ。観月が記憶したメニューの中では、二番目に高い。

「何？　これ」

加賀美の眉根が警戒して寄る。

「だからプレゼント。つまり、贈り物よ。贈答品」

「誰から？　まさかサンタクロースなんて」

サンタはもう昨日のうちに北に帰ったでしょ、と達夫は言った。

「ヒントはね。ソリじゃなくて、少し前まで戦車に乗ってた人ね」

それですぐに、加賀美が溜息《ためいき》をついた。

「師団長か」

観月にもそれでわかった。

加賀美が師団長と言えば、湯島坂上の住人の一人、元陸上自衛隊中部方面隊第十師団師団長の、矢崎啓介のことで間違いない。

「ご名答ぉ」

達夫が手を叩く。

「一昨日、ハルコビルの皆さんといらっしゃったね。そのとき今日の話になって、矢崎さんからお代、頂いたね」

「ハルコビルって。え、あのビル、そんな処方薬みたいな名称でしたっけ」

思わず観月が声を発した。初めて聞く情報だった。

「知らないけど、先週ね。看板屋さんが来て、外の壁にそんな文字を付けていったって聞いたね」

「なるほど」

話の間にも、給仕係が円卓の中央に湯気の立つたらば蟹を置き、小皿と黒酢を添えた。

「もう少し頂いてるから、あとでデザートだすね」

と、崩れそうな笑顔で達夫が給仕係と共に出ていった。

「ただほど高い物はないっていうから、ね」

加賀美がスマホを取り出した。

「安くするためにお礼だけはしとこうかしら」

「あれっすか。加賀美署長は、政策参与とは今でも交流があるとか」

たらば蟹に菜箸を伸ばしつつ観月が聞いた。

残る二人は矢崎と面識がない以上、聞くなら観月しかいない。

「うん。まあ、ちょこちょこ電話連絡くらいは。お互いに忙しいからね」

加賀美が少し乙女の表情を見せる。酔ったものか。

「へえ」

観月は普通に答えたつもりだが、何かを察したものか、すぐに加賀美の目が光る。鷹《たか》の目、いや、署長の目か。

この変わり身は少し怖い。この辺りが、虫がちっとも寄り付かない所以かもしれない。

「観月。あんた、なんか知ってるんかい?」

「そうですねぇ。少しなら」

「何をどこまで」

「立ち話程度っす」

この来福楼の入口で矢崎から〈立ち話〉程度に聞いた、加賀美のウエディングドレスの話はまだ早いか。

切り札、ジョーカーは来る何かの駆け引きの材料として最後まで懐で温めておくべきだろう。

「ふぅん」

手に持ったスマホを頰に当て、どうにも加賀美は不審げな顔だ。

とそのとき、加賀美のスマホが音を発した。

電源の入った画面にはＬＩＮＥのアイコンが見えた。

何気なく加賀美が目をやり、少し目を泳がせつつ操作の親指を動かし、

「げっ」

あからさまな動揺を示し、慌ててスマホ自体を仕舞おうとして手につかず、円卓に落とした。

――なんです。

全員が一斉に覗《のぞ》き込み、一瞬固まる。

――でぇえっ。

画面に表示されていたのは、ウエディングドレス姿の加賀美とタキシードを着た矢崎が寄り添い、腕を組んで立つ写真だった。

画像の直下には、

〈今日、来福楼だとか。彼《か》の日にＴＢＳで撮ってもらった画像があることを思い出した。懐かしさに任せて送る。今宵《こよい》の宴の、盛会ならんことを〉

と、そんなことが記されていた。

「あのぅ。加賀美署長って、いつご結婚されたんですか」

玲愛が怖々と聞く。

たしかに、写真のはにかむような加賀美の表情は、事情を知る観月から見てもまるで〈新婦〉の一枚だ。

「いや。あは。これはだね。って、なんでこのタイミング」

まだ手につかないスマホをお手玉のように取り上げ、画面をクローズする。

「ほ、ほら。蟹が冷めるよ。みんな、食べな」

「いや。蟹より先に、署長。大事なことがあると思うんですけど」

増山も手に箸を持ったまま、どこかはしたない。

みんなの視線を避けるように、加賀美は立ち上がって壁際に動いた。観月の近くだった。

「おら、観月。なんか知ってるなら、あんたが説明して」

コートハンガーに掛けた上着に、今は封印するかのようにスマホを仕舞う。

「了解でぇす。じゃあ、まずは蟹から」

と言いながらも、蟹を小皿に取りながらも、

――まったく、一日遅いっての。

そんな加賀美の囁《ささや》きを、観月は聞き逃さなかった。

五

十二月二十八日は平日である限り、公官庁の御用納めとなる。

観月はブルー・ボックスの稼働を森島に任せ、係長の牧瀬と主任の時田を伴って警視庁本庁舎に登庁した。馬場は明け番だ。

この日、観月は最初から本庁内の挨拶回りの日と決め、役付の二人と前もって担当を割り振り、十一階の監察官室に出勤した。

年中行事としてクリスマスも初めてなら、御用納めもブルー・ボックスでは同様に初めての経験になる。

ほぼ真《ま》っ新《さら》な状態で預けられ、城として君臨しろと命じられた以上、どういう流れでこの御用納めの一日を終えるかは、クイーンたる観月の胸一つということだ。

言い換えれば、観月の一挙手一投足がそのまま、今後ブルー・ボックスを担当する者達の指針となり、慣例となる可能性が高い。

季節がひと巡りするまでは、どの年中行事も蔑《ないがし》ろにするわけにはいかないだろう。

まずは監察官室で、部屋の長である手代木《てしろぎ》監察官のデスクの前に立った。

「お早うございます」

「お早う」

歪《ゆが》みのない声、姿勢のいい中肉中背、油をつけて七三に分けた髪、四角い顔。

そうしていつもの席に、いつも揺るぎのない表情で座っているのが、手代木耕次《こうじ》という警視正の在り方だ。

「今年はお世話になりました。来年もよろしくお願いします」

今日、場所を変えて二十三回ほど繰り返す予定になっている定型文の、第一回目だ。

丁寧に腰を折ってはっきりと告げる。

「大して世話もしていないが、そうだな。こちらこそ、来年もよろしく頼む。——今日は一日、こっちか」

「はい。今日はというか、今日くらいは、という感じですが」

そんな他愛もない会話をしていると、外の人事一課と監察官室を仕切るパーテーションの向こうからいつもの声が聞こえてきた。

——やあやあ。はい、お早うさん。

露口《つゆぐち》警務部参事官兼人事一課長だ。声を聞く限り、今日も元気だ。

そのまま、露口が監察官室に入ってきた。

「参事官」

観月は露口の前に自ら進んだ。

「おっ。小田垣、今日はこっちか」

「挨拶回りです。今年はお世話になりました。来年もよろしくお願いします」

本日、早くも二度目の定型文を口にする。

「あ、これはこれは。こちらこそ、来年もよろしく」

露口も丁寧に頭を下げる。警視長にも拘《かかわ》らず、頭は固いが腰は低い。

いつもならここからが長いが、露口にも御用納めのスケジュールは詰まっているようだった。

「年末年始、余り羽目を外すなよ。規則正しい生活を心懸けるんだ。あと、空気が乾燥しているからな。風邪には気を付けろよ。この時期の風邪は、いつまでも長引くぞ」

思いつくままの心配を口にし、髪油の匂いだけ残して監察官室を出てゆく。

いなくなった途端に部屋の空気が弛緩《しかん》するのは、やはり相手が参事官兼人事一課長で、つまり、ぐうの音も出ないほど偉いからだろう。観月は気にしたこともないが。

窓際の自分の席に向かうと、近くで牧瀬が同僚の横内《よこうち》係長と話をしていた。どちらも観月の部下だ。

横内班の久留米《くるめ》・松川《まつかわ》両巡査部長も自分の席にいて、観月が手を挙げると小さく頭を下げた。

「横内係長。あれ、ある？」

自分のデスクにバッグを置き、観月は横内に問い掛けた。

「抜かりなく。デスクの下を見てください」

牧瀬の大きな背中の向こうから顔を出し、横内は右手の親指を立てた。

「足元のスペースも俺の腕もパンパンになりましたけど」

覗き込めばなるほど、いくつもの紙袋でパンパンだ。

中身は東京三大どら焼きの一つ、うさぎやのどら焼きが詰め合わせと個別で、〈それなりの数〉入っているはずだった。

うさぎやは上野、日本橋、阿佐ヶ谷にそれぞれ独立して店を構えている。今回は挨拶の手土産ということで、中でも阿佐ヶ谷うさぎやの物をチョイスした。他の店では使用しない塩とみりんを加えているためか、消費期限がやや長めの三日なのが決め手になった。

横内に頼んだのは、なんのことはない。本人の待機寮がズバリ、阿佐ヶ谷にあるからだ。

「小分けも、言われた通りにしてありますよ」

「有難う」

同僚以下には手土産として小分けの二個ずつ、上司には五個入りの小箱で、そして十個入りの大箱三箱は観月の〈自家用〉だ。大箱ひと箱は本当なら横内の労賃のつもりだったが、本人は頑《かたく》ななまでに遠慮した。

他人行儀なことだ。美味しいのに。

足元から小箱をひと箱取り出し、まず手代木に渡す。

「有難う。何個だ」

礼と疑問の言葉の並びがしっくりこないが、五個ですと答える。

それくらいなら、と眉間に皺《しわ》を寄せるのはどうしてだろう。

不思議なことだ。美味しいのに。

踵《かかと》で回るようにして手代木の許を離れ、自席に戻る。

すでにデスクの下から牧瀬が紙袋を引っ張り出し、手土産の分配を始めていた。久留米と松川も手伝っている。

横内班からは久留米・松川の両巡査部長を借り出し、所轄の、中でも大規模署と面倒な署長がいるところに向かわせる手筈《てはず》だった。

ちなみに、この二人にはそれぞれ、途中で各地域の名菓を手土産にするよう、店の指定までして予算を与えた。色々と抜かりはない。

最終的な確認と分配を済ませ、いくつかをぶら下げて観月も監察官室を後にした。最初に露口の席へ向かうが、本人はいなかった。なので、デスクの上に小箱を置く。添え書きなどしなくてもそれでわかるそうだ。

次いで警務部長室に回るが、道重《みちしげ》部長も留守だった。露口参事官と一緒だと、警務部長室別室に詰める秘書官の阿藤《あとう》警部補が教えてくれた。午後には戻るという。

その頃にまた来ると告げてどら焼きだけ渡し、観月は六階に下りた。

本庁舎皇居側六階には刑事総務課があり、勝呂《すぐろ》課長がいた。

勝呂はブルー・ボックスの前任者であり、キャリアの先輩であり、現状も中二階から一階の管理を〈頼んで〉いる高橋《たかはし》係長らの上司だ。挨拶するに如くはない。

課長席には、ここでもまた、本人の姿はなかった。さすがに師走で、御用納めの日だ。だから名刺代わりの手土産も有効となる。

その後、本庁舎を出て隣の中央合同庁舎二号館二十階の、長官官房へ向かう。

長島敏郎《ながしまとしろう》首席監察官は在室だった。というか、師走からも御用納めからも切り離された風情が、長島の周囲には漂っていた。

「今年はお世話になりました。来年もよろしくお願いします。これ、美味しいですよ」

「珍しい挨拶だ」

鉄鈴を振るような、いつもの声だった。

「それ、褒めてますか？」

未《いま》だに他人の感情を読み解くのは苦手だ。

「褒めている自覚はないが、礼の意は込めたつもりだ」

「難しいです」

少し考え、それは済まない、と長島は悪びれることなく言った。

「それにしても、相変わらずお前の周りは騒々しいな」

「はて？　それこそ私に自覚はありませんが」

「色々と聞いている」

「おや？　どの辺りから」

「各方面、という他はないが。ただ、湯島方面にずいぶん、人が集まっているようだな」

「さて？」

「中国方面からの客もいるとか。出戻りといった方が正しいか」

「あれ？」

と疑問符を続けてみたが、さすがに長島を前にして、逃げ場は余りないだろう。

ここは、思いのままを晒《さら》してみる一手か。

「窮鳥《きゆうちよう》、ですが」

「危険だ。手放せ」

匪石《ひせき》の目に、冴《さ》えて鋭い光が強かった。

真っ向から受ける。それが晒すことになる。

長島ならおそらく、光で読む。

鷹の眼光を受ける時間は、そう長くはなかった。

「と言っても、お前のことだ。どうせ聞きはしないだろうな」

長島は口の端を、少しだけ緩めた形にした。

「はい。闇の光、光の闇を見ろと首席は仰《おつしや》いました」

「ふん。ああ言えばこう言う。健在だな。願わくば、来年はもう少し大人しくなって欲しいものだ」

やはり長島は、肝の据わった男だ。どら焼きをもう一つ追加しようか。

「リスクテイクは望むところ、と言っては言葉が過ぎるでしょうか。常にご報告はさせて頂きます。リスクヘッジとして」

「俺には、ただの爆弾にしか思えないがな」

「そんな心身の疲弊を憂え、時折の甘味を付け届けさせて頂いているつもりですが」

「有難迷惑、という言葉を知っているか」

「迷惑などとご冗談を。面白い」

「真顔で言われてもな」

長島は椅子を軋ませ、背凭れに身体を預けた。

匪石の目が、いつの間にか穏やかなものに変わっていた。

素朴な疑問が湧いた。

鷹も、休むのだろうか。

「首席は、お休みはどうされるのですか」

「どうもしない。したいことを口にするのは、リタイアした後だと考えているんでな」

「なるほど」

考える以上に、長島らしい答えだ。納得する他はない。

「小田垣。お前こそどうするのだ」

「あ、興味ありますか」

「所在確認という意味ではな。スマホの位置情報のような感覚で聞いている」

これも長島らしい。というか、味も素っ気もなく、恐ろしく上司だ。

「今回は、和歌山に帰ろうかと思っています。〈行政機関の休日に関する法律〉に定める通りに休めと言ってくれる部下がおりまして」

「ほう。それで、城の運営に支障はないのか」

「私の部下は優秀ですし、年末年始の新規引き受けは、事前予約を各所に通達してあります。それに、私が不在でも回るくらいでなければ、そもそもの運営に問題ありでは。君臨すれど統治せずが、私の理想です」

「黄金の自由。ヤン・ザモイスキか」

「もっとも、実現にはほど遠いですけど。日勤こそ交代ですが、夜勤は、とある係長が一手に引き受けてくれたから休暇が成り立つというのが現状です」

「体力任せのワーカホリックか。上司が上司なら部下も部下だな」

「それ、褒めてますか？」

「前にも言ったと思うが。その係長にもいずれ長い休みをやる。つまりはそういう話だ」

「ああ。了解です。――では」

と、一礼して背を向けようとして、ふと思い出す。

「そうだ。首席。新年の挨拶は少し遅れます。年始は有休を使って、連休にしますので」

「なんだ。珍しいな。お前が有休とは」

「レジャーな休みではありません。年明けの四日にこっちで先輩の結婚式がありまして。次の日に一日だけ出勤しても土日になっちゃいますから。面倒なんで有休をくっつけて、五日にいつもの定期検査を入れました」

「検査？　なるほどな。徹頭徹尾、ただでは休まないところがかえってお前らしいか」

「それ、褒めてませんよね」

「成長したな」

「あ、褒めてます？」

「前言撤回だ。それと、年初の挨拶など無理しなくていい」

「そうはいきません。——あ」

手を打つ。

「大丈夫ですよ。心配しなくても。日持ちのするお土産にしますから」

「——暢気《のんき》だな」

「では、よいお年を」

今度こそ一礼して外へ出る。

時間を確認すると、もう昼に近かった。

「鰻屋《うなぎ》に回ったら、誰かいるかな」

それから警務部長室にいこうか、鰻屋に部長がいれば一石二鳥だが、などと考えているとスマホが振動した。

森島からだった。

――アップタウンの紀藤《きとう》さんが挨拶に見えましたが。本庁だと話したら、そっちに回るって言ってます。待ち合わせ場所を指示して欲しいそうです。

「そう。別に無理しなくてもいいのに」

森島がそのままを奥に伝えた。

時間指定を、と紀藤の声が聞こえた。どうしても納めの挨拶に拘《こだわ》るようだ。

(あ、もしかしたら)

紀藤も、日持ちのしない何かを携えているのかもしれない。

「そうね。じゃあ――」

まずは鰻屋に行くとして、その後は――。

警務部長への挨拶は、この際捨てよう。

一時半に千疋屋《せんびきや》日本橋本店のフルーツパーラーを指定し、観月は足を日比谷公園へ向けた。

六

店に入ってまず、紀藤が近畿ブロック統括として大阪に栄転するという話を聞いた。つまり、紀藤がしたかったのは納めの挨拶ではなく、転勤の挨拶だった。

紀藤はコーヒーを飲み、観月はフルーティクリームあんみつを食べる。

紀藤は、アップタウン警備保障の横浜営業所長だ。年齢は六十絡みで、半白の頭髪を七三に分け、一八〇はある肉厚の身体を、光沢のあるダブルのスーツに収めている。

それが千疋屋本店という場所に馴染《なじ》むかどうかははなはだ疑問だが、ひと言で言って貫禄《かんろく》があった。

それが、紀藤雄三《ゆうぞう》という男だった。

「大阪の構想、ご存知《ぞんじ》ですよね。府警から見学者があったと言っておられたし」

「知ってるけど」

観月は頷いた。

——今度、そんな構想が持ち上がってましてん。

大阪にも大型収蔵倉庫が欲しいということで、送られてきた刑事がいる。刑事がいて、死んだ。

「前回、私がそちらにお邪魔したとき、すでに大阪行きの話はありましてね」

約二か月前、十月二十三日に紀藤はブルー・ボックスに初めてやってきた。

理由はたしか、横浜及び神奈川全域における社内教育用として、ブルー・ボックスの幹部職見学を本社に提案したところ、大筋で通ったので下見をしたい、とかなんとか――。

超記憶の能力は何も、すべてを覚える能力ではない。これぞ、あるいは注視という意識によって大いに発動するのだが、そのときのことを観月ははっきりと覚えていた。

紀藤は皆さんでどうぞと言いつつ、横浜中華街の名店、重慶飯店《じゅうけいはんてん》のミニ月餅《げっぺい》十二個入り五箱を手土産にしてやってきた。

「へえ。あのときから大阪行きの。そうなんだ。その後のことがあったから、ただの〈こそ泥の下見〉かと思ってたけど」

「これは」

紀藤はおそらく、苦笑を漏らした。

〈こそ泥の下見〉はそのまま、〈こそ泥の一件〉に繋がる。

もう口にすることも躊躇《ためら》われるが、錦糸町《きんしちょう》の路地裏の、〈Ｂａｒ　ストレイドッグ〉に集う者達の物語だ。

ストレイドッグは野良犬だけじゃなく、捨て犬、迷い犬のことも指すと、マスターの杉本《すぎもと》は言った。

いずれにせよその一件で、ボルサリーノを被《かぶ》った田之上組《たのうえぐみ》の親分は死に、紀藤を始めとする者達の、秘めたはずの過去は白日の下《もと》に晒された。

「あれは、その直後に降って湧いた一事です。たしかに一石二鳥と思わないではなかったですが。ただ、そんなものは一瞬でした。二兎《にと》を追う者は一兎をも得ず。ふふっ。実際、私は何兎を追って何兎を得たのか、はたまた失ったのか」

紀藤の声が地を這《は》うようだった。

竜胆《りんどう》。

観月は思わず、そう口にした。

「えっ」

「得たもの失ったもの。実利実害。そんなものを見比べたらきりがない。でも、竜胆の花は堂々と贈れるようになったじゃない。あなたの盟友に」

それでいいじゃない。

観月は言って、アボカドクレープを口に運んだ。

竜胆の花言葉は〈誠実〉、〈正義〉、そして〈悲しみに寄り添う〉だ。

「竜胆。――ああ、そうですね。それはそうだ」

紀藤は微笑《ほほえ》んだ。

「あの一件から、J分室の鳥居《とりい》さんにはいいように使われてますがね。そんな不自由も、最初は失ったものの一つだと思いましたが、藍誠会の横浜総合病院にビジネスの切っ掛けを頂きましたし」

「へえ。じゃあ、良かったのかしら」

「まあ、ひと言ではなかなか括れませんが」

「ふうん。苦労もあるって」

「踏み込んで初めて知ることですが。あの分室のことですから。管理官は、ある程度ご存知では」

「そうね」

ある程度は知っている。

——お前はまだ、この世の暗闇を知らない。その闇の、深さを知らない。

そんなことを純也に言われた。冷え冷えとした笑顔に漠然と、まだ勝てないと思ったものだ。

それは、今も変わらない。まだ一年も経たない。大人への道は、まだまだ遠い。

「で、今日は栄転の挨拶ってわけ？」

紀藤は頷き、コーヒーを口にした。観月はメロンシャーベットを食べた。

「そんなところです。急に決まりましてね。カジノのことを見越し、向こうでネットワークを構築しておくには、うちがブルー・ボックスの内部監修をしたばかりの、今がチャンスですから」

「真紀が？」

「当然です。聞いていませんか？　営業統括は来年から、全社総合統括ですから」

「そんな役職になるの？」

「ええ」

「なんか、響きも文字面もごついわね」

「主観によります。人それぞれですね」

「でも、あれよ。勝手にこっちの内情を暴露されるのは困るけど。社として、本庁で守秘義務の誓約書にサインしたはずよね」

「そこでご相談です。個人的に」

紀藤は身をわずかに乗り出した。

「社としてと言ったわよ。そこに個人を持ち出すの？」

「管理官は情に厚い方だと」

「それも真紀から？」

「いえ。私の主観です。違いますか」

「どうかしら。主観なら人それぞれでしょ」

「ごもっとも。なのでドライに、実利の遣り取りをしようかと思いまして。手土産の代わりの置き土産、とでも言いますか」

「ふうん」

上手《うま》く持っていかれた、あるいはどこかで捻《ね》じれたと思いながら、ストロベリー・ショートケーキを食べる。

「キング・ガード、気をつけた方がいいです」

「えっ。何？」

「ブルー・ボックスから外された件じゃ、恥を掻かされたと激怒しているようです。このままにはしない、と」

「逆恨みじゃない？」

そもそもブルー・ボックスがアップタウンの手に渡ったのは、収蔵品の横流しにキング・ガードの社員が関わったからだ。

「その辺も主観ですか。捉え方次第です」

「このままにはしないって、誰が？」

「さて。そこまでの特定は。ただし、下の方がいくら喚《わめ》いたところで何が出来るわけもなし。本当に動きがあるとするなら、本社特企営業部長、常務執行担当役員、取締役会、または社長か会長のどちらか、あるいは両方」

「何よそれ。ど直球に上の方ね」

「ブルー・ボックスは、全警察組織にとっての橋頭堡《きょうとうほ》です」

「橋頭堡ね。または未来」

言葉は違うが、

――〈ブルー・ボックス〉はね、警察の未来だ。その、ある部分の形だ。

千葉県警本部に転出した、前警務部首席監察官の藤田《ふじた》が送別会で言っていた、らしい。

部下からのまた聞きだが。

そのとき観月は、ブルー・ボックス近くの新田の森公園で暴れていた。

「未来。そうかもしれません」

紀藤は頷いた。

「それくらいのものを管理官は引っ繰り返した、という自覚は」

「ないわよ」

「でしょうね。けれど、前年売り上げでキング・ガードが初めて二年連続で首位をキープした、その一つの要因がこのブルー・ボックスの包括契約にあったことは」

「ああ。真紀がそんなこと言って、たしか拳を握って悔しがってたような」

「そうということです」

「へえ」

キング・ガードのトップなら観月も知る。警備会社と警察機構はそもそも、持ちつ持たれつの関係だ。

キング・ガードの代表取締役社長は仲田《なかた》仲孝《のぶたか》と言い、五十三歳になる元経産省キャリアで、顔は広いようだ。抜け目ない豆狸と真紀は常々口にする。

会長の方は、今年で八十四歳になったはずの仲田憲伸《けんしん》だ。八年前、息子の伸孝に社長の椅子を譲って代表取締役会長となり、現在は代表権も返上して名誉職会長に退いたはずだが、老いたという話も聞かない。ひと言に重みがあるのは依然として会長の方で、その一声は〈獅子吼《ししく》〉に例えられるという。

「で、そのキング・ガードの上の方が、誰に？」

「誰って、あなたにですよ。正確にはあなたとうちの総合統括に、だと思います。けれど、例えば竜神会《りゅうじんかい》と辰門会《しんもんかい》が互いに牽制《けんせい》し自重するように、本気で争えば大事になるという意味では、うちとキング・ガードも一緒ですから。おそらくターゲットにされるとしたら、管理官かと」

「ターゲットって、何？」

「はっきりとはわかりません。醜聞、不祥事、失態。探そうとするか、作ろうとするか。懐柔と見せ掛けたトラップ。今やどの会社にも、リスク・マネジメントの部署はありますす。うちにももちろん。裏を返せば、リスク・プロデュースも可能、ということになりませんか」

「理屈はわかるけど。それってじゃあ、アップタウンにも可能ってこと？」

「そうなります。やるかどうかは、これは商道徳と倫理とポリシーの話になりますか」

「そういうときに機能する、コンプライアンス遵守委員会とかも、今や上場企業にはセットのはずだけど」

「だからすんなり、ブルー・ボックスを明け渡したのでは。最初に法を犯したのはあちらの社員です。ただし、取ったら取り返す。やられたらやり返す。これは、管理官もお得意では」

「たしかに」

観月はフルーツポンチを食べながら考えた。

そういうことなら一度、本庁内でキング・ガードについて当たってみようか。

警備業を所管するのは各都道府県の公安委員会で、つまりは警察署ということになる。東京都なら窓口が警視庁管内の各警察署の防犯係で、統括は本庁生活安全部生活安全総務課防犯営業第一係だ。

が、おそらく本庁内、生安部長周辺から横槍《よこやり》は入るだろう。警視庁のみならず全警察機構にとって、警備会社は所管であると同時に〈お得意様〉でもある。大手警備会社はどこも警察官僚の天下り先、警察官の再就職先として大いに機能している。

そんな警備会社でまず、警察にとって第一の天下り先がキング・ガードだ。アップタウンは後発ということで後塵《こうじん》を拝している。というか、自浄意識の希薄だった昭和の頃に、すでにキング・ガードと警察機構のパイプは出来上がっていたようだ。現在こそ、特に官僚に関しては抜け道程度しか残されていないというが、三十年も前に天下ったまま元気な元警察官僚、つまり、現役の先輩諸氏はゴロゴロいて、ゴロゴロしているはずだ。

「でも、所長はどうしてそんなこと知ってるの?」

素朴な疑問を素朴に聞く。そうしてブルーベリー・ショートケーキを食べる。

「どうしてって」

紀藤は二杯目のコーヒーを飲んだ。

「ストレイドッグは、元刑事と現ヤクザの溜まり場ですから。潜入先はヤクザとは限りませんし、私のようにヤクザになる前に拾われたのもいます」

「ああ。ストレイドッグね。行けばわかるってことかしら」

「さあ。どうでしょう」

「勿体ぶるわね」

「そういうわけではありませんが。ただあちこちから吠《ほ》えるだけの野良犬は、始末に負えず。吠えるだけ吠えていなくなる迷い犬は、所在がつかめず。捨て犬は、そもそも何を考えているかもわからない。ストレイドッグはそんなところです。それにしても、火のないところに煙は立たないと。私の話は、そんな場所で拾ったものです」

「そう。わかった。とにかく、気にはしとくわ。負ける気はしないけど」

「ほう。強気ですね」

「だって、向こうはキングのガードでしょ。こっちはクイーンそのものよ」

「納得です」

紀藤は明らかに、声にして笑った。

「管理官。バーター成立でいいですか」

「そうね」

観月はミネラル・ウォータを手に取り、口にした。

「あとミックスベリー・ショートケーキとバニラアイスも込みなら、ＯＫってことにしましょうか」

紀藤の眉間に縦皺が刻まれた、のは気のせいか。

「覚悟はしていたつもりですが、食べますね」

「そう？　食後のデザートだけど」

肩を竦め、紀藤はそれ以上何も言わなかった。

第二章

一

来る二〇一八年を観月は故郷で、家族水入らずで迎えた。

和歌山は風もなく、雲も穏やかに流れ、実にのたりとした元旦になった。

観月が帰省したのは、年内三十日の午後だった。十一月のうちからそうと決め、新幹線その他のチケットは手配した。

ただし、有本《ありもと》の我が家に帰ったのは一人だが、和歌山に至ったのは一人ではない。

——俺も、行っていいかい。勿論《もちろん》、自分の金で行くよ。

そんな本人の希望もあって、湯島の関口貫太郎も和歌山市駅までは一緒だった。これも十一月のうちには聞いていたことだった。

といっても、家に戻るわけではなかった。戻るどころか、誰にも会わねえし、目立ちたくねえし、と貫太郎は言った。

それで十二月に入ってすぐ、ネットで有本から少し離れた場所に宿を探した。和歌山市駅の北側、和歌山競輪場近くのビジネスホテルに空きがあった。

そこを拠点に、一人で周辺を歩くと言う。

大丈夫かと聞いた。

貫太郎はレンタカーのナビの操作も、新幹線のチケットの予約も出来なかった。その前にスマホすら持ったことがないらしい。

――向こうじゃよ。本当に必要なかったんだ。

悪びれることなく言うが、ナビはレンタカー会社の従業員がセットしたと言うし、その後は東京までの新幹線やら何やら、一切合切を用意したのは観月で、この帰省の分も同様だ。

そんな貫太郎を、今の和歌山に一人で野放しにするのは、少しばかり不安だった。

――なぁに。誰にも見つかりゃしねえよ。

貫太郎は強く胸を叩いた。

そんなことを聞きたかったわけではないが、実際、貫太郎の身のこなしは、観月をして目を見張らせるものがあった。同じハルコビルに仮住まいする組対特捜の東堂絆も似たようなことを言っていたらしい。

——凄いですね。うちの爺さんクラスですか。

この爺さんとは成田に住む今剣聖、東堂典明《てんめい》のことを指す。

貫太郎は恐縮するが、観《み》る人が観ればわかるものだ。

関口流古柔術のそれは、人の認知の死角から死角へ。

実に自然に、貫太郎はそれを体現した。背について歩くだけで、観月にはわかった。

ふらりふらりとしているようで重心に乱れはなく、軽やかに、そして瞬転の位取りの妙を常に含んでいた。

見つかる見つからないの話じゃなくて、と観月は言った。

帰ったなら、帰らなくていいの。

気になるのも、聞きたいのもそこだった。

——俺ぁ、捨てた男だ。

貫太郎は、そう言って笑った。

和歌山に〈入った〉翌日は、大晦日《おおみそか》だった。

貫太郎は一人で新ちゃんの墓参りをし、完成したＫＯＢＩＸ鉄鋼和歌山製鉄所の新第二高炉や、立派に育って高炉長になった息子や、愛らしい孫、上手く歳《とし》を取った奥さんの姿を、ふらりふらりと回って遠望したという。遠望して、目を細めたという。

それで、満足だと貫太郎は言った。二世帯住宅の賑《にぎ》やかさが眩《まぶ》しいとも言った。

聞いたのは元日の、紀ノ川《きのかわ》の土手だった。和歌山競輪場北西の宇治鉄砲場《うじてっぽうば》の辺りで、右手に紀ノ川を渡る南海《なんかい》線の赤い鉄橋が見えた。

今回、和歌山に帰る直前に、貫太郎に簡単な携帯電話を持たせた。契約は観月だ。警察官、監察官室員として、少なくとも見ている前で〈詐欺行為〉にも当たる詐称契約をさせるわけにはいかない。

家族で初日の出を拝み、お節料理を囲み、若宮八幡神社に詣で、そうして、

――へへっ。お嬢。明けましておめでとうさん。

そんな貫太郎からの電話を受け、紀ノ川の土手に出た。

河川敷には何面ものゲートボール場と、拓《ひら》けた芝生広場が整備されていた。

ゲートボール場に人はいなかったが、広場には凧揚《たこあ》げに興じる親子連れが何組も見られた。近くにある駐車場は、和歌山競輪場の第二とか第三、あるいは従業員用か。

土手には長々と続くススキの群生があって、そよ吹く川風になびいていた。

そんな土手に、貫太郎は蹲《うずくま》るようにして座っていた。

ボルサリーノに薄手のジャンパーは、再会したときのままの格好だ。

「初詣でには行ったの？」

隣に座って、そんなことを聞いてみた。

「いいや」

身体を小さく揺するようにして、貫太郎は首を横に振った。

どうして、と聞いたのは野暮だったろうか。

「あれだ。初詣ってのは、氏神様への感謝と願掛けだ。ついでに言やぁ、家の門松や正月飾りってなあ、祭神様でよ。氏神様ぁ、この辺の氏子が一緒に祀《まつ》ってる守り神だ。そんで土地を守ってくださる。祭神様ぁ、大晦日の晩にご先祖様と一緒に家に入って、そんで家を守ってくださる。けどよ、氏神も祭神も、今の俺にゃあ関係ねえ。根っこがねえ者《もん》には、正月は関係ねえよ。それに最近はよ、祝うったら旧正月だったしな」

凧を揚げる子供のはしゃぐ声が聞こえた。

貫太郎はそちらを眺めて、目を細めた。

「ここの製鉄所はなあ、お嬢。昔ぁ、地方から集まった連中の坩堝《るつぼ》だったんだ。そうすっとわかんねぇから、それぞれの方言は坩堝で塗り潰されてよ。荒れた標準語や専門用語で統一されて——。もともと、ここはそんなとこだった。俺ぁそんなとこで生まれ育って、働いて。——けどよ、海を渡って以降は、そんな生まれ育った和歌山の言葉も忘れた。今じゃよ。ちょっとした夢も、上海語で見らあ」

「ふうん」

観月は膝を叩いて立ち上がった。

「でも、こっちじゃ気を付けてね」

「ん？　何をだ？」

「夢はいいけど、上海語の寝言。わかんないし」

「へへっ。違いねえ」

と、ふいに観月達には頭上方向に当たる、土手道の方が騒がしくなった。

やがて、階段口から芝生広場にぞろぞろと降りてくる者達がいた。

ブルゾンやジャンパーにカーゴパンツ。茶髪に赤髪、金髪にツーブロック。

ＫＯＢＩＸ和歌山製鉄所に関連する、鉄工所の若い衆だろうか。和歌山市には、そんな加工所が多い。

階段口に現れたときから、その連中が観月には気になった。剣呑《けんのん》な気はさほど感じ得なかったが、どうにも出現の仕方に違和感があったからだ。

元日に、あまりにも似つかわしくない連中だった。まず総勢七人のうちの、四人が煙草《タバコ》をくわえていた。

――オラッ。ガキども、邪魔だぜぇ。

広場に降りてすぐ、男らは量販店の大きなレジ袋から何やらを取り出した。

花火やら、爆竹やら。

――ひゃっほぅ。

――おっ。スゲエ。スゲエ。音デケぇなあ。

酒も入っているか、何人かはそんな目や顔色をしていた。

いつしか、青空を舞う凧がゼロになった。

地に落ちた凧を拾い上げ、子供達の顔が不安げだった。

貫太郎がいつの間にか、ススキの土手から動いていた。観月にもわからなかった。

「お前《め》ぇら。見習いかい？」

気付いたときにはもう、斜面から降りて立っていた。

すぐに後を追った。何があっても、貫太郎に何かさせるわけにはいかない。

「んだと？」

背の高いくわえ煙草が傲然《ごうぜん》と胸を張った。

男らが集まってくるが、貫太郎は気にした風もない。

「なぁに。あんまり鉄の匂いがしねえからよ。まだまだ未熟な、見習いかってよ」

「へっ。だったらなんだってんだ。ええ、爺《じじ》い」

「火の使い方、間違えんなよ。火ぃ使って人様に迷惑掛けんなら、鉄鋼マンにゃあなれねえよ」

「ふん。馬鹿らしい」

男がくわえた煙草を吐き捨てた。

ススキの中に煙草が飛んだ。

「ちょっと」

さすがに観月も声を鋭くした。

「ここ、火気厳禁よ。火事になったらどうする気」

「ああ。んだって？」

ツーブロックが観月の前に立った。

「火事、上等。面白《おもしれ》えじゃねえか」

顔を斜めにして近づけてくる。酒臭かった。

「邪魔よ」

「けっ。何を偉そうによ。おばさんは引っ込んでろよ」

「えっ。お、おばっ！」

それで、言葉より先に手が出た。

若い証拠だ。誰がおばさんだ、と思う。

ただし、実際には観月より先にツーブロックの右腕が観月の肩に伸びていた。

押された。

それで一応、形としては正当防衛になった。親子連れの目がいくつもあった。

押してきた腕の、ジャンパーの肘を左手で摑《つか》んで二歩ばかり思いっきり下がる。

「おわっ」

堪《こら》えようと踏み出すツーブロックの足首を刈るように蹴る。

それで、それだけで柔よく剛を制す柔《やわら》は完成する。

ツーブロックの身体は宙に浮き、そのまま観月の脇を通り過ぎてススキに紛れる。

「手前ぇ」

赤い顔をした赤髪が突っ掛かってくるが、それこそ観月には好都合だ。

ひゅっ、と一呼吸吐いて相手に寄る。

当然、人の認知の死角からの寄りだ。赤髪はおそらく、観月の姿を喪失したに違いない。

「えっ」

間の抜けた男の言葉を、観月は頭上に聞いた。

すでに赤髪の首元を摑んで懐に入り、投げを打つ体勢の寸前だった。

身を捻る動きは、流にして雷《いかずち》であれば大いなる螺旋《らせん》となる。

螺旋の内に巻き込めば、たとえ倍の体重があっても大地から引き剝がすことなど造作もない。しかも投げ手は関口流古柔術、人殺しの技を現在に継ぐ観月だ。

「げっ」

背負い、ともおそらく相手は気付かなかったと思う。

赤髪は観月の上を舞い、ツーブロック同様、ススキの土手に一直線に飛んだ。

そのまま螺旋の余力を近くにいた金髪に向ける。

横に一回転して正面から脇に腕を挿し、そのまま横腰に乗せて撥《は》ね上げる。

金髪には、声を発する暇も与えなかった。「ぎえっ」

横倒しの姿勢でススキに飛び、金は赤に色を絡めた。

「どう？　これでもおばさんって、——ううん。それはいいわ。どうする。まだやる？」

呆然《ぼうぜん》とする残り四人の前で、観月は仁王立ちになった。

「いや、あの」

四人は醒《さ》めたような顔で、全員が首を横に振った。

「じゃあ、後片付け。すぐっ」

気合いを付ければ、ススキの中から這い出た三人も一緒に全員が広場に走る。

——うわあ。

子供の、どこか黄色い声が周囲に沸き上がった。

——凄い。

大人の驚嘆も、シャッター音も聞こえた。

扱いはどうも、何かのアトラクションか動物園の何かか。

その後、拍手が起こった。貫太郎だった。

「お嬢。磨きが掛かったねえ。もう俺の出る幕はねえな」

後片付けをする連中の様子を見つつ、貫太郎がまた土手に上がった。

観月はその場で立ったままでいた。

「お嬢は明日、こっちで高校の同窓会だったよな」

「そうだけど、何？」

「もう充分見たし、風もよ、鉄の匂いも十分だ。俺ぁ、朝んなったら東京に戻る」

「えっ」

表情には出ないが、驚きが声にはなった。

当然、貫太郎とは一緒に帰るつもりだったから、新幹線の指定席も予約済みだ。

いや、キャンセル自体は問題ないが――。

その他に大きな問題が二つばかりあった。

一つには、一人で帰ることが出来るかどうかだ。

「大丈夫？」

聞けば貫太郎は、強く胸を叩いた。

「なぁに。わかんなきゃ駅員に聞いたりして、来た道帰りゃいいんだろ。だいぶ慣れた。てぇか、慣れなきゃよ。生きてかなきゃなんねえし」

正論、ではあった。

「わかった。でも忘れないで。五日はほら、この前予約した健康診断だからね」

「わかってるよ。昨日の晩飯がなんだったかは不安だが、先のことは覚えてるよ」

「気を付けてね」

これで、この話は終わりにした。

もう一つの問題は、観月にとっては大いに問題だったが、特に口にしなかった。

これは、自分でなんとかすれば済む問題だ。

(やるわよ。ええ。やりますとも。抱えて帰ればいいんでしょ)

拳を握って前に突き出す。

「あ、お、終わりましたぁ」

ここそこ帰ろうとする連中が、七人全員頭を下げた。

二

観月が和歌山から東京への帰路に就いたのは、一月三日の朝だった。八時少し前だ。

前夕は、午後四時から、高校の同窓会だった。正確に言うと、中高の同窓会だ。

観月の学舎《まなびや》は、中高一貫教育の紀ノ川女子学園という私立の学校だった。

有本の家からは自転車で三十分は掛かったが、観月は望んで受験した。

小学校のときのアクシデントで、観月は感情と表情にバイアスが掛かった。快活な観月を知る者達にとって、観月はもう、それまでの観月ではなかった。

それで、初めから〈そういうもの〉として接してくれることを期待して、中学校から有本を離れた。

この年、同じ有本地域や小学校からの受験者はいなかった。

入学した最初こそ不安は大きかったが、すぐに馴染んだ。今では紀ノ川女子に進学して、本当に良かったと観月は思っている。

ソフトテニスに出会い、全国に名も馳《は》せた。アイス・クイーンのニックネームはソフトテニス界に於ける、高校二年からの観月の称号に近い。それを初恋と言って良いのなら、淡い恋心も経験した。

充実した六年間だった。

戻せないものを嘆くのではなく、前を向く。

これは紀ノ川女子学園で培い、今も変わらない、観月のモットーだ。

総勢で百名を超す〈女だらけ〉の同窓会は、たいがい賑やかで煌《きら》びやかだった。

ささやかな〈女達の集まり〉は昨今も観月は知るが、妖怪の茶会やら魔女の寄合やら、まったく煌びやかにはほど遠い。どちらかというとアースカラーに近い。マンセル値で示すなら、彩度は七以下だ。

――あらぁ。観月、変わんなぁい。

――うわ。アイス・クイーン様よ。アイス・クイーン様。

――よっ。紀ノ女の星。久し振り。

未だ上手く表情の作れない観月の周りに、屈託のない笑顔がいくつも集まってくれた。

――いつでも帰っておいで。

――帰ってきたら、絶対連絡して。

まったく、掛け替えのない、良い仲間達だ。

そんな仲間達の半分以上が、市内か県内に在住していることを改めて知る。

掛け替えはないが、その今でも続くネットワークというか、地元密着型コミュニティには脱帽した。人口に膾炙《かいしゃ》する類の言動の、狭い地域の伝播《でんぱ》力には恐れ入るばかりだった。

――ねえ、観月。関口さんとこの貫太郎爺ちゃんを見たとかって聞いたんだけど。和歌山市駅の方でさ。あんた知らない？

――観月さ。なんか河口のゲートボール公園の方で暴れなかった？　男を投げ飛ばす女って、あたしはあんたくらいしか知らないんだけど。

――そういえば若宮八幡でさ。関口さんの一族とあんた、よく一緒にラジオ体操してたよね。

――そうそう。なんか、あんたの髪型の元になった男の人いたわよね。蛍《ほと》ちゃんカットの。

　矢継ぎ早な囲み取材のような話のすべてに、

——え、そう?

　だけでなんとか応対し、有耶無耶《うやむや》にする。

　酒席だからなんとか助かった感じだ。酒のあてにも近い噂話《うわさ》は、浮かんでも放っておけば立ち消える、バブルのようなものだ。

　母になっている仲間も多く、深酒にならなかったのも良かったかもしれない。

　その日の内には帰宅し、父・義春《よしはる》の晩酌に福菱《ふくびし》の銘菓〈かげろう〉で付き合った。同窓会土産に全員が持たされたものだ。ただ、みんなは十個入りだったが、観月だけ四十五個入りだったのは理由が良くわからない。

　それぞれがその日の内に食べられる量、という幹事の判断だろうか。たしかに中学・高校の時分から、紀ノ川女子の仲間達はみんな小食だった。

　翌日は父母に送られ、朝の八時前には有本から出た。

　帰阪、帰京の混雑は始まっていたが、暮れの帰省ラッシュほどではなかった。

　この年は上手く分散したものか。帰りの予定が想定とだいぶ違うものになってしまった観月にとっては、行き交う人が少ないのはなによりだった。有り難かった。

　東京駅に着いた観月は、そのまま笹塚の官舎に戻ろうとはせず、足をブルー・ボック

ス に向けた。

大手町に回れば、あとはいつものルートだった。東京メトロで葛西に出た。

ブルー・ボックスへの到着は、午後二時半近くになった。

有本を八時に出てから、直接ブルー・ボックスを目指せば午後一時過ぎには到着しただろうが、観月には外すことの出来ない、月の用事があった。それで二時半近くになった。

その分、もしかしたら都内は地下鉄もバスも空《す》いていたのかもしれない。まだ松の内どころか、三が日の内だということを思う。昔ほどではないと昔の若者達は言うが、今でも盆暮れの都内は目に見えて人や車の数が減る。

これも観月には有り難かった。

なんといっても大荷物だ。

これが、貫太郎に先に帰京されてしまったことの、二つ目の問題だった。

帰りの荷物を持つ腕が、四本あるのと二本では大違いだ。

しかも無くなった腕は老人とはいえ、日本と中国を股に掛けた、今も現役の鉄鋼マンの腕だ。

今回はまず紀州銘菓、鷹屋の〈和歌浦せんべい〉二十枚の箱入りを、三箱ひと組四十セットだ。数からすると大層にも聞こえるが、卵と蜂蜜をふんだんに使ったほんのり甘い焼き菓子だ。数は多いが重くはない。

少しかさばるだけだ。

問題は、新大阪で買い求める品々の方だった。

御菓子所《おかしどころ》・泉寿庵《せんじゅあん》の、粒餡《つぶあん》の天下もちと白餡の天下饅頭を詰め合わせた〈天下円満〉を二十個入りで四十箱。

さして大きくはないのでさほどかさばりはしない。

少し重いだけだ。

一番の問題は、マダムシンコの〈マダムブリュレ〉だった。フランス産カソナードをキャラメリゼしたパリパリ飴《あめ》のしっとりバウムは、観月に言わせれば冷やしてこそ最上で、ホールを食してこそ至高、となる。

それでホールを三十個買い求め、ドライアイスを多めにもらった。

これがやけにかさばり、ほぼドライアイスだが重かった。

詰められる物は詰め合わせ以外にも詰めたが、二本の腕にはギリギリの量と言わざるを得なかった。

ブルー・ボックスに向かうのは、ほぼこの〈マダムブリュレ〉のためだ。ブルー・ボックスには〈菓子専用〉の大型冷蔵庫がある。

正月三日のブルー・ボックスは、外見には実に静かなものだった。搬出や持ち出しは捜査の進捗に関係する以上、要請があれば許可するしかないが、搬入に関しては三が日が明けるまでは休止とした。

「おめでとう。はい、これ」

裏ゲートから入る。天下円満をワンセット。表ゲートにも回って同じ物をワンセット。

それにしても、大荷物を驚かれるだけで大して減るわけではない。

エントランスから入って、取り敢えず中二階はスルーだ。一階の搬入がないということで、休暇を許可した。何かあったときには、二階の監察官室分室で対応する。

「って。なんでこんなに狭いのよ」

今更ながら、二階へ上がる階段の狭さに愚痴が出た。人にぶつからないよう注意もしてきたが、最後に帳消しになった感じだ。壁を擦《こす》るような雑な音が耳障りに響く。

二階に上がり、Dシャッタ通りを左に曲がる。

荷物を肩から腕から下げ、手にも持って総合管理室に向かうと、静かなはずの場内に雑然とした音が聞こえた。

ちょうどAシャッタ通りの奥の方から、牧瀬が歩いてくるところだった。

「あれ？　まだ休暇中ですよね」

「休暇中よ。今でも継続中だけど、何かしら？」

牧瀬は観月の〈全体〉を目を細めて眺め、「ああ」と納得顔で頷いた。

「いえ。今年も同じだなと思いまして。ということで」

威儀を正し、腰を折る。

「明けましておめでとうございます」

「何がということなのかはわからないけど、はい、おめでとう。で、係長。あの音は何？　洗濯機？」

「ええ。今夜でようやく、夜勤から解放ですんで。明日には持って帰ろうと思って、溜まった洗濯物を洗っては車にぶっ込んでるとこです。仮眠室も適当には綺麗《きれい》にしないとってことで、掃除中っすね」

明日四日は公官庁の御用始めだ。ブルー・ボックスも有休をくっつけた観月以外、二〇一八年の通常業務が開始される。当然、日勤も夜勤も、牧瀬班全員のシフトになる。

「ご苦労様、でいいのかしら。年末年始は、住んでたものね」

「そうですね。家賃払えって言われるくらいには。なかなか快適でしたよ。自分の待機寮より広いですし。洗濯機も最新型ですし。誰もいないってのは考え方一つで。孤独じゃなく、自由とか、孤高だと思えば、まあ」

「あら、そう。じゃあ、待機寮を引き払って、こっちに住んじゃう？」

「金額によります」

「ああ。本当に住めるんだ」

牧瀬が苦笑しながら、総合管理室の扉を開けた。

「あ、明けましておめでとうございまぁす」

管理室内には日勤の馬場がいた。

はいはいおめでとう、と言葉にはするが、おざなりになった。

牧瀬より先に入り、円卓の上に荷物を置く。

何よりもまず、しなければいけないことは決まっていた。

身体は自然に動いた。牧瀬も流れを読んでか、手伝ってくれた。さすがに係長だ。

帰省すると決めた行程の中に購買の予定は組み込んでいたので、暮れの内から冷蔵庫内にスペースは作っておいた。運搬の目論見《もくろみ》に狂いが生じただけだ。

かくて――。

「係長。ありがとう」

マダムブリュレ三十個は、冷蔵庫内に〈計った〉ように綺麗に収まった。

個人的に、目で楽しんでから冷蔵庫を閉める。

クアッドモニタの前に座り、馬場が何かを目で追いながら数えていた。視線の先にあるのは、観月が持ち込んで円卓に置いた甘味のあれこれだ。

「気になる？　馬場君の分もあるわよ」

「まったく気にはなりませんけど、これで全部っすか」

「そうだけど。どうして」

「いや。僕の推量より、ちょっと少ない気がするんすけど」

「へえ。成長したわね」

「成長っすか。これ」

実際、各人のシフトや都合に合わせ、新大阪から本庁監察官室付けで送った品々もそれなりにあった。

どのくらいかといえばまあ、証拠品用の段ボール箱程度の大きさで冷凍便、冷蔵便がそれぞれひと箱ずつで、通常便が四箱だ。

エキマルシェなどの多店舗型商業スペースは、こういうとき便利だ。好きな物を〈少しずつ〉買っても、まとめて送ることが出来る。

「そうするとですね」

円卓を前にして、牧瀬が不思議な物でも見るように腕を組んだ。

「ここに持ち込んだ物って、多くないっすか」

「でも、さっきも表裏のゲートで配ってきたし。今週はほら、私はいないけど、明日は御用始めだし、結構な人が出入りすると思うのよ。その分は、みんなに配ってもらわなきゃならないから」

「ほう。出入りっすか。結構な人の」

「そうよ。みんなにはブリュレでも天下円満でも良いけど、挨拶の人には天下円満で。まあ、ブリュレでも良いけど。で、明日もゲートには天下円満で。真紀とか、アップタウンの人達には天下円満で。最悪、ブリュレでも良いけど」

牧瀬が腕を組み、組んだ腕の先で指を折る。

しばらくして、溜息をつく。

「それにしたって、多くないっすか」

「そんなことないでしょ。どれにしたってさ、配ったらあなた達に、一人五箱も残らないんじゃない？」

「あ、なるほど。――けど管理官。そういう物って、一人半分でも多いと思うんですが」

「そういう物？　半分？　あ、係長、もしかしてお正月太り？　ダイエット？　だらしないわね」

うーん、と唸って牧瀬は頭を掻いた。

「たぶん、こっから太るんっすよね。なあ、馬場」

話を振るが、いつの間にか馬場はモニタの方を向き、おそらく聞かない振りだった。

三

「で、係長。年末年始、どうだった？」

土産の甘味を仕分けながら、観月は牧瀬に聞いた。

夜勤明けの牧瀬にとっては私的な時間に当たるが、今は洗濯途中の待ち時間という。

それで、ちょうど三時も近かったので土産のいくつかを開けた。八つ時、休憩タイムだ。

馬場が濃いめの緑茶を淹《い》れてくれた。

牧瀬に聞くのは、別にブルー・ボックスでの過ごし方ではない。

津山の置き土産、捜四段ボール箱の開封と、主に目視による内容物の確認と、それらのデータ化だ。

「そうですね。増えてますよ。まあ、この管理官の土産ほどではないですが」

牧瀬は円卓の奥に陣取り、自分で切り分けたマダムブリュレを口にした。馬場にも配ったようだが、何故《なぜ》切り分けるのかはわからない。ホールの方が断然美味しいのだが。

「増えた物は、こんな辺りです。画像で一覧になってます。夕べの分はまだですが」

牧瀬が卓上にノートPCを置き、そんな画像一覧を見せてくれた。

「ふうん」

午前二時で壊れた腕時計、数マスをマジックで潰された現像済みのフィルム、辞表と大書された便箋で折られた紙飛行機、増えた写真立ての中でセピアに笑う恋人、あるいは夫婦、あるいは家族、etc.

クロスワードパズルは、段ボール箱を開ければ開けるほど、マスを増やす。

ただし、増えた中にはおそらく、繋がりを持ち意味を成すマスもなくはないだろう。

その後、三時半を回る頃になって、観月はブルー・ボックスから退出した。一時間ほどの滞在でしかなかったが、それ以上いるとまるで本当の〈勤務〉のようになるからだ。

正確には〈追い出された〉というのが正しいか。天下円満ひと箱とマダムブリュレ三ホールしか食べていなかったが、帰ってください、と牧瀬から、けんもほろろに扱われた。

渋々重い腰を上げると、土産物の紙袋もいくつかをUターンで押しつけられた。

「管理官の代わりにって言っても、多過ぎます。押しつける方の身にもなってください」

押しつけるという日本語の使い方が間違っている気がするが、牧瀬が観月に今しているることが押しつけだとすれば、心情的に納得出来る部分も、無くはない。

「どうしろって言うのよ」

「好きにしてください」

仕方なく、和歌浦せんべい五セットと天下円満五箱を引き取り、エントランスから出る。

「へえ。気が付かなかったけど、東京のお正月は、ちょっと暖かかったのかな」

夕陽を浴びた街路樹が、かすかに囁くようだった。風の色を感じた。

そのまま、錦糸町に足を向けることにした。

和歌浦せんべいはまだしも、生菓子の天下もちは特に早いうちがいい。門前仲町《もんぜんなかちょう》から清澄白河《きよすみしらかわ》へ。

乗り換えはどこも空いていた。

観月が向かったのは、ストレイドッグだ。いずれ土産を某《なにがし》か、マスターの杉本と家主の笠松《かさまつ》には渡すつもりだった。

「うわっ」

意表を突いて、店は閉まっていた。

〈正月休み〉

それだけがドアに張られていた。期限も何も記載はない。ということは、まったく商売っ気も感じられない。

「休みって何？　どうせ暇なくせに」

だからどうせ開いているだろうと思ってきた身からすると、独り言にも愚痴は出る。

大きく息をついて振り返ると、

「失礼ですが」

と、やけに慇懃《いんぎん》な声が掛かった。

どこにでもいて、どこにでも埋もれていそうな地味な男が、観月のすぐ近くに立っていた。

グレーのスーツにベージュのコート。濃紺のビジネスバッグに黒いビジネスシューズ。中肉中背。ストレートの黒髪の耳に掛からない程度のカットとセット。年齢はおそらく五十前後だろう。

特徴といえば、フレームレス眼鏡の奥の目が一重の切れ長で糸のように細いことか。

「どなたでしょう？　あまり後をつけられるのは好みではないですけど」

「ほう。お分かりでしたか」

声は少し低い方か。口をあまり開かないしゃべり方だが、聞こえは悪くなかった。

笑顔ではあったが、どうにも硬いように見えた。貼り付けたような笑顔だ。

「私、こういう者です」

差し出される名刺には、キング・ガードの名称があった。

社名と横並びで、〈一班〉と書かれていた。

後は名前と携帯のナンバー以外、なんの記載もなかった。班以外の所属や役職、部署の所在地さえもだ。

「変わった名刺ね」

「ははっ。名や肩書きが体を表さない、典型的な職場であり仕事でして。その代わり、縛りがない。実に動きやすいものです」

男の名前は、相楽場剛明《さがらばたけあき》と言った。

なかなか画数の多い名前だ。

「それで、キング・ガードの人が私に何か」

「まずはご挨拶のつもりでは居《お》りますが。立ち話もなんです。少々のお時間を頂けませんでしょうか」

「忙しいって言ったら」

「ご冗談を、とお返しすることになりますが」

片目を瞑って戯《おど》けた顔を見せ、相楽場は観月の後ろのドアに目をやった。

「お休みだったようで。空振ったお時間の少しを頂ければ、何か軽い物でも、ええ勿論、こちらの経費で」

観月は、それ以上は言わなかった。

相楽場の先導で、錦糸町駅近くにあるファミレスへ移動した。少々胡乱《うろん》な人間との対面なら、そのくらいでちょうど良い。

もらった以上、自分の名刺も渡す。それから相楽場がメニューも見ずにドリンク・バーを頼み、観月は逆にメニューを見つつ〈サンデー〉を指差して注文した。

相楽場がドリンク・コーナーに立ち、その間に観月はもらった名刺を見返した。

内容は薄いが、普通にはない記入があった。

携帯ナンバーの後に括弧《かっこ》で、（プリペイド）と括ってある。

実に不思議な、いや、不遜な名刺だった。

相楽場が水を二つと、ホットコーヒーをトレイに載せて戻ってくる。

「どうぞ」

観月は水のコップを受け取り、口を付けた。

「で、何？　忙しいかどうかと無為な時間の過ごし方に、あまり大きな関係性は見つけられないけど」

「それでもご同行頂けたと」

「立ち話なんていう、ただでする話が一番怖いから」

お待たせしました、と言ってホールスタッフが〈スカイツリーサンデー〉を運んでくる。

観月は何度か食べたことがあったが、他に注文している人を見たことはなかった。

なんというか、見た目にはたしかにスカイツリーだ。周囲に小さなざわめきが起こった。

「ほう」

相楽場の一重の細い目も見開かれ、瞳が忙しく上下に動く。

「軽い物でも、とご提案させて頂いた気がしますが」

「軽いわよ」

「――なるほど」

相楽場が大きく頷いた。

これらは素《す》の表情だろうか。いや、もう一枚、二枚、仮面をかぶっている気もするが。

「じゃ、遠慮なく。溶けるから」

観月はサンデーの最上部、スカイツリーのゲイン塔に当たる部分にスプーンを差した。

「では、食べながらでも聞いて頂ければ」

相楽場はコーヒーを飲み、足を組んだ。

「昨年の猛省も踏まえてと申しますか。あなたがあの施設の管理者になったという、この事実からすら、弊社が一歩遅れたのは事実です。ですので、今年は一から、いえ、お望みなら十からでも、小田垣管理官とお付き合いさせて頂ければ、そう考えておりまして」

「へえ」

観月は右手のスプーンでツリーを崩しつつ、左手の指に挟んだ相楽場の名刺をひらひらさせた。

「この、どこの誰だかわからない名刺だけで？　しかもプリペイド携帯で」

「はい」

「それだけで、ブルー・ボックスの門を叩くと」

「何も、プリペイドだから軽んじているというわけではありません。昨今、アンドロイドスマホやアイフォン取り混ぜで数台持ちという方もお見受けします。私はだいぶ昔からこういうスタイルだもので。かえって期間や範囲にリミットを設けたこの携帯の方が、私は真摯《しんし》にその一人、あるいは一件に向き合えるものと思っております」

「じゃあ、名刺もそれぞれってこと？」

「はい」

「いい気はしないけど、いい度胸ね」

「後腐れのない番号と名刺だとお考えください。登録の必要もありません。それで全体、相手先に悪い話ではない、と常に思っております」

「悪くはないけど、危険とか」

「ご冗談を」

相楽場は笑顔を崩さず、大袈裟《おおげさ》に手を振ってみせた。

「ま、いいけどね」

観月は名刺を仕舞った。

「どうせ、こっちからは掛けるつもりも用事もないし」

「結構です。こちらも同様に、当面の間は掛けるだけのつもりで居りましたし」

「何それ」

「危険どころか、お手を煩《わずら》わすことも何もない、ということの証《あかし》だとご承知ください」

「手の内を見せないってこと？」

「当面、とお伝えしました。意思の疎通が図れれば、いずれは私の方が、管理官からの電話をお待ちする立場にもなろうかと」

「お付き合いって、たとえば？」

「そうですね。まあ、そういうスイーツなどなどは、言って頂ければ」

「ふうん」

「他には、そうですね。手前ども主催の、海外視察などいかがでしょう」

「ふうん」

「または、管理官が望む方々への、冠婚葬祭のお手伝いとか」

「あら便利」

言葉にはしたが、観月の表情は動かない。

さすがに相楽場は渋面を作った。

こちらは表情が動きすぎるほどに動く。笑顔一つも同じではない。よく動く。クルクルと動かして、それで本心を悟らせないようにしているのか。

観月とは真逆の男だ。

「どれも要らないって断ったら?」

観月はスプーンを、相楽場はコーヒーカップを口に運んだ。

「現時点では、何も」

「何も?」

「想定内ということです。最初から乗り気の方が逆に怖い」

「次があるってこと? それこそいい度胸、いいえ、面の皮の千枚張りね。こちらには
もう一度会うつもりは、今のところ無いけど」

「会って頂けるように努力するのはこちらの仕事ですから。もっと上にも、もっと下に
も、ご提案や条件はいかようにも」

「へえ」

観月はスプーンで器の中を浚《さら》った。

「もっと下にもって? それって、脅迫とか暴力とかってことかしら」

「さあて。それは管理官のお考え次第。いえ、感じ方次第でしょうか」

「もうその段階で、少し脅迫してない?」

「管理官の感じ方次第、と申し上げましたが」

「本気?」

「ははっ。冗談ですよ。仮にも弊社は上場企業です。会社も私個人も、法に触れるよう

なことは致しません」

「もう一度聞くわよ。――本気？」

「直接は、あるいは、目の届く範囲では、と申し上げておきましょうか。直系のグループ会社からその取引業者まで入れれば、弊社には数万の人間が関わっています。その全員の行動を監視も制限もすることは、これは今のうちに断言させて頂きますが、とてもとても」

「会社も個人もって、言質《げんち》を取られない言い方ね。嫌みなくらい回りっ諄《くど》いけど」

「これは。――では、少しだけ真っ直ぐ言わせて頂きましょうか」

相楽場はテーブルに肘を乗せ、観月の方に少し顔を寄せた。

「月夜の晩が、続くと良いですね」

柔らかな、本当に問うような声だった。

「私は、月夜の晩が好きなもので」

身体を引くと、相楽場の笑顔がやけに深かった。

クルクルとクルクルと、本当に良く動く表情だ。羨ましいより、胡散臭《うさんくさ》い。

「残念ね。私は昼間の方が好きよ」

観月はスプーンを置いた。周囲からかすかに、拍手のような音が聞こえた。

「ご馳走《ちそう》様」

会計は相楽場任せになった。ここは手前どもで、と言われれば、いえ警視庁で、などと言う義理も謂《い》われもない。出て、別れる向きになった。

「ではまた。出来れば月夜の晩に」

去る相楽場にさりげなくスマホのカメラを向けるが、もうこちらを振り向かない。慣れているのだろう。写真を撮る隙はなかった。

その後、もう一度ストレイドッグへ行ってみた。夕闇の中に沈むようにして、小窓に明かりはなかった。

四

一月四日、御用始めの朝は全国的に広く冬晴れだということだった。

牧瀬にとっては、年末年始における夜勤の、最後の朝を迎えたということになる。これでもう夜勤が無くなったわけではないが、区切りではあるし感慨もある。まだまだ初めて尽くしばかりのブルー・ボックスで、年を越したのだ。籠もっていたと言い換えてもいい。

日中は寝て、出ても近所で、夜勤に入る。行く年来る年。

ネットやテレビで情報は取ったが、体感としての新年は、牧瀬にとってまだまだ遠い。

「おう。係長。おめでとうさん」

そんな朝、まず出勤してきたのは主任の時田だった。

「なんです。改まって。一昨日《おととい》、そんな挨拶はしましたけど」

時田は二日が日勤当番だった。朝の引き継ぎで簡単な挨拶はしたはずだ。そのとき時田は、

――家のもんで悪《わり》ぃけどよ。少しは気分が出ると思ってな。

と、奥さんの手作りだという煮染めと数の子の醤油漬けを持ってきてくれた。

「あの挨拶とこの挨拶は別だ。あれだよ。係長はどうせ、今年になってから大して外に出てねえんだろ」

「えっと。そうっすね。弁当買いに出たくらいで」

年末年始は午後に一回、仮眠室から起き出して近所に出た。別に誰か知り合いと会ったわけではない。

「年が明けたってのは、まずは気分から始まるもんだ。帰り道に出りゃ、係長も少しは実感するさ」

「はあ。そういうもんすかね」

牧瀬は頭を掻いた。

そういうもんだな、と時田は断言した。

「それこそ係長は、今日から新年ってことだ。この挨拶は、そういう係長への挨拶だよ」

言われれば、年末年始に出たのはコンビニだった。いらっしゃいませとは言われたが、特別に新年の挨拶は聞かなかった。いつもの定食屋や弁当屋ならそんな会話も生まれるかも知れないが、どこも休みだった。弁当屋の爺さん婆さんは、娘夫婦と孫と温泉旅行だとか言っていた。

牧瀬もブルー・ボックスに、六泊七日の〈旅行〉のようなものだが、あまり良い思い出も記念の土産もない。

（いや）

土産ならあるか。それも引き継ぎしなければ、えらいことになる。

そんな話を時田としているうちには、森島も出勤してきた。

手にコンビニの袋をぶら下げていた。何本かの缶コーヒーのようだ。

「おっ。係長。トキさん。明けましておめでとうございます。今年もよろしく」

時田が笑う。

牧瀬も思わず口元が緩んだ。

「なんすか。モリさんもすか」

「ん？　も、ってのはなんだい」

「その畏《かしこ》まった挨拶ですよ。元日の引き継ぎでしましたけど」

「ああ。別にいいじゃねえか。区切りとしちゃあ、今日が御用始めだ。挨拶も改めりゃ、身も引き締まるってもんだ」

なるほど。同じような挨拶でも、込める思いは色々とあるものだ。

ほらよ、と言って森島は牧瀬に缶コーヒーを投げてきた。

元日も、夜勤明けにはコーヒーだ、などと言って買ってきてくれた。本当ならブラックが良かったが微糖だった。森島は観月ほどではないが、甘い物好きだ。

体型的に、牧瀬が見ても間違いなく、今年も健康診断で引っ掛かるだろう。

行く年来る年は懲りない面々には、年々歳々、ということになるのだろう。

トキさんもどうっすか、と森島が缶コーヒーを勧め、俺は要らない、と時田が断った。

残りを仕舞うべく冷蔵庫に向かい、開け、森島は一瞬固まった。

「んだい？」

その様子を見咎《みとが》め、時田も寄って行った。

牧瀬は動かない。何がどのくらい詰まっているか、知っているからだ。

冷蔵庫の扉を閉めたのは時田だった。

森島が目を瞬《しばたた》き、頭を横に振った。

「あれだ。係長。こりゃあどう考えても、来たんじゃねえの？」

「ええ。昨日」

「てことは、これ、土産だな」

「そうですね」

言いながら、応接セットのソファに整然と並んだ手提げ袋を示す。

「食えってか。まだ餅腹でおせち腹だってのに。いや、食えねえわけじゃねえけど」

森島はスーツの上からでもわかるほどに迫《せ》り出した腹を叩いた。

「モリ。正月っから、そんな考えだから痩せねえんだよ。配り歩けってことだろ。正月太り解消によ」

　時田が森島の尻を叩く。

まあ、どちらも間違いで、どちらも正解だろう。食うにも配るにも、そもそもまず量が適正ではない。

大して多くない夜勤の引き継ぎと、べら棒に多い土産物の配分をする。

　時田も森島も、深い溜息をつく。

　これも一つの、年々歳々か。小田垣観月というクイーンの下にいる限り。

「仕分けっていえば、係長。捜四箱の仕分けは順調に進んでるのかい」

　森島が土産物の〈袋分け〉をしながら聞いてきた。捜四箱は、森島が言い出した略称だが、今やブルー・ボックス全体に浸透しつつある。

「まあ。ぼちぼちですが」

夜勤の間に進んだ分の多くは、昨日のうちに観月にも確認した。

官給品、私物。

記名、無記名、正体不明。

官給品はもちろん、備品係への返却に回すが、明らかに私物と思われる物は調べられるだけ調べて、本人または家族に〈送り届ける〉のが、クイーンである観月からの指示だ。

――これから、心や記憶を運ぶわよ。それもブルー・ボックスの、いえ、監察官室員の仕事だと思うから。

違うとは言えなかった。それもありだろう。

御用始めのこの日は三署からの証拠品収蔵予定があるが、新年はゆっくり始まる感じで、この先の搬入予約はさほど多くない。

そんな予定も鑑み、明日から当面、牧瀬はブルー・ボックスのシフトから外れることになっていた。夜勤の当番もない。

しばらくは本庁の監察官室を軸に、所轄までエリアに含んでひと通りの挨拶回りだ。

昨今はデジタルでという向きもあるが、監察は特に内向きの職場だ。礼儀と挨拶は出来得る限り徹底すべきとは、前任者の藤田元監察官からも、人事一課長を兼ねる露口参事官からも聞く言葉だ。

小田垣管理官下の係長として、回るべきリストはもう一組の横内係長とすでに半々に分けてあった。

おそらく、そんな牧瀬達が配って歩く本庁内の分の土産物は明日、監察官室に届くに違いない。

そうして挨拶回りを終わらせた後は、これも本庁の監察官室を軸に、精査を済ませた捜四箱から、〈本人または家族〉に対する返却作業だ。

ブルー・ボックスに緊急な事案が出来しない限り、おそらく半月以上は監察官室への出勤が続くだろう。

籠もっていた分、外に出なさいと、これもクイーンからの指示というか、厳命されたことだ。

「もういいぜ。後は任せて、久し振りに帰れよ。明日だって朝からだろ」

森島が勧めてくれた。

「そっすか。じゃあ」

帰り支度を始めようとすると、おい、と時田から声が掛かった。

「係長。車かい」

「はい」

「そいつはいいや。じゃあ、せめてこんくらいは持って帰れ」

土産袋に和歌浦せんべいと天下円満が五セットずつと、そこに冷蔵庫を開け、マダムブリュレが三個入れられた。

「えっ」

出来ればスルーしたかったところだが、でないと俺らの血糖値が上がることになる、と言われれば仕方がない。

待機寮の中を配って回るか。それこそ実際にはどこにも行っていないが、行ったかのようなお土産だ。

総合管理室を出て、外に向かう。持って帰る予定の荷物はまだまだ仮眠室にあるが、車の方が昨日までに積んだ分でほぼいい感じだった。

土産袋を手に揺らしつつ、階段室を真っ直ぐ降りる。

しばらくは来ない予定だが、中二階には寄らない。寄っても誰もいないからだ。三署が予定されている搬入はどれも午後からで、ために高橋係長以下中二階の面々は、午前中は本来の部署である本庁六階の刑事部刑事総務課に〈出払って〉いた。おそらく、長々しい刑事部長の訓示でも〈拝聴〉するのだろう。

買ってまだ半年も経たない愛車は、エントランスから一番近い駐車スペースに停めてあった。真っ赤な軽自動車だ。朝陽に輝いて見えた。

身体が大きいのに軽なの、と観月に聞かれたことがあるが、身体が大きいからこそ軽との一体感が味わえるというものだ。

まあ、他人にわかってもらおうとは思わないが。

後部座席に土産袋を詰め、それから歩いて守衛詰所に向かい、退出の手続きをする。

今や徒歩なら裏ゲートからカード・キーで外に出られるが、車だと緊急時以外は未だ表ゲートからになり、諸手続きはアナログになる。

記入を済ませ、表ゲートのボラードが下がったのを確認して車を発進させる。

と――。

ゲートから右折で車道に出ようとしたところで、進行方向側の歩道に立って手を挙げる者があった。

グレーのスーツにベージュのコートを着たフレームレス眼鏡の、地味な顔の男だった。

朝陽を直《じか》に受け、少し眩しげだった。歳の頃は、五十絡みか。

通行車両がないことを確認して、牧瀬は男の脇で車を停めた。

助手席の窓を開ける。

「いい色の車だ。すぐにわかりました」

「はい？」

「牧瀬広大警部、ですね」

男は牧瀬の名を口にしながら、窓から名刺を差し入れてきた。

キング・ガード〈一班〉、etc.

「へえ。キング・ガードの社員さんが、俺になんの用ですか」

「まずは、乗せて頂けませんか」

「乗せる？　どこまで」

「夜勤明けということは重々。なんでしたら、ご自宅前まででも結構ですが。用件はその無理のない時間の中で。お手間は取らせません」

「さてと」

ふと考え、ふと閃《ひらめ》く。

「ちょっとした甘味をもらってくれるなら、乗せても構いませんが」

「ほう。これはこれは。贈賄ですか。先に言われてしまいました」

「バーターのつもりなんですが、貰ってくれるならそれでもって。——え？　先に言われたって？」

相楽場は笑った。糸を引くような笑みだった。

牧瀬は目を細めた。

「まあ。乗ってからにしますか。俺の洗濯物を抱える格好になりますけど」

言いながら牧瀬は、助手席のドアロックを解除した。

五

五日の朝、重いモノを抱え込んで、観月は本郷《ほんごう》の東大病院を訪れた。

といって、別に体調不良でも、ましてや脳障害でもない。東大病院を訪れたのは定期検査のためであって、抱えている重いモノは、前日に先輩の結婚式に出席したがための、気分の問題だ。

結婚したのはどちらも先輩というか、新婦は観月が大学時代に住んだドミトリー・スズキに同じころに住んだK女子大生で、宮下琴子《みやしたことこ》という人だった。大学こそ違え、学年でも年齢でも観月の一つ上になる。現在は市谷田町《いちがやたまち》にある、KOBIXグループのメディクス・ラボ本社秘書室に勤務していた。

そして新郎だが、こちらは間違いなく観月と同じ東大の、同じサークル、〈ブルーラグーン・パーティ〉に所属した先輩で、理学部の河東《かわとう》という男だった。

観月が招待状を受け取ったのは、サークルの関係でこちらからだ。

河東も現在は、琴子と同じメディクス・ラボの本社に勤務しているという。元々は相模原《さがみはら》研究所で新薬の研究をしていたが、二〇一五年、同所で不幸な爆発事故があり、その直後から本社に転属になったらしい。将来の研究所長候補として、そもそも大事にされていたようだ。

この事故では、観月が大学時代から知る、同社の氷川《ひかわ》という取締役が亡くなった。世間的には色々とある男のようだったが、築地本願寺での社葬には、観月も私人として参列したものだ。

そのとき、

――善意だけが、故人の魂を天に送ります。だからあなたのご主人は、安らかだ。

残された氷川の妻の前に立ったＪ分室の純也の言葉は、バイアスの掛かった観月の心にも染み入るものだったが――。

いや、今はそんなことより――。

新郎の河東は、大学時代から何かと〈便利〉な男だったが、はっきり言って奥手なタイプだと思っていた。それも超が付くほどの奥手だったはずだ。

職場の関係で知り合ったものかと、それにしても学生時代から華やかだった琴子と地味で奥手な河東が、どうなって接近したのかは大いに疑問だった。

それがそれが――。

それが、琴子とは大学時代からの付き合いだったと、河東の友人が得意げにスピーチで話した。

昨日の昨日まで、観月はそんなことは知らなかった。

ドミトリー・スズキや東大及びサークル周辺で、いや、観月の目の届く限りの範囲で、そんな様子はまったく見られなかった。

恋愛に関する未熟か、人間そのものに関する興味あるいは観察眼の不足か。

いずれにしろ、知らなかったということで思い出がほんの少し色褪《いろあ》せる感じで、それで胸の奥に何やらの塊を飲むようだった。

「信じられる？　私は未だに、なんかさ」

観月は、診察室で目の前に座り、キーボードを忙しく叩く白衣の女医に話し掛けた。

「なんか、何よ」

「信じられない。考えられない。思いも寄らない」

「あっそ。ま、観月だからね。私は、なんとなくわかってたわよ」

「――えっ」

この日も朝から脳神経外科、脳神経内科を廻《まわ》り、最後に診察室に入ったのが精神神経科だった。この科のドクター立野梨花《たてのりか》が、それまでの百合川《ゆりかわ》女医に代わり、現在の観月の主治医ということになる。

主治医にして、梨花は観月にとって東大の同級生でもあり、同じJファン倶楽部の会員でもあった。

が、それより何より、ドミトリー・スズキでも一緒で、本人に言わせれば観月との関係は、〈同じ釜のご飯を食べた〉仲間ということが第一にくるらしい。さすがに米所、新潟の開業医の一人娘だ。

――あんたはあたしが診るから。

学生時代によくそんなことを口にしていたが、ただの〈エール〉のようなものだと話半分に聞いていた。なんと言っても開業医の一人娘だ。

　梨花は一人前になった暁には、だから新潟に帰ると仲間内の誰もが思っていた。ところが、東大病院での後期研修医時代に先輩ドクターと授かりで結婚し、そのまま東大病院に居座って今では観月の主治医にして、一女を立派に育てるママ医だ。精神神経科を志したことはたしかに、観月を思ってくれる心情が信条に純化したようだ。

頭が下がる思いだが、下げたら梨花はすぐに乗ってきそうな女なので、実際には下げもしないし、特に感謝も口にしない。

そうして、研修医時代にすでにママになった梨花は、Jファン倶楽部の会員ではあったが卒業後、JファンOG会、〈魔女の寄合〉には入っていない。それどころではない、と言われればもっとも過ぎて、そう言われることは最初からわかっていたから、特に誰も誘わなかった。

「なんとなくって。ちょっと梨花、あんた、それってさ」

「ああ。私だけじゃないよ。竹婆《たけばあ》もうすうす勘付いてたみたい。悪い虫じゃなきゃいいけどって言ってた」

「——あらぁ」

知らぬは観月ばかりなり、ということか。

梨花の言う竹婆とは、寮長と呼ばなければ臍《へそ》を曲げた、ドミトリー・スズキのオーナーにして寮母の、鈴木《すずき》竹子《たけこ》のことだ。本人は今も健在だが、ドミトリー・スズキはもうない。

三歳上の旦那、鈴木正一《しょういち》が八年前に七十五歳で他界した。肝臓ガンだった。本人は髪結いの亭主などと陰口を叩かれながらも、最後まで釣り三昧の太公望《たいこうぼう》を貫いたようだ。

その葬式には、観月や梨花を始めとする、元寮生が大勢参列した。琴子もそのときに顔を合わせた。

——あんたらがいてくれるからね。寂しかないさね。

竹子は気丈に振る舞っていたが、観月にもわかった。初めて見る、寮長のしょぼくれた顔だった。

それから三年は一人でドミトリーを切り回して頑張ったが、旦那の亡くなった七十五歳で、竹子は人生に一つの区切りをつけた。

ドミトリー・スズキを閉め、売りに出し、本人は息子の住むオーストラリアに旅立った。

空港まで見送った者達の中に、観月も琴子もいた。梨花は診療の都合でいなかった。観月はだから、昨日で琴子とは、四年振りの再会ということになる。

「そういえばさ。今晩、あの寄合だって?」

観月の次の予約を入力し終えたようで、梨花がキーボードを打つ手を止め、キャスターチェアごと観月の方を向いた。

昔はふっくらとして巻き髪だったが、ドクターだからかママだからか、両方か。少なくとも巻き髪は跡形もなく、すっきりと短く切られていた。

ふっくらとしたショートヘアだ。

「あのってのが気になるけど。そうだよ。誰に聞いたの?」

「真紀」

「ああ。そうか」

工学部の真紀と医学部の梨花は、理系、Jファン倶楽部という以外に、サークルも同じという共通点があった。それで卒業後もたまに連絡を取り合っているようだ。

四年半ほど前、梨花がお腹《なか》までふっくらさせて結婚したとき、内輪の〈披露パーティ〉の幹事を引き受けたのは真紀だった。

――サプライズでJ先輩、呼びたい。なんとかしろ。

そんな連絡が真紀から、山梨県警に異動したての観月のところにあった。

観月がJファン倶楽部代表だったからというよりは、その後の進路として同じ警察庁に入庁したということで依頼された。

県警本部に着任したばかりで都合がつかず、観月自身は参加出来なかった。

純也との連絡は〈簡単〉に取れたが、純也も臨席は叶《かな》わなかったようだ。というか、こちらはドタキャンだ。

その代わり、語り種《ぐさ》になるほどの数の花束がパーティ会場に届いたらしい。

花嫁を祝う〈サムシング・ブルー〉を基調として、女子全員が抱えて帰っても余る数だったという。

――ドタキャンてなんだよぉ。

と真紀に文句を言われたのでそのまま本人にも伝えたが、そのとき純也は、

――先輩。ドタキャンてなんですか。

――やあ。ちょっとした野暮用があってね。

――野暮用なら、優先順位を間違えないで欲しいものですが。

――済まない。

――それ、機会があったら梨花と真紀に言ってやってください。

――そうか。そうだね。

電話口ではそんな遣り取りを交わしたが、後で理由を知って観月は絶句したものだ。

純也の恋人、木内夕佳《きうちゆうか》の爆死。

それが、梨花の結婚披露パーティの直前のことだった。

観月が文句の電話を掛けた、四日前だ。

これは今でも、小骨のように観月の喉の奥に刺さった一事だった。

「梨花も来る？　久し振りにさ。ゲストでいいよ。年会費を払えなんて言わないから」

「えっ。そんなのあるの？」

「ない。で、どう？」

観月の問いに、梨花は首を横に振った。

「観月達が卒業してからもう、こっちは加速度的に忙しくてさ。国家試験に研修医。そのまま正式に医師で、ママだよ。まだまだ手が離せないし、抜けないや」

「それはそれは」

主治医の精神神経科の医師に溜息をつかれると、患者で警察官僚の観月としては、

「ファイトォ」

と、それくらいしか掛ける言葉は見つけられなかった。

六

「この後はまた、いつもの四海舗《スーハイプー》?」

梨花が口にした四海舗とは、東大本郷キャンパスとは、本郷通りを挟んでほぼ真反対の、本郷裏にある中国菓子店の名前だ。

その昔は知る人ぞ知る中国菓子の名店だったが、今は中国茶カフェと菓子の名店として本郷裏界隈《かいわい》では知る人ぞ知る。

東大病院の後、きまって観月は四海舗に顔を出した。これは、観月が東大に入学して以来の恒例というか、ドミトリー・スズキ入居に端を発する、一つの悪縁だ。

四海舗の店主の名は、金村松子《かねむらまつこ》といった。ドミトリー・スズキの鈴木竹子と松子は、一卵性の姉妹だった。〈寮長〉竹子との関係があったからこそ、観月は〈店長〉金村松子と四海舗を知り、四海舗の中華菓子を知った。

だから、竹子が作る〈同じ釜の飯〉を食って東大に通った梨花も、観月と同じように竹子との悪縁に拠《よ》って松子を知り、四海舗を知り、観月が病院の後に必ず寄ることを知る。

「うん。この後って言うか、向こうに顔出してからこっちへ来たんだ。けど、また戻るんだけどさ。あ、梨花も食べる？　なんなら買ってきてあげ――」

「要りません」

そんな会話を最後に、観月は次の予約日だけ再確認して診察室を後にした。

会計まで済ませ、病院の外に出るのは午後一時半過ぎになったが、特に文句はない。

三科以上を受診する〈盥回し《たらいまわ》〉の日は、会計を終えると午後になることが多かった。

だから、梨花には顔を出してから来たと説明したが、四海舗で少し腹ごしらえをしてから病院に向かうことは決して少なくなかった。近々で言うならほぼ毎回だ。

つまり、三科以上の受診がほぼ毎回だということでもある。

ただし、この日はいつもと比べれば、少しだけ理由に上乗せ分があった。

海を渡って以来、向こうで一度も検診を受けたことがないというか、病気になった覚えが無いという貫太郎に、十年以上振りに健康診断を受けさせることにしたのだ。

五日の観月の検診日に同行出来たら、と年末に思い立って東大病院のウェブサイトを見たが、さすがに年明け早々は無理だった。そこで、日時優先で周辺に検索の輪を広げたら、本郷三丁目のクリニックでヒットした。

この日は先にそちらに回り、諸手続きは貫太郎に代わって観月がした。

自分の方が時間が掛かるとわかっていたので、貫太郎には簡単な案内図を渡し、四海舗で待ち合わせることにした。

それから四海舗に寄って、竹子に貫太郎のことを頼んだ。

——たぶん、私の方が遅くなると思うからさ。

そうして条頭《テイアオトウ》を十皿ほど食べ、東大病院に向かったのだ。

条頭は、簡単に言えば中華あんこ餅のことだ。上海の伝統甘味で、四海舗では二本一皿で昔から二百五十円だ。四海舗の条頭は甘さと値段がほどよく、本郷裏界隈では名物として評判だった。

東大病院から出た観月は、そのまま足を四海舗へ向けた。

病院から四海舗へは、東大本郷キャンパスを突っ切るのが近道だった。御殿下《ごてんした》グラウンドの裏を回って三四郎《さんしろう》坂《ざか》を上り、総合図書館前の噴水テラスを抜けるのが一番早い。

そうして本郷通りを渡り、路地に入って何度か道を折れ、隘路《あいろ》に分け入ることを繰り返せば、やがて一メートルほどの嵩上《かさあ》げされた高台に建つ、瀟洒《しょうしゃ》な建物に辿《たど》り着く。

全体に焼けたような木骨レンガ造りの、アーチ状のキャノピーを持つ洋館だ。

キャノピー上に、中華風の扁額《へんがく》は掲げられているが、金メッキが剝がれて文字は読めない。逆に読めないことで、この地に根付いた歳月を表す。

それが、四海舗だった。

観月はスロープから三段の階段を上がり、店舗入口のドアを開けた。昔から変わらないカウベルが、昔より少し鈍く響く。

狭い店内にはまず向かいにキャッシャー台があり、左手に冷蔵ショーケースがあり、その奥に陳列棚が続き——。

「いらっしゃいな」

キャッシャー台の奥でいきなり、袖と袴《はかま》がゆったりしたこげ茶の漢服を着た〈置物〉が立ち上がった。

初めての来客は、この段階で驚くという。

この置物のような老婆が四海舗の店長、金村松子だった。痩せて小柄だが、八十歳になる今も矍鑠《かくしゃく》として、憎まれ口をよく叩く。つまり、元気だ。

「着いてる？」

店内を見回し、観月は聞いた。

「ああ。着いてるさね。中庭に出てる」

松子が細い目で店の奥を示した。そちらにこの店の中庭、イートインスペースがある。

「え、外？」

「あたしも言ったさね。けど中は狭いって。まあ、ここに丸椅子を出すだけだからね」

松子が言いながら、キャッシャー台の脇から出てきた。

「あのお客さん。上海からかね？」

「おや」

「ショーケース覗いて、どれも美味《うま》そうだって呟いたさね」

「あら」

「上海語で」

「うわ」

「――ふうん。気持ちは聞こえないけど、その言葉からすると訳あり問題ありかね」

八十になっても、松子は相変わらず鋭い。

明確には答えず、十五皿の条頭とホットジャスミンティを頼んで、観月は陳列棚の向こう側を右手に曲がった。

そちらには、奥に向かって十メートル以上続く通路があった。窓はないが左手の外が中庭ということになる。右側の壁内は厨房《ちゆうぼう》だ。

四海舗の商品は、この厨房ですべて松子の旦那が作っている。上海出身の旦那は、日がなこの厨房に入ったままでほとんど外に出てこない。竹子の旦那の葬式で見掛けた気はするが、相変わらず通常では滅多に出会えない。レアだ。

真正面の古い木製の扉を開くと、建物に囲まれたささやかな円形の中庭が姿を現す。そこが四海舗のイートインスペースだった。

中庭の中央には、一台の円卓と四脚の椅子が置かれている。受ける陽の輝きが午前と午後で反転する位置だと松子は言う。

円卓の向こう側に座り、貫太郎は帽子の短い鍔《つば》に手を添えるようにして、空を見上げていた。

貫太郎はボルサリーノに薄手のジャンパーの、お馴染みの格好のままだった。

「寒くないの」

「寒《さみ》ぃのには慣れてる。熱《あ》っちいのにもな」

「中にいればいいのに」

「狭《せめ》えよ。こっちの方がいいや」

観月も円卓に近寄った。

卓上には、茶碗《ちゃわん》とティーポットが載せられ、空いた小皿が三枚あった。皿はこの店の名物、条頭が供せられたものだろう。貫太郎が着いたら出してと、松子には頼んでおいた。

「もっと食べればいいのに」

「十分だよ。お嬢じゃねえや」

「お腹が空いてないなら無理にとは言わないけど」

「そういう話じゃねえんだが。――お嬢は変わんねぇな」

おそらく苦笑する貫太郎の対面に、観月も座った。

雀《すずめ》の鳴き声がした。

「いいとこでしょ」

「そうだな。ちっとだけ驚いたが。まあ、考えりゃあ、ありそうなこった」

「何？」

「ん？　何って——。へへっ」

貫太郎は鼻の下を擦った。

「そう、中華菓子がズラリだ。条頭まであるからよ。それでな」

「ああ。——で、どうだった」

「何が。味か？」

「それもあるけど、健康診断」

「おうよ。ちょっと待て。それとあれだ」

条頭は本場物だな、と言いながらジャンパーの内ポケットをゴソゴソやり、貫太郎はデータ表を観月に差し出した。

「血液検査とかは、さ来週だってよ。送って来るって言ってた」

「ふうん」

ざっと見ただけで、観月は貫太郎に戻した。年相応、よりはたいがい、いいようだ。

「血圧はあれだけどさ。うちの森島さんより、ううん、主任よりもずっといいわ」

「俺ってえか、そっちの方が、鍛えが足りねえんじゃねえのかい」

「そうなのよねえ」

軽い溜息をつくと、木製の扉が軋むような音を立てた。

松子が注文の品を運んできたのだが、やけに難しい顔をしていた。

なんとなく、観月にはわかっていた。

こういうことにも、松子は鋭い。

「物騒なのはご免さね」

条頭と茶器を卓上に並べながら言った。

「私、かな」

「さてね。けど、あんたが来たら湧いたさね」

そう。敷地をめぐる鉄とレンガの囲いの外に、少し尖《とが》った気配がいくつかあるのは、
観月にもわかっていた。

四海舗に入るときにはなかった。だから尾行されたとも思えないが、中庭に出るとき
には微風のように感じられた。

それも、決して暖かな風ではない。

観月はおもむろに立ち上がった。

するど、引き波のように外の気配は静かに消えた。

「ふうん」

なんだろう、と思いつつ、直近で思い当たる節は一つしかなかった。

（あの、フレームレス眼鏡の千枚張り男かな）

相楽場の七変化する笑顔を思い浮かべると、

「放っときゃいいんじゃねえのか。別に大して剣呑なもんじゃなかった」

と言いながら、貫太郎が自分のポットからウーロン茶を注いだ。

「それよりよ。あれだ。お嬢。成田の件。どうなった」

「えっ。――あ」

「やっぱり。忘れてたってか」

「えっとさ。そういうわけじゃないけど」

観月の場合、一度インプットした物事を忘れるということはあり得ない。ただ、取捨選択無くそのすべてを覚えているというのも考え物で、記憶は優先順位によって常に積み替えられ、何気ないひと駒は確実に記憶の底の方に追いやられる。

そういった意味では忘れてはいなかったが、つまり、観月の中で重要ではなかったのは事実だ。

記憶は辿れば、常に鮮明だ。

前年の十一月十五日、貫太郎が湯島のハルコビルの住人になったその初日のことだ。

坂上から強い風のような気配をまといつつおりてきたのは、組対特捜隊の東堂絆だった。

　東堂もハルコビルの住人ではあった。そのときの会話で、東堂典明翁が退院だと知る。

――へえ。今剣聖の。聞いたよ。重傷だったんだってね。一度、お会いしてみたいと思ったもんだが。そうかい。退院。そいつは良かった。

言ったのは、絆とは初対面の貫太郎だった。

その場はなんとはなく別れたが、この月の下旬になって絆に言われた。

――ゴルさんから聞きましたが、関口流ですか。一度ナマで拝見したいものだと、うちの爺さんも言ってました。

　それを伝えると、貫太郎は喜んだ。

――身体に障っちゃいけねえ。いつでもいいが、成田にお邪魔出来ねえもんかな。叶うならよ、少し腰を落ち着けるつもりで。

　これが先の、記憶に潜ってしまった頼まれ事だった。年が明けたら聞いてみるわ、とたしかに言った。

　このとき典明は、〈胡散臭い分室長の胡散臭い快気祝い〉で、石和《いさわ》温泉に長逗留《とうりゅう》中だと聞いていたからだ。いつ帰るかも取り敢えず、〈胡散臭い〉から不明だとも言われた。

　その後、直接ハルコビルで絆と出会う機会は増えたはずだが、貫太郎は特に聞かなかったようだ。

観月に〈預けた話〉、ということだろう。

で、預けられた観月が年が明けた今、さてどう取り繕うかと言えば、

「お正月の成田って凄いから、落ち着いたらね。そう、七草? 豆撒《まめま》き? とにかくその辺。もう少し」

おそらくこれは間違いではないが、とってつけた言い訳である以上、正解でもない。

第三章

一

正月六日、土曜日の夜には、新年一回目の魔女の寄合が開催された。

病院で梨花が口にした、〈あの〉寄合だ。

東大Jファン倶楽部OG会、それが魔女の寄合の正式名称になる。

クリスマスの妖怪の茶会からこの魔女の寄合まで、この年末年始は帰省もあって観月にはどうにも慌ただしい約二週間になった。

そんな慌ただしさの締めになる魔女の寄合は、妖怪の茶会と同じく、池之端の来福楼で催される運びとなった。

近い時期の寄合と茶会が同じ店というのは初めてのことだが、なんのことはない。

今回、寄合の幹事の立場だった観月が、面倒だったので茶会の最後に、来福楼のレジで予約を入れたからだ。

特に何も言わず観月の〈顔〉で予約した寄合の席は、加賀美がいないので店主の馬達夫からの扱いは、〈一般〉だ。

つまり、黙っていても通されたクリスマス当日の、店最上の個室ではない。一般席だ。席がひしめき合う大広間の通常テーブルということになる。

まあ、どこでも呑んで食って騒いで泣いて、と、することが変わるわけもないが――。

幹事の観月がだらっとした年頭の挨拶をし、Jファン倶楽部初代会長にして最年長の大島楓《おおしまかえで》がだらだらっとした乾杯の発声をし、いつもの魔女の寄合は始まった。

おそらくこのメンバーだと、観月だけが感得出来る店内の気配からすれば、店主の達夫は厨房方向のどこかから、この寄合の様子を窺《うかが》っているようだった。

お気に召す〈懐具合〉の匂いを誰かから嗅げば、以降、来福楼は魔女の寄合にとっても、何かと重宝な店になるだろう。

厚労省の大島楓、宝生グループの宝生聡子、アップタウン警備保障・総合統括の早川真紀、業界大手の大日新聞に記者として勤務する杉下穂乃果《すぎしたほのか》。

いずれ劣らぬラインナップだと、観月は内心で大いに自負した。

おそらく、〈懐具合〉だけ見れば、妖怪の茶会より魔女の寄合の方が遥《はる》かに上位だ。

茶会の方はたとえ、最上位の加賀美が警視総監に昇任したところで、立場は国家公務員の域を出ない。民間企業のいずれ取締役及びトップは、現段階でも本気になったら警視総監を凌《しの》ぐだろう。

そんなメンバーで、年末年始の近況報告などをしながら会は進行した。

特に代り映えのない会話が続く。十年以上、常に似たようなメンバーなのだから代り映えのある方が珍しい。〈虫〉でも付かない限り、会話にも酒の呑み方にも変化はないだろう。

十年一日。

これが二十年一日、三十年一日になる公算は大きい。

宴も〈時間的に〉、たけなわになったところで、観月はふと紀藤から聞いたキング・ガードのことを隣の真紀に振った。

アップタウン警備保障内において、総合統括の真紀は近畿ブロック統括の紀藤の上司という立場になる。

「ねえ。キング・ガードのさ。本社特企営業部長って、どんな人」

「ん。北池《きたいけ》？　ただのオジさん」

「ふうん。じゃあ、そこの常務執行担当役員って？」

「園部《そのべ》ね。社長の腰巾着、いや、太鼓持ちかな」

ちなみに、観月は紹興酒を舐めつつ山と盛った胡麻《ごま》団子《だんご》を箸で摘《つま》み、真紀はウーロン茶を飲みながら、箸で串刺しにした〈団子五兄弟〉をパクついていた。

真紀は、魔女の寄合唯一の下戸《げこ》だ。

下戸にして、たいがい辛辣《しんらつ》でもある。

「観月。なんでまたそんなこと――って。ああ。向こうから営業でも掛かった？」

「まあ、あれが営業って言うなら」

「何？　不思議な言い方だね」

「ちょっとね。――改めて、キング・ガードって会社についてだけど」

観月は胡麻団子を口に入れて紹興酒を呑み、真紀は串刺しの二つ目を齧《かじ》った。

「そうね。うちにもさ、ちょっとね、な話はあるけど、いい？」

「社外秘ってやつ？」

「そうね。そのくらい。いえ、それ以上かも」

「いいわよ。脛《すね》に傷はどこにでもあるし。警察にもさ」

「あら。珍しくわかってるじゃない。真顔だけど」

「わかりたくもないけど。だから真顔でいいじゃない。作り笑いは面倒」

「へえへえ。――で、観月はそもそも、警備業のことをどれくらい知ってる？」

「あんまり」

「じゃあ、その辺からかな」

真紀は三つ目の胡麻団子をウーロン茶で流し込んだ。

「まず業界の始まりはさ。だいたい昭和三十七年って言われてるね。それまでもなかったわけじゃないらしいけど、まあ、個人の用心棒的な、〈ヤクザな商売〉だったみたい。業には程遠い感じで。それが、東京にオリンピック招致が決まった後にさ、今もある有名どころがさ、初めて警備会社として設立されたんだって。これもオリンピック景気の一つって言われてるね。今の代々木公園、当時の選手村予定地に、駐留米軍向け住宅が随分残っててさ。浮浪者の侵入が多かったわけ。で、その排除っていうか、見回りが警備会社に発注されてさ。それがそのまま、オリンピック警備まで引き続いたのが警備業として大きく立ち上がったんだ。警備員はその頃、警務士って言ってさ。無線も初めて持ったって、死んだ爺ちゃんが言ってたよ」

「爺ちゃんって、アップタウンの創業者の？」

「そう。その頃は早川警備って言ってたけど。楓さん、知ってる？」

真向いでビールを呑む楓に、真紀は話の矛先を向けた。

「知ってるよ。あたしを誰だと思ってるかね」

楓はビールだと際限がないが、開いてるのか閉じてるのかわからない、眠り猫のような目つきになる。だからたまに話を振らないと、起きているのか寝ているのか、わからなくなることもある。

「あれだろ。そもそもが早川電研で、後になってカタカナのハヤカワ警備保障に名称変更して、二〇〇〇年からCIで今のアップタウン警備保障だね」

楓が言って、焼き餃子《ギョーザ》を口に運んでビールを呑んだ。定番だ。間違いない。

「私も知ってるよ。うちのビルでもアップタウンには昔からお世話になってるから」

そう言って杏子《あんず》酒のソーダ割をメガジョッキで呑むのは、生まれ月で楓に遅れた宝生聡子だ。楓と同じ学年で、観月が入学した年に卒業した年次だ。

異常検知型センサー、と聡子は言った。

「あれだろ。元々、早川電研はエレクトロ技術開発の会社で、特に警備に有効な独自のセンサー技術が開発出来たってことで、事業転換したんだよな」

「正解です」

真紀が頷き、顔をまた観月に向けた。

「で、話を戻すけどさ。この東京オリンピックを切っ掛けにして、民間警備会社ってものが社会に浸透していったわけ。参入企業も増えてさ、昭和四十七年の警備業法制定時には、七百七十五社にまでなってたって話だね。で、お尋ねのキング・ガードだけど」

真紀が〈箸刺し〉の胡麻団子を横食いした。

「向こうが始まったのは、この初期も初期だわ。東京オリンピックの少し前だって。だから業界の中では老舗中の老舗だね。ただ、うちの創業は最初から東京だけど、向こうはそもそもは大阪発祥だよ」

「大阪？」

「そう。だから、向こうは今でも東京、大阪のどっちにも本社持ってるし。創業者の現会長は、ベタベタの大阪人さ。息子の方は、たしか東京オリンピックの年に生まれて、大阪万博の後に越してきたんだったかな。小学校からはこっちだから、ほぼ東京の人間だけど」

「ふうん」

「うちはさ、さっき聡子先輩も言ってたけど、技術の方から業界に参入したからさ。少し遅いんだけどね。ただ、爺さんは開発者だけど、起業家としても遣り手だったんだね。口も達者でさ。どえらい明るくて。センサー技術だけじゃなく、そんなものも武器にして、警備の業界にすぐ食い込んだってさ。特に東京、東日本エリアでは」

「へえ」

「正反対って言うか、そっちが当たり前なんだろうけど。向こうは普通に、人集めから始まった警備業者さ。普通だけど、そんな数ある業者の中で、まず一番に伸《の》し上がったのは仲田憲伸のキング・ガードだよ。これは悔しいけど、間違いのないところでね。あれだ。集めた人の厚みがさ。違ったんだろうね」

「厚み？」

「そう。腕っ節やら、頑丈な身体やらってこと。あの当時って言ったら、警察も消防も資格審査の基準はそんな感じじゃない？　そもそも似たような商売でもあるし」

「まあ、ね」

「主に大阪のさ。キング・ガードは同業他社の、そういう連中をまとめたんだ。創業当時から百人はいたっていうから、その辺が会長の手腕、才覚だったんだろうね。まあ、あっちの創業については、そんな感じ」

キング・ガードは人から始まり、機械を導入した老舗。

アップタウン警備保障は、機械の開発・販売から始まり、人を増やした後発企業。

そういうことか。

「でも、うちの創業には、どこからも妨害はなかったようだね」

それこそヤクザさんや総会屋さんからも、と真紀は言って、串刺し団子を食べ切った。

「普通こういうとき、出る杭《くい》は打たれるって言うけどさ。それだけセンサーの性能がよかったっていうか。うちのセンサーって、その代わり半年に一度、技術スタッフによるメンテナンスが必要だったのよね。それで、あっという間に大きくなったんだわ」

団子を食べ切り、真紀は通り掛かったチャイナドレスのホール係に、揚州炒飯《ようしゅうチャーハン》と取り分け皿を頼んだ。

甘い物の後にまた食事にループする。

色々な物を〈結構〉食べるのは観月も変わらないが、真紀はそういう行ったり来たりの食べ方が、平気で出来る女だった。

二

話はそれから、社長と会長の人となりに移った。

ウーロン茶を飲み、真紀は最初、穂乃果に話を振った。

「あたしは炒飯、食いたいんだけど。あんたが話しなさいよ。新聞記者なんだから、それくらい知ってるでしょ」

穂乃果は大日新聞の、政治社会部の敏腕記者だ。

「それくらいってどれくらいですか。記者ってだけでひと括りにしないでください。私が知ってるのは、キング・ガードの社長がゲテ物食いだってことくらいです」

そう、そんな話を前年の魔女の寄合の席で穂乃果はしていた。

穂乃果が潜り込んだJパパ、小日向和臣《かずおみ》現総理の後援パーティでの話だ。

マグロの刺身、かき揚げ、茶碗蒸し、アップルパイ。

それらすべてに、カレーを掛ける男がいたらしい。それがキング・ガードの仲田仲孝だったという。

なんというか、まあ、だからなんだという情報ではある。

「真紀先輩。記者は別に、全知全能じゃありませんから。警備会社は私の範囲外です。もっとも社に戻れば、データベースも生き字引も盛り沢山ですけど」

「わかった。わかった。じゃあ代わりに、炒飯が来たら取り分けてよ」

という分担になり、結局は真紀が話を続けた。

「社長の仲孝ってのはさ。そうね。風見鶏の嫌な奴《やつ》。怖くはないけど、狡賢《ずるがしこ》くて悪賢くてさ。人品骨柄でなく、家柄や社名や財産で人を自分の上下に振り分ける男だね。同じレベルなんて曖昧な評価は無し。ハッキリと上か下か。シビアにそれだけ。まあ、それだけで悪いとは言わないけどね。そんな上場企業のトップはいくらでもいる。ただ、見分けるための予備知識、データ収集は馬鹿みたいに手厳しいよ。経産省キャリアだから、分析能力もある。例えるならそうね、抜け目のない豆狸ってとこ」

ここまで真紀が言ったとき、ズズッと音がした。

楓がビールを啜《すす》った音だった。

「ふん。経産省キャリアが何者よ。あたしらの方が、全部に於いて勝ってるっての」

と、厚労省キャリアの楓が騒いだ。

取り敢えず起きていることの証明として聞き、放っておく。

「ここでさ、観月。仲孝がただの狸じゃなくて豆狸なのは、そういう体型だから。で、さっきまでペコペコ頭を下げた相手でも、風向きを見て翌日、いや、その場からでもシカト出来るのは、厚顔無恥の典型だね。あたしには無理。って言うか、アップタウン警備保障には無理」

でも会長はさ、と言い掛けたところで、ホール係が炒飯を運んできた。

真紀はテーブルに置かれるそれを目で追い、あたし多めでね、と穂乃果に注文した。

「おいおい。そんな分け方するくらいなら、全部お前が食え。あたしは要らないよ。自分の分は自分で頼むから」

メガジョッキを手に、そうハッキリ文句を言ったのは聡子だ。

観月としては、この意見に全面的に賛成だった。

同意を示すべく手を挙げた。

去ろうとするホール係が注文だと思ったらしく、笑顔で観月の方を見た。

仕方がないので、杏仁《あんにん》豆腐を五杯頼んだ。

もちろん、全部一人で余裕で食べるつもりだ。

「でさ、会長はさ。ガッシリした人でね」

注文の間にも、真紀の話はマイペースで進んでいた。

「息子は体型から何から、全体的にお母ちゃん似かな。会長はでも、まだまだ矍鑠として、背もあの歳にしてはデカいし。一八〇近くあるんじゃない？　その辺、うちの爺さんや父さんとは大違い。うちはどっちも、見るからに小っちゃくてさ。その分、人の口に耳が近いって言うのかな。他人の話はよく聞くよ。柔軟性はある方だしさ。あっちと違って、これはうちの会社の特徴かな。でも、キング・ガードを業界トップに押し上げたのは、間違いなくあの創業会長だよ。なんだかんだ言って、あの会社に優秀な人材は圧倒的だね。あたしはただの人海戦術じゃん、って思わないでもないけどさ。でも、悔しいけど、警備業法で決められている業務範囲のさ、一号から四号までをまんべんなくいい感じで網羅するのはキング・ガードだけだし」

観月は頷いた。そのくらいのことなら知識として知っている。

一号から四号、というのは警備業法第二条第一項で規定されている業務区分のことだ。

一号警備業務は施設警備、巡回警備、保安警備、空港保安警備、機械警備の総称で、住宅やオフィスビルや商業ビル、空港、学校、病院などの各施設における盗難や事故の発生を警戒し防止する業務を指す。

二号警備業務は交通誘導警備、雑踏警備の総称で、人もしくは車両が往来する場所やイベントにおける安全を確保する業務のことを言う。

三号警備業務は貴重品運搬警備、核燃料物質等危険物運搬警備の総称で、現金輸送も含め、読んで字のごとくだ。

そして、四号警備業務は身辺警備で、人命や人体に対する危害の発生を防ぐ業務、いわゆるボディーガードがこれに相当する。

警備業を営む者は、各営業所ごと及び当該営業所の取扱業務区分ごとに、警備員指導教育責任者を、警備員指導教育責任者資格者証の交付を受けている者から選任し、五年ごとに認定を受けなければならないことになっている。

ビジネスとして考えれば、まんべんなくいい感じで網羅するということがいかに困難かは門外漢の観月でもわかる。会社が大きくなればなるほど、人材の〈数〉の確保は困難を極めるに違いない。その需給の〈単価〉のバランスは、ときに利益を圧迫する。まんべんなくいい感じですべての業務区分を網羅し続けるということは、要するに、まんべんなくいい感じで黒字であり続けなければならないということだ。

「なるほど。人材集めは大変よね」

と、観月は少し考えたのち、話を次の段階に振った。

年末から年始の話へだ。

「ねえ。真紀。一班って知ってる？」

「ん？　何それ」

「わからないから聞いてるんだけど」

トートバッグをゴソゴソやり、観月は例の、ふざけた名刺を取り出した。

真紀は穂乃果が配った炒飯を受け取りつつ、名刺を見遣って目を細めた。

「ふうん。相楽場剛明。一班。なんだろ。そもそも、こんな名刺見たことないし。どっかの部署の一班？　系列まで広げたらどうかは知らないけど、あの会社、本社内で班組みなんてしてたっけ。わかんない」

言って炒飯を掻き込み、少しこぼし、また掻き込み、口を一杯にして、取り皿を空にする。

それから、ウーロン茶を喉を鳴らして飲む。少しこぼす。

なんというか、相変わらずの男前だ。年が明けても変わらない。

「そうだ。ねえ、観月。気になるなら、自分で会って聞いてみる？」

「えっ」

「業界団体の新年会。今、思い出した」

と、口の周りを備え付けの紙ナプキンやおしぼりではなく、右手の甲で拭いながら真紀は言った。

「今年の新年会がさ、来週あるんだけど。どう？　一緒に行く？　少なくとも北池とか園部とか、さっき言ってた連中なら、例年通りだと思うから、たぶん来るよ。行く気があるなら、うちの参加メンバーにあんたの名前、入れとくけど」

少し考える。

業界団体の新年会と言えば、たしか去年の同会で、キング・ガードの社長がお尻を触ったの、店なら高いがタダだの、そんなことをこれも去年の魔女の寄合の席で、真紀が悔しがっていたような、仕返しを誓っていたような――。

別に興味がさほど無かったのでよく覚えていない。

考えたのはそのくらいだ。

「いいの？」

「いいよ。今年は特に」

「何？」

「トップを取り返したから。年始の手土産みたいなもんかな。なんたって、ブルー・ボックスは大きいよ。うちの父さん、ううん。社長も鼻が高いってもんよ」

新年会の乾杯の挨拶は、前年売上高トップの会社の社長が行うという。

つまり、真紀の父、早川佳典《よしのり》が年初の業界に乾杯で春を告げるということだ。

「え、そうなの。見積もりからいったって、順位をひっくり返すまでの金額じゃないと思うけど」

「総売り上げに対するパーセンテージって意味じゃないよ。そんなこと言ってたら、警視庁の予算なんて軽く吹っ飛ぶし。そうじゃなくて、それくらいさ、今年も色んなとこでうちとキング・ガードは、そもそも競ってたってこと」

聞けば最後の最後の、ゴール手前の接戦の、鼻差の決着にブルー・ボックスのリニューアル工事は有効だったらしい。

「だから、会長が来るかはわからないけど。間違いなく社長までは来るわね。なんたってキング・ガードの社長が団体の今期の理事長だし。理事長はさ、年頭の挨拶があるから、逃げらんないんだよねえ」

真紀は悪い顔をして、通り掛かったホール係を上機嫌で呼び止めた。

海老のガーリック蒸しと取り分け皿を注文する。

「だから、要らないって言ってるでしょ。だいたいニンニクって何よ。明日、あたしはまたお見合いなんだからね」

聡子が文句を言う。

観月の杏仁豆腐が運ばれてきた。

ふと、斜め前に目を移す。

いつの間にか、組んだ腕の先にビールグラスを持ったまま、楓が船を漕《こ》いでいた。

三

真紀に誘われた警備業団体の〈新年賀詞交換会〉は、一月十日の水曜日だった。

朝から小雨交じりの寒い一日になった。

ちなみにこの日は、仏滅に当たるらしい。

だからなんだという話だが、夕方に顔を出した四海舗で、店主の松子がそんなことを言っていた。

仏滅は六曜の大凶日で、六曜はそもそも時間の吉凶を占う指標だ。松子は昔からよく口にする。

だが、信じているのかと聞けば必ず、

――六曜より、あたしゃ、どっちかって言うと八卦見《はっけみ》だからね。当たるも八卦、当たらぬも八卦ってね。八卦見ってのは、元来、不信心なものさね。不信心だから、色んなことを言うさね。

と嘯《うそぶ》いたものだ。

それが金村松子という、昔から食えない老婆だった。

その仏滅に開催される〈新年賀詞交換会〉の会場は、東京ドーム近くの春日《かすが》にあるシティホテルだった。開宴は六時だ。

四海舗を出てからゆっくり向かった観月は、五時半を回った頃にホテルに到着した。

この日までに、キング・ガードについては、新たに仕入れた情報もあった。

――竜神会の息が掛かってそうだって噂は、常にあったよ。私がいた頃もね。けど、府警本部が長年徹底的にやって何も出てこないっていうんだから、どうなんだろうね。まあ、この徹底的ってのが曲者《くせもの》で、徹底的な馴れ合いって話もさ、私がいた頃にあったけど。

これは、生安総務課長の増山に聞いた話だ。

会長については、大日新聞の穂乃果から別に連絡があった。

寄合で真紀に言われた、

――新聞記者なんだから、それくらい知ってるでしょ。

というのが少し癪に障ったらしいが、本当に大手新聞社というものには、データベースも生き字引も盛り沢山らしい。

――この間、創業の話を聞いただけでもそんな気はしましたけど、たしかに昭和四十年代の警備業って、ただ見回ってればいいってだけの仕事じゃなかったみたいですね。七十年安保の頃でもあって。創業者の仲田憲伸も武勇伝には事欠かないっていうか。本人も関西の国立大出身らしいですけど、バリバリの武闘派だったみたいですよ。社員の先陣切って、過激派の学生と渡り合ってたって話です。

――ああ。観月先輩。それと、一班と相楽場剛明ですけど。

人となりがイメージしやすい話だった。さすがに新聞社ということか。

「うん？」

――うちの新聞にも結構、キング・ガードは広告の出稿があるんで、広告局を通じて向こうの広報部に聞いてもらったんですけど。

部の、課の、係のどの下にも、ただの数字で班表記をする部署はなかった、と穂乃果は言った。

「そう。有り難う」

礼は言ったが、これは観月にもわかっていた。

出会った翌日に、相楽場についてはそれとなく調べてみた。

部署はさておき、相楽場剛明という男の存在自体がまず、実に不確かだった。

そこでやはり、会社に当たることにした。

キング・ガードの東京本社は、都合がいいことに北青山にあった。北青山は赤坂署の管轄だ。

〈正々堂々〉と署長の加賀美に連絡を取り、〈内々〉に地域係に行ってもらった。嘘も方便で、会社の前で拾得物があったことにした。

――相楽場さんと仰る方は、こちらには。

受付で確認してもらった結果、ゴーストだということは判明した。

――生憎《あいにく》、相楽場という社員はおりません。

一班の相楽場剛明とは、いったいどこの一班で、誰なのだ。いや、誰だかわからない以上、一班もその実態は曖昧だ。

プリペイドの携帯電話にも、試しに何度か掛けてみたが、案の定というか、観月の好奇心をあざ笑うかのように、電源すら入っていなかった。

そうして迎えた、〈新年賀詞交換会〉の日だった。

ごった返す受付付近で〈オーラ〉を発散する真紀を見つけ、まずはアップタウンの面々と顔合わせをした。ブルー・ボックスで世話になった、工事主任の青野《あおの》もいた。名刺をもらうと、ハヤカワ設備工事㈱　工事部次長とあった。

ハヤカワ設備工事は系列中で、センサー工事を請け負う会社としては大手になる。

「へへっ。ブルー・ボックスのお陰で栄転っすわ。まあ、これからもやることはかわりませんけど」

たしか青野は四十三歳だった。本人が言う通り、まずまずの栄転だったろう。

他に何人かから名刺を貰い、挨拶を受けたが適度に流す。アップタウン警備保障は、現場、担当と思《おぼ》しき立場の真紀を知ればいい。ドライに言えば、蜜月になる気はない。

自分としては常に、公明正大にやっているつもりだ。それが監察官室の管理官にして、ブルー・ボックスのクイーンの矜持《きょうじ》だと思っている。

受付は済ませておいたからという真紀に、社のプレートを貰い、胸に付ける。

会場に入り、真紀について行く。

他の面々は入ってすぐ、それぞれに散った。担当毎《ごと》に違う挨拶先があるようだった。

ひな壇の真正面辺りに、観月にとっての目的の連中はいた。

取り巻くように何人かと、その奥に社長の豆狸だ。見たことはないがすぐにわかった。胸に付けた白いバラ徽章《きしょう》に、団体の理事長であることと、キング・ガードの社長であることが墨書されていた。

取り巻きの中から真紀に紹介され、まずは本社特企営業部長の北池と名刺交換をする。

「初めまして」

あちらに紹介され、こちらは照会する。気分はそんなところだ。完全なる業務ではないが、まったくの私事でもない。だからアップタウンの面々と違い、それなりに記憶野に収める。

半白頭をオールバックにして背が高く、右目の上に大きな黒子《ほくろ》があり、そして、

「ほう。あなたが管理官。ブルー・ボックスの責任者。へえ、頭がいいんですねえ。でも、なんで笑わないんです？　可愛《かわい》らしいのに」

なるほど、真紀が評した通り、ただのオジさんだ。

豆狸のことは一応気に掛けたが、こちらを見るだけで〈ただでは〉寄っても来ない感じだった。気配自体が堅かった。

次いで真紀が、園部常務、と声を掛けた。

真紀に呼ばれ、転がった方が早そうな短髪短軀《たんく》の男が寄ってきて名刺を出そうとした。

けれど豆狸の様子を見て取り、途中でやめて戻り、胸を張った。いや、虚勢を張った。こちらも聞いた通りの腰巾着で間違いないだろう。太鼓持ちの風情もたしかにあった。その間、豆狸は徹頭徹尾、まったく動こうともしなかった。

「どうもぉ。仲田社長。お久し振りでぇす」

真紀が先に立ってこちらから向かい、声を掛け、頭を下げる。普段聞いたことがないほど裏返した黄色い声だったが、こういう場面ではかえって自信に満ち溢《あふ》れて聞こえるから不思議なものだ。

「ふん。つまらない挨拶だ。早川のお嬢さんは、いつまで経ってもお嬢さん気分が抜けないのかな」

「あらぁ。お嬢さんなんて言ってくれるの、今ではもう仲田社長くらいのものですわ。有り難うございますぅ」

「いや、褒めたわけではないぞ。そのくらいわからんかな」

ようやく豆狸の顔に表情らしきものが浮かぶが、それでもまだ冷ややかだ。

ともあれ、人を上下に分けるという豆狸からすれば真紀への対応は明らかに下の下だ。

だが、上手がどちらかは傍《はた》で聞いている者には明確で、上下は簡単に反転する。

そんな二人の遣り取りを聞いているうちに、やがてふと、観月の背後に柔らかくも真っ直ぐな気配が湧いた。

振り返ってみれば、後から到着した真紀の父親、早川佳典がこちらに向かってやってくるところだった。胸に豆狸同様の白いバラ徽章を付けていた。

目が合ったので、軽く頭を下げた。

佳典とは、学生時代に真紀を通じて何度か顔を合わせたことがあった。だから容貌も風体も性格も、観月にはある程度分かっていた。

身長は観月より少し低いくらいで、フォーマルスーツを着て外股で歩く姿は、ややペンギンに見えなくもない。

愛らしいというか、笑顔で寄ってくるだけで、周囲を巻き込んで場の緊張が幾分かずつ緩んでいく。

これは、驚嘆に値する早川佳典という男の特徴だろう。真紀に言わせれば、祖父からの特徴ということになるのかもしれない。

「おお。これは仲田社長。やあ、園部常務、それに長谷部《はせべ》常務、北池部長、近藤部長、大川《おおかわ》さん。明けましておめでとうございます。あれ？　会長はどうされました。寄る年波でお加減でも」

飄々《ひょうひょう》と来て、次々に握手を重ねる。まるで選挙の候補者だが、所作は実に自然だった。

「馬鹿な」

豆狸は佳典の差し出す手を弾《はじ》いて、自分の手を脇の下に組むように隠した。

大人げなくも滑稽だ。

笑える場面だった。

笑えるなら。

「寄る年波なんて冗談じゃない。今日も親父《おやじ》、会長の自宅に寄ってから来ましたがね。風邪ひとつひいてませんよ」

「おや、じゃあなぜ」

「さあ。寒い中、わざわざ出てきてまで、あなたの挨拶を聞きたくないってだけじゃないん――」

「やや、観月ちゃんじゃないか」

豆狸の話を途中にして、佳典は観月の方を向いた。わかっていたくせに、と思わなくはないが、乗る。

「どうも。ご無沙汰しております」

「本当に、久し振りだねえ。ああ、この度はご用命、ありがとうございました。なんて。――ま、観月ちゃんの表情が硬いのは別として」

佳典はいきなりまた豆狸の方を向いた。

なかなかいい拍子、いい間合いを取る。

「あれ？　仲田社長。どうしました。顔が強張《こわば》ってますよ。新年なんですから、ほれ、

「そんな、笑えったって」

「笑って笑って」

「くう」

豆狸が言われて笑う。苦笑いだろうがなんだろうが、場が緩む。

これで初めて周囲に、賀詞交換の場が出来上がるというものだ。

年齢も少し佳典の方が上らしいが、見る限り、社長としての器も豆狸より遥かに上か。

まあ、一部上場企業になると、よほどのカリスマか天才でもない限り、企業の理念が社長の器に優先される。

そんな社長同士の賀詞交換の間に、本来の目的を観月は差し込む。

相楽場、一班。

誰も知らない。ただ首を横に振る。

なるほど——。

そこに、団体の職員が豆狸と佳典を迎えに来た。

「そろそろ、ご準備のお時間ですが」

「ん？　そう」

まず佳典が行き掛け、ふと観月を呼んだ。

——よくわからないけど、連中の表情を見る限り、嘘はなさそうだよ。

そんなことを耳元で囁いて去る。

なるほど、ペンギンに見せ掛けた狸が、ここにもいた。

(それにしても)

そうなると、駒が足りない。

「あの」

キング・ガードの面々に声を掛ける。

「会長さんにもお会いしたいんですけど」

「ああ。小田垣さん、と言ったかな」

壇上に動き掛けていた社長が歩を止め、冷ややかに見る。

「はい」

「それで？　そうするとうちに、なんのメリットがあるのだね」

「えっ。メリット、ですか？」

「あるいは嫌疑でもいいが」

「いえ。特にどちらも、今のところは」

「まだ若輩の女キャリアが、従業員一万人を超える企業の会長に、手ぶらでアポを取りたいと」

言われればまあ、考えればそういうことになる。

「そう、なりますね」

「なら、こう答えるしかないな」

寝言は寝て言え。

なるほどなるほど。豆でも狸は狸ということか。

気を引き締める。腹を据える。

狸ばかりの〈新年賀詞交換会〉は、まだ始まってもいなかった。

四

週が変わってすぐ、観月は大きめの紙袋を手に、錦糸町のストレイドッグを訪れた。

この日、店が営業しているのは間違いない。前回の反省を踏まえて、店長の杉本へのメールで確認済みだ。

〈やってるの〉

〈開いてるよ〉

思えば、ストレイドッグとの関係もブルー・ボックス同様、まだ手探りだ。店を知ってまだ、三か月にしかならない。

季節のひと巡り、〈登場人物〉のひと巡りを過ごさなければわからないことは多い。

喜びへの対処も悲しみへの対策も、すべてはこれからだ。

なんと言っても、いつ営業しているかの把握すら出来ていないのが現状ではある。

火曜定休、と教えてくれたのはバグズハートの社長、久保寺《くぼでら》美和《みわ》だったが、火曜だけが休みだったためしはない。営業時間も休みと同じで曖昧だ。

ストレイドッグは週休三日のときもあり、この年末年始のようにおそらく、全休以上のときもあるのだろう。店長の杉本の気分が乗れば夜通し営業、どころか二十四時間オーバーで営業のときもあるかもしれない。

その辺もまだ観月をして、三か月では把握の限りではなかった。

ストレイドッグへの到着は午後三時過ぎになった。

観月は薄汚れて苔《こけ》の生えたコンクリートの壁のど真ん前に立った。左右には採光用の小さな窓が二つずつあり、その中央に店内入口へのアルミ製のドアがあった。

ドアからは、〈正月休み〉の張り紙は取れていた。

が、それだけではまだ信用は出来ない。張り紙が風で飛んだだけかも知れない。

そんな店で、そんな店長だ。

ドアに手を掛け、ゆっくり開ける。錆《さ》びたようなカウベルが鳴って、ジャズの調べとかすかな紫煙が外に流れた。

この日、間違いなくストレイドッグは営業しているようだった。

観月に言わせれば薄暗いということになるが、杉本に言わせればそれが良いんだという店内は、奥に長く広い。

入ってすぐの、入口側の窓から外光が入る辺りに、左右にそれぞれ四人掛けの丸テーブルが四卓ずつ置かれていた。

右に二人、左に一人が窓からの朱《あか》い陽の中で、舐めるように酒を呑んでいた。

いつも見る顔だった。ストレイドッグが開いていれば来る。開いていなければどこかで呑む。そんな地元の常連さんだ。

ただそんな人達の中に、

――やあ。いいお日和で。

車椅子にクラシカルスーツで、観月が訪れれば決まって、ボルサリーノに手を掛けてそんな挨拶をしてくれた、田之上洋二《ようじ》はもういない。

感傷に浸るにも、まだ三か月だ。

そんなことを思いながら、お世辞にも掃除が行き届いているとは言い難い店内の奥へ向かう。

右手の壁側はバーカウンターとスツールで、左側にはショット用のカウンターテーブルが十台だ。初めて訪れたときは十台中二台が倒れ、一台が逆さまになったまま放置されていたが、今は少なくとも、全台が正しい形で設置だけはされていた。カウンターのスツールに作務衣《さむえ》の老人が一人だけ座っていた。

「やあ。明けましておめでとうさん。松もとっくに明けちまったから、遅いかね」

このストレイドッグの家主でもあり、近所で手広くやっている、笠松義男《よしお》だ。観月が店に来るときには必ずと言っていいほどいるという意味では、観月とももう馴染みということになる。

元沖田組《おきたぐみ》の三次組織、万力会《まんりき》の元会長で、十年ほど前に引退し、組自体も上部組織である沖田組の消滅に伴って跡形もなくなったという。

いずれにせよ笠松は、引退しようと何をしようと、ヤクザは死ぬまでヤクザだと、自分を笑い飛ばせる男だった。

「おめでとうございます。いえ。遅くはないですよ。この男が、店を閉めてるのがいけないんですから」

観月は言いながら紙袋を下に置き、笠松から一つ空けた手前のスツールに腰掛けた。

それでトートバッグを、空けたスツールに置く。

観月の正面で、くわえ煙草の男が苦虫を嚙み潰したような顔をした。

「何を長々と閉めてるのよ。働かなきゃ家賃も払えないでしょ。ねえ、笠松さん」

「ええ。本当に」

「けっ。何言ってんだか」

バーカウンター内で腕を組み、男が酒焼けのテノールで答えた。

少し茶の掛かった髪をヘア・ワックスでオールバックに固めた、尖った鼻に薄い唇に無精髭《ぶしようひげ》の風貌。雰囲気はどこか、J分室の猿丸《さるまる》警部補に似ている。

それがストレイドッグのマスター、杉本明《あきら》という男だった。

観月にとっては遠い、元警視庁の先輩刑事と言うことも出来る。

杉本は元捜四所属で、捜四が闇社会に放つエサ、しかも撒き餌の類だったらしい。潜入捜査ではなく、悪徳警官を演じつつ、闇社会に食われてゆく餌だ。

そうしてまんまと食われ、警視庁を辞めた現在に至るまで付き合っているのが、スツールに座る笠松ということになる。

ストレイドッグはそんな連中が相互に集う、束《つか》の間の止まり木として機能する店だった。

杉本は腕を解き、吸い掛けの煙草を灰皿で揉み消した。

「開けといたってな、暇なもんは暇なんだよ。電気代ばっかりかさんだら、家賃も払えねえってな」

言いながらもカウンター内のシンクで手を洗う。少しはやる気はあるようだ。

イチゴのパフェを注文する。以前は主に酒だけを出す店だったが、観月が訪れるようになってチョコレートサンデーをメニューに加えたという。

──注文ったってあんたくらいだろうと思ってたんだ。そしたらよ、バカ売れだ。来る奴来る奴、みんな頼みやがる。お陰でバリエーションまで増える始末だ。

イチゴのパフェは、その増えたバリエーションの一つだ。

──ここはこれから、酒と煙草とパフェの店になる。

とも言っていたが、これはそうはならなかった。どちらかと言えばアイスが主体のサンデーが多い。背の高いパフェを増やすには、冷蔵庫内にスペースが足りないらしい。

「で、何してたの？」

カウンターに頬杖を突き、観月は聞いた。

「関西」

と言って杉本は冷蔵庫を開けた。イチゴのジュレを入れて冷やした容器にコーンフレークを入れ、生クリームとイチゴを盛り、またジュレを掛ける。

手慣れたものだ。

サンデー、パフェ、どちらにしろ、人気商品になってバリエーションは増えた。観月としても表情にも言葉にも出ないが、喜ばしい限りではある。

「いつもは中山の金杯だが、京都の金杯もいいもんだ。初めて行った」

「何よ。それが目的」

「まあ、紀藤さんとこにな。それに、あっちにも、ここに来れない遠い知り合いはいる。色々な、回ってきたさ。久し振りに。回れる限り。会える限りな」

「そう」

ストレイドッグは警察やヤクザの別もなく、捨て犬、野良犬、迷い犬の吹き溜まりだが、カウベルを鳴らし、入り込んでこその吹き溜まりだ。止まり木だ。手も声も届かない者達はおそらく、全国にいる。

ほいよ、と言って杉本が、カウンターにイチゴのパフェを置いた。

それを見て思い出したように観月は手を叩いた。スツールの下に手を伸ばす。

「ああ。そういえばお土産。休んでるから思ったのと違うのになっちゃったわよ」

「おっ。俺もあるぜ。長々と行ってたからな。日持ちするやつだ」

お互いに紙袋を出す。

観月の大袋に入っているのは、堂島ロールでお馴染みモンシェールのバラのフィナンシェの詰め合わせ、〈エタニティローズボックスL〉が三箱だ。

対して杉本が出した小さな袋には、同〈エタニティローズボックスM〉ひと箱が入っていた。

互いの目が互いと互いの袋を忙しく行き交った。

「七個入りひと箱？　みみっちいわね」

「普通だろ。そっちこそなんなんだよ。十四個入り三箱って。独り者にくれる分量じゃねえぞ」

笠松が声にして笑った。

食べ物の、特に甘味のことで言い争うのは観月としては本意ではない。

間を空ける意味で、トートバッグに〈貰った〉土産を入れる。入った。

「で、マスター。紀藤さんとこ行ったなら、なんか聞いてる？」

「ん？　ああ。キング・ガードとあんたのことか？　まあ、簡単にはな。もっとも、簡単にしか紀藤さんも知らねえみてえだったが」

「ふうん」

「なんだ」

「いえ。でも新年早々に」

接触があってさ、と言葉を続け、パフェスプーンに生のイチゴとジュレを掬《すく》う。

相楽場剛明、一班。

冷やしたイチゴが、口の中に春の甘さを運んだ。

「ふん。相楽場。一班ね」

「知ってる？」

杉本は煙草をくわえ、火をつけた。

「知らねえ」

その後、パフェを口にしながら、真紀に誘われた新年賀詞交換会の話になった。

仲田伸孝、園部、北池。

「みんな、心当たりがないって。よほどの狸じゃなきゃ、本当っぽいけど」

「けっ。不思議なこともあるもんだ。ま、世の中、不思議と理不尽で出来てるが」

聞いといてやるよ、と言って杉本は吸い終わった煙草を揉み消した。

「あら？　教えてくれないの。教えてくれたら、自分でやるけど」

「おい。虫の心臓と一緒んすんなよ。あそこはそれが生業《なりわい》じゃねえか」

虫の心臓とは、バグズハートのことだ。あちらは主に、元公安外事の所属で、今は糸の切れた潜入捜査官らをあらゆるところに繋ぎ、情報の売り買いをする。

一方、ストレイドッグはと言えば――。

「ここは野良犬、捨て犬、迷い犬。そこに甘いもんも加えて飼い犬までがよ、ただ集う場所だ。ここだけは、そんなんが〈色んなもん〉取っ払って憩う場所だ。吠えんのは、俺だけでたくさんだ」

「ふうん。弁《わきま》えてるのね」

「そりゃそうだ。その代わり、来て呑み食いしねえと俺は吠えねえしよ。だいたい、集わねえとこはなくなるけどな」

霞《かすみ》食ってるわけじゃねえしよ、と杉本は続けた。

「そりゃそうよね。そもそも、そんなにお客さん来る店じゃなさそうだし」

「それがよ」

杉本は身を乗り出した。

「甘いモン出してから、なんと来る奴も売り上げも三倍だ」

「へえ」

想像する。

大の大人が、脛に傷持つ者達が、スプーン持って――。

イチゴのパフェを食べ終え、観月も席を立った。

ま、いいか。

「なんでもいいわ。よろしくね」

金を払ってバッグを肩に掛ける。

帰ろうとして、ふと気になった。

「そういえば、どうだったの？」

「何が」

「京都金杯」

杉本の口元が大きく綻んだ。

「店を休んでよかったぜ」

「ええ？　それでお土産が一本？　信じられない」

「そっちかよ。仕方ねえだろ。家賃だ家賃。全部消えたけどな。文句あっか」

「うわ。本当だったんだ」

また笠松がハハッと笑い、お陰様でねエ、と頭を下げた。

五

水曜日、ブルー・ボックスは朝から久し振りに賑やかに、そして慌ただしい一日になった。本格的な搬入が数多くあったからだ。

「オーライオーライ。ストップ。オッケー」

一階、C-2シャッタに時田の声が響いた。福生《ふっさ》署からの幌《ほろ》付きの軽トラックを、車両停車スペースに誘導し終えたところだった。

一階は通常、車両誘導までは中二階の刑事総務課の担当ということになっている。それにしても、中二階の人員を含めたとて少数精鋭の域を出ないブルー・ボックスは、搬入が重なったときはこうして、二階からインカムを付け、作業用品を入れたウエストバッグを腰に付け、誰かが降りることになる。

中二階の高橋係長は今、一階の中をフォークリフトで走り回り、部下の土川俊哉《つちかわとしや》巡査部長は、A－3シャッタに付けた四トンウイングバントラックに向け、手近なジブクレーンを操作していた。重量物の搬入ということだ。

「福生署です。また、お願いします」

軽トラックから降りてきた私服の二人組のうち、助手席の方が時田に向かってそう言った。坂本《さかもと》巡査部長と名乗り、次いで運転手が清水《しみず》巡査部長と名乗りつつ敬礼した。坂本の方は、福生署からの前回九月の搬入時にもデータベースに記載があった。

「時田だ。準備が出来たら上がるよ」

福生署の二人が頷いて軍手を嵌《は》め、軽トラの荷台に回って幌を撥ね上げた。大きめの台車も自前で積んできていた。

確認はするが、手を出さない。それがクイーンが取り決めた、今のブルー・ボックスのルールだ。手を出すのは、予《あらかじ》め助力要求の申請があった場合に限られる。主には、重量物の搬入の場合だ。

福生署の二人の手際を眺めながら、時田もウエストバッグから軍手を出した。些細な怪我《けが》からも身を守る。

これも、クイーンからの厳命だった。

（それにしても、軍手作業になるとはね）

そんなことを思い、来た当初のことを思えば苦笑も漏れる。

当時は葛西署の制服警官も駆り出してはいたが、主に場内で目立っていたのはキング・ガードの黄色いジャンパーばかりだった。

ただし、今は違う。警備業者の管轄は表裏のゲートの管理運営と、夜間の場内および一階の巡回警備にとどまる。後はすべて、クイーン以下の警視庁の面々の担当だ。

――手弁当システムね。でもそれが一番、〈身体〉に良いはず。気兼ねもないし。見栄えも気にしなくて良いし。第一、安いし。

最後が一番の本音だとは思うが、クイーンは気っ風と甘味で、ブルー・ボックスに君臨する。

「お待たせしました」

準備が出来た福生署の坂本が台車に手を掛けてそう言った。

時田は段ボール箱の数を数えた。全部で七箱だった。予約時の事前申請と、数は合っている。内容は、今回は押収品のようだ。

「馬場。ＯＫだ。入るぞ」

時田はインカムに向かって話し掛けた。

――了解です。三階に上がってもらって、前回の続きのＴＥ－69にどうぞ。

二人を連れて一番リフトで上がり、時田のカード・キーでスライドドアを開ける。

「へえ」

場内に入るなり、坂本が感嘆を漏らした。

「リニューアル工事があったとは聞きましたが、ずいぶんと本格的に変わったんですね」

「まあな。以前よりスカした感じだが、使い勝手はアップしてる。動きやすいって言うかな。ただし、セキュリティも格段にあがってるから、下手なことはしない方がいいぞ」

「なんですか。下手なことって」

「そうだな。泥の夢を食らうってことかな」

「泥、ですか」

「泥でも夢は夢、なんて言う奴もいるだろうがな。泥は泥だ。食えば腹を壊す。最悪なら命取りだ」

坂本は言葉にせず、ただ口元を引き締めた。

「さあて。じゃあ、開けさせてもらうぜ」

リフト前のスペースに出て、そこで初めて、段ボール箱の中身の確認になる。収蔵品の内容は、ある意味、外部に対しては秘事だ。だから確認は、守秘の徹底したブルー・ボックス二階以上に上がって初めて実行される。事前のリストは、箱の個数さえはっきりしていれば、内容は曖昧なものでも構わない。

ただし、実際の搬入時にはすべてを確認し、ブルー・ボックスのデータベースにだけは詳細を登録するのがルールだ。

決めたのは当然クイーンで、このルールに罰則はない。とはいえ、

——いやなら入れさせない。持って帰って。

たとえ検察庁や警察庁、いや、警察庁長官からの依頼でも、ブルー・ボックスにあってはクイーンの機嫌と言葉だけが絶対だ。

「これを」

坂本から差し出された正副のリストを受け取る。正規の証書ではないが、証拠にはなる。

細かい物品の名称と個数の羅列があり、今回の場合は坂本と、上司である係長と課長のサインと、福生警察署長の印が押されていた。

馬場やるぞ、とインカムに声を掛け、ウエストバッグからカッターを取り出し、段ボール箱の封を丁寧に切る。

内容物はどれもカジノで使う部品のような物だった。見る限り、前回と同じような内容だ。それで、保管場所をすぐ隣に設定した。

とはいえ、日本ではあまり馴染みのない物ばかりではあった。

福生署は管轄内に、米軍横田基地を抱えている。大方、懲りない面々の違法カジノか

らの押収品なのだろう。

溜めに溜め、どこかのタイミングで署に戻し、米軍に〈返還〉するか、〈交渉〉するか。

いずれにせよ、そこまではブルー・ボックスの業務範囲ではない。

一つ一つの物品をリストと照らし合わせ、ときにインカムで馬場に確認し、写真も撮ってふたたび封をする。粘着テープはウエストバッグのベルトに通して携帯している。すべてを確認し、収蔵作業までを終えるのに二時間以上掛かった。自分のサインをしてリストの一通を戻し、一階で軽トラを送り出す頃には、もう十一時を回っていた。

「時田ぁ。あとはこっちで大丈夫だぁ」

中二階の管理室を周回するキャットウォークから、高橋の声がした。

辺りがいつの間にか、静かになっていた。

（やれやれ）

肉体的に重労働というわけではないが、収蔵物の確認作業は神経を使う。

狐《きつね》と狸の化かし合い、いや、誰が狐で誰が狸か、いや、その前に警官の赤心は、正義は――。段ボール箱を開けるたび、飛び出す物はなんなのだろう。

（びっくり箱のようなもんかな）

そんなことを考えながら二階の総合管理室に戻ると、馬場の他に係長の牧瀬がいた。

「おや。今日も向こうじゃなかったんかい」

「ええ。今来たとこです。昨日、これの結果が出たってことで、柏《かしわ》に行ってきたんで」

手にしているのは、透明な証拠品袋だった。

捜四の残した物の中から、書けない万年筆だ。気になる品の一つではあった。

「おっ。どうなったって」

たしか年内のうちに、観月の指示でインクカートリッジを、〈それとなく〉科警研に回したはずの収蔵品だ。

〈それとなく〉、警察庁長官官房の、長島首席監察官の名を以て。

牧瀬が手にした証拠品袋をよく見れば、万年筆本体しか入っていなかった。白い粉のインクカートリッジは見当たらない。

「てことは、あれか？」

「ええ」

牧瀬は頷いた。

「中身は本物でした」

「本物って、おい」

覚醒剤。

「ただし、科警研では頼んだ研究室じゃなく、全然違う鑑定所の所長が俺を待ってました」

どこで手に入れた、そう聞かれたという。

「腹の探り合いになりましたけど、最後には向こうも教えてくれました。借りっ放しで申し訳ないとは思いつつ、やっぱり首席監察官の名前は大きいっすね」

「脅したんか？」

まさか、と牧瀬は笑ったが、まんざらでもない顔だった。

「その所長がっすね。カートリッジは科捜研に出向していた時代、二十数年前、刑事部長と四課長の特命書を持った捜査主任に命じられて、自分が作った物だって言ってました」

「えっ。そいつぁ」

思わず、時田は唸った。

「釣りの道具か。いや、法と違法の狭間か。——滅多なことは言えねぇが」

「そうっすね。その辺は曖昧です。所長も、特命書に従っただけだって。それが言いたかったみたいで。——保身、っすか」

「でその、捜四の主任ってのは、今は」

「そのまま管理官に報告したら、早かったすよ。やっぱりあの人は化け物です。去年、ちょっと必要があったからとかで、二十五年前までの〈警視庁全退職者リスト〉は、ここに入ってるそうです」

牧瀬は頭を指で小突いた。

「当たりを付けるのはすぐでした。逆に、その間の在職者でラッキー、とかも、本当に軽く言ってました」

「ほえぇ」

さすがに時田も、そんな言葉しか出なかった。警視庁の退職者は定年退職だけでなく、普通退職、勧奨退職、その他事由の退職まで含めると毎年二千人程度になる。それを二十五年前までになると、単純計算でも五万人だ。

開いた口は、時田達凡人では塞がらない。

しかもそれを観月は、

「五秒っすわ」

と牧瀬は言った。

——捜査四課から、二係の主任が二十年前に依願退職してるわね。名前は。

麻野《あさの》浩一《こういち》という警部補だという。

「で、当時のリストに、俺もそのあと当たったんすよ。そしたら、麻野主任の当時の部下だった人が、葛西署にいました」

それで合点がいった。時田は手を打った。

「ああ。それで係長が、今日はこっちへ」

「話は、朝イチで聞いてきました。先に言っとくと、万年筆やカートリッジのことは知りませんでした。ただ、少し溜息をついてました」

「ええ」

──出来る人だった。いや、出来過ぎたのかもしれないな。出来過ぎたから。

死んだのかも、とそんなことを口にしたという。

「飲酒運転の自爆死ってことになってますけど、それほど酒が呑める人じゃなかったって。万年筆は奥さんからの誕生日プレゼントだったそうです」

「ふうん。──それは、管理官には」

「伝えました」

深いわね、それだけを観月は言ったらしい。

「深いってか」

「はい」

触る触らない、ではない。

深い。

これは実は、重い言葉だ。

「あとで、これを取りに管理官が来ます。届けるそうです」

牧瀬は、万年筆だけが入った証拠品袋を円卓の上に置いた。

「管理官が？」

「ご家族、今は甲府《こうふ》にいるそうです。奥さんの地元だそうで」

「届けるってか。書けねえ万年筆を」

「甲府は昔の職場だから、自分で行くって管理官が」

これも重い。重い作業だ。

「なあ。係長。これからよ。こんな仕事が、増えるのかな」

「そうですね。増えて増えて、やがて減るでしょう」

闇の闇の、その先の光。

牧瀬の言葉が時田にはそんな風に聞こえた。

昼飯の後、牧瀬は本庁に戻っていった。

その後、観月は来たようだったが、時田は知らなかった。午後の搬入でまた忙しくしていたからだ。

定時を過ぎて、夜勤の森島に引き継ぎ、帰路についた。馬場とは裏ゲートを出たところで別れた。

馬場は走るが、時田はバスだ。

思いを抱えた帰り道になった。

すると葛西の駅前で、見知らぬ男に声を掛けられた。

「失礼ですが、時田警部補、ですね」

そうだと言うと、男は不遜な名刺を出してきた。相楽場剛明という、キング・ガードの男だった。

「一班？」

「お時間、頂けませんか。何、悪い話ではありませんので」

少し考えた。

「いいよ」

いや、考えたのは、考えようとした振りだったかもしれない。自分の口から出た返事は、思う以上に早かった。

六

金曜日になった。朝から快晴の一日だった。

観月はこの日、キング・ガードの仲田憲伸会長の屋敷へ行くことになった。

こればかりは僥倖《ぎょうこう》というか、人付き合いの賜物だったろう。表情も感情も上手く表すことはまだ出来ないが、他人に対し、その時々を出来る限りの〈精一杯〉で接してきた結果に違いない。

いや、贈り物か。だから賜物だ。

キング・ガード会長宅の警備は、当然キング・ガードのシステムと思いきや、実はアップタウン警備保障の物だった。

そんな話を〈新年賀詞交換会〉の途中で、真紀の父・佳典が観月に寄ってきて囁いた。

──会長に会いたいって？　僕が手配しようか。

ライバル会社の会長にも拘《かかわ》らず、どういう手蔓《てづる》か。

〈精一杯〉に首を傾《かし》げ、わからないというポーズを決めれば、

──やあ。警察官僚の道に進んだのは、間違いではなさそうだね。人は千里の道の五十歩百歩と言うかもしれないけれど、観月ちゃん、落胆することはないよ。五十歩と百歩はね、倍も違うんだから。

佳典は目を細めて微笑んだものだ。

その後で、

──持ちつ持たれつってやつかな。真紀はこっちの手の内を晒すことはないって言ってたけどね。お金を頂いて警備を任されるのなら、それは誰であろうとお客様だ。まあ、要所要所の特許は確保してあるし。堂々と受けて立つってことでもあるけど。

とやけに胸を張った。

とにかく、そんな依頼によって、キング・ガードの会長屋敷は、警備システムにアッ

プタウン警備保障の物が採用されていた。しかも、自動的に最新のシステムにバージョンアップされる契約らしい。

間違いなく会長屋敷で運用するアップタウンのシステムは、レンズ一枚に始まりシステムの根幹まですべて、キング・ガードに依って分析・解析が常に最新・最速でなされるのだろうが、佳典は特に気にしないようだ。

――そもそも、技術と開発で一歩先を行く。それが技術屋上がりのうちのモットーだ。簡単には抜かせないよ。並ばせもしない。まあ、そのためには、きめ細やかな作業が必要でね。

細かなバージョンアップのために、頻繁なメンテナンスは欠かせないという。月に一度は会長屋敷に赴いて、ICチップや屋外のコード類の点検交換をするらしい。一時的に警備システムを解除するそのときは、人力で警備を展開するのが通例で、

――その中に紛れるかい。

と、これが佳典の提案だった。

是非にもと願えば、佳典から直々の連絡があったのはそれから三日後だった。新年一発目のメンテナンス日が、十九日の金曜日に決まったという。

――誰とは言わなかったけどね。会長に聞きたいことがある知人を、メンテナンスの連中に同行させますっていう話はしておいた。

――あ。ＯＫなんですか？

どうかなあ、と佳典はおそらく笑った。

――電話を切るまでにさ。取り敢えず良いとも駄目とも聞こえなかったから、良いんじゃない。最初からさ、良いかどうかを聞いたわけじゃないし。

なるほど、それが一流の話術、詐術というやつか。

　礼を言えば、

――なぁに。これもアフターサービスの一環ということで、今後とも観月ちゃん、いや、管理官。弊社の総合統括をよろしく。

と、やはり大企業の社長とは、煮ても焼いても食えないものだということを、観月はこの一事でしっかりと〈堪能〉した。

「じゃ、行きますか」

当日、観月はアップタウン警備保障の向島《むこうじま》営業所に向かった。この日の責任者は四十代の、大木《おおき》という営業所長だった。

そこでまず同行員の紹介をされ、アップタウンのサイケなジャンパーを渡された。

総勢十三人で、五人がシステムエンジニア、六人がシステムダウン中の目であり耳であり、外部に対しての威嚇装置だという説明を受けた。残る二人が、大木所長と観月だ。

キング・ガードの会長屋敷は、墨田区《すみだく》立花《たちばな》四丁目の、丸八《まるはち》通りから一本入った辺りにあった。都立橘《たちばな》高校の近く、スカイツリーからはほぼ真東だ。アップタウンの向島営業所からは、道延べにして二キロメートルもない。

三台のバンに分乗して出発した。観月もサイケなジャンパーを着て一団に混じった。

会長屋敷は生活道路に沿って民家が建ち並ぶ中、一目でそれとわかるほどの、ひときわの大きさだった。

古い屋敷ではない。平成二十年に、スカイツリーの着工とほぼ同時に完成したという。それで、それまで住んでいた元麻布《もとあざぶ》の家を息子に譲り、引っ越してきたらしい。

──世界一を見て暮らす。実に気持ちええこっちゃ。

そんなことを嘯いていたようだと、これは同行の大木所長に聞いた話だ。

五百坪はあるだろう敷地の奥側に、木造の立派な二階屋が見えた。一階の広さだけで百坪近くはありそうだ。二階はその半分くらいか。

敷地を囲うのは高さ二メートルほどの鉄柵だったが、隙間から中が見渡せて威圧感は皆無だった。かえって広々とした芝生の庭は開放感に溢れ、周囲の景観に馴染んで見える。

が、よく観察すれば、ミニマムなレーザーセンサーのガードアイが、その柵の下段と上段に張られているのが見て取れた。

それだけに留《とど》まらず、竹に似せて敷地の角々に設置された三メートルほどのパイプには大型の監視カメラとレーダーセンサーが取り付けられ、辺りを睥睨《へいげい》するように光っている。

――あそこのシステムは、近いうちに面センサーに替える予定だ。最新式のね。

と、佳典からは電話連絡のときに、観月はそんなことを教えられてもいた。

表道路に対し、正門は長々とした柵のほぼ中央にあった。その右脇にガレージがある。

正門は左右に欧風タイルの堂々とした門柱が、そびえるように立派だった。

右隣りの背が高いガレージも立派で、ワンボックスタイプ程度なら五台は横並びで停めることが出来るようだ。

すでに開いていたガレージに二台が入り、厳かに開いてゆく門扉の中に残る一台が入って、閉まった後で横付けになって停車した。

ボディに、これもサイケな〈アップタウン警備保障〉のロゴマークが入ったバンそのものも、威嚇装置の一つか。

いずれにせよ、ガレージから敷地外の警備に六人を配し、七人が敷地の中に入った。

(公僕かつ小市民には、縁がないわ)

観月はそんなことを思いつつ、アップタウンの六人の後に従った。

正門側から見てほぼ真正面にある、母屋の右隅の玄関まで、くの字に広いアスファルトの舗装路が延びていた。

くの字の右手は主に、ガレージ裏からの通路や人が居住出来そうな大きさの物置で、左側は芝生を敷き詰めた庭だった。

アップタウン警備の一行は慣れた様子で舗装路を進み、所長を先頭に次々に玄関へと吸い込まれてゆく。

玄関の手前で一行から離れ、やおら観月は一人、芝生の庭に足を踏み入れた。

季節柄、芝生は色鮮やかとはいかなかったが、手入れは行き届いているようで踏んだ感触は柔らかかった。

観月は芝生を踏み、母屋に沿ってひと角曲がった。

と――。

「へえ」

思わず、観月の口から感嘆が漏れた。

そこには、今踏んできた芝生の庭より、さらに広大な、まさに庭園と呼んで差し支えない庭が広がっていた。

こちらが間違いなく、メインの庭ということなのだろう。

広大な庭には築山が築かれ、太鼓橋の架かる池があり、虹を描く噴水があった。

近寄れば池の中に、優雅に泳ぐ色取り取りの錦鯉《にしきごい》も群れで見えた。

その奥に、スカイツリーがそびえ、噴水の虹の向こうに借景となっている。

「ふうん」

目利きが出来るわけではないが、実に〈隙〉のない見事な日本庭園だった。

「誰や」

右手の母屋の、庭に面した総ガラスの引き戸の一部が開いていた。

観月はそちらに足を向けた。

複層ガラスの引き戸の内側は、どうやら居間のようだった。見る限り、それにしても広い居間だ。

一人の老人が居間の一番手前の、縁側と言ってもいい板の間の辺りで、安楽椅子に座っていた。髪はだいぶ後退していたが、顔の色艶はよかった。

老人はカシミヤの白いハーフハイネックセーターを着て、ダウンジャケットを羽織るようにしていた。日向でもたしかに、外気に触れればまだまだ寒さが染みる頃だった。

居間の奥には、隠れようともしない黒服の男の影も見えた。

外部との障壁たる警備システム自体はアップタウン警備保障が受け持つが、日々の敷地内警備を人的に受け持つのは、会長の世話も込みにキング・ガードの社員らしい。

そういう契約だと先ほどの車内で、大木所長からたぶん、少し悔しげな言葉として聞いた。

安楽椅子の老人が視線を真っ直ぐ観月に向け、睨むように見ていた。

それが、仲田憲伸で間違いないだろう。間違うわけもない。

この屋敷に住むようになってすぐに妻に先立たれ、基本的には気ままな一人暮らしだという。

広い屋敷の日常は他に、通いのホームヘルパーと庭師が一人ずつと、昼夜を問わずキング・ガードの社員が常時三人ばかり詰めているだけだった。

憲伸はなるほど、話に聞いた通りの大柄だった。一八〇センチは超えているだろう。

だが同時に、描いたイメージよりはずいぶん痩せて見えた。

持病でもあるのか。

いや、一線から退《ひ》いたからか。

いずれにせよ、声には力が感じられた。

〈獅子吼〉、未だ衰えずといったところか。

「初めまして」

「誰やと聞いとる」

「あら。聞いてませんか？　それにしては、後ろのガードの方が動かれませんが」

「ふん。あんなんは、職務怠慢言うんや。どないなときも一歩前にっちゅうんは、ガードの基本や。ほんまに、使えん奴ばかりやで」

なるほど、声同様、見た目ではわからないものだ。八十四歳にして、頭の回転はずいぶん早く、舌鋒《ぜっぽう》は鋭いというか、きつい。

「ブルー・ボックスの管理官さんやて」

「やはりおわかりでしたか。初めまして」

観月は一歩近づき、腰を折った。

「ふん。澄まし顔は気に食わんが、及第点や。出来た挨拶やな」

「お褒めに与《あずか》り恐縮です。ですが、澄まし顔に関しては、自力ではなんともなりません。情報としてお聞き及びでは」

「ああ。せやった。そんなこと聞いたな。――で、俺になんの用やて」

「早速に有り難うございます。では」

相楽場剛明、一班。

単刀直入に言ってみた。虚を突くことが出来ればなにかしらの反応があると見込んでのことだ。

けれど――。

「さあな」

〈獅子吼〉はさすがにキング・ガードの創業者ということか。表情も気配も、観月では読めなかった。

ならば――。

「知ってるんですか」

直截《ちょくさい》に聞く。当たって砕けろ。

「知っている、と言うたら、俺になんの得があるんかの」

「えっ。――得って、メリットってことですか？」

「知らない、と言ってもええんやが」

「曖昧にする。はぐらかす、と」

「たとえば教えれば、そっちの手間がそれだけ省けるんやろうが。違うか。それをまさか、手ぶらで得ようやなんて、考えもなしに来たとか」

まあ、大きくは間違いではない。これも、下手な考え休むになんとやらだ。直截に聞く。当たって砕けろ。

「そうですね。手ぶらで来ました」

「ほなら、こう答えるしかないな」

憲伸は安楽椅子を揺らし、肘掛けを両掌《りょうて》で叩いた。

一昨日来いや。一昨日、手土産の一つも持って来いや。

少しだけむかついた。

そんな感情は観月の場合、顔には出ないが外には出やすい。

「一昨日来られたら、どうします？　手土産を持って」

「ランプの魔神、いや、指輪の精でもないが。三つの願い、聞いたろか」

憲仲は鼻で笑った、ようだ。

「ふん」

「洒落たことをおっしゃいますね。──お忘れなく」

一礼し、観月は踵《きびす》を返した。

第四章

一

水曜日の夕方になって、観月は年を跨《また》ぎ、一か月振りに銀座の〈ぎをん屋〉を訪れた。

前日の同じような時間に、相楽場から電話が掛かってきたからだ。

――明日、お会い出来ませんか？　場所はどうでしょう。銀座の、〈ぎをん屋〉でしたか。

たしか管理官は、そこでクリスマスケーキをお買い上げでしたね。

あの雪のクリスマス・イブも、すでに観月の行動に目を光らせていたものか。

ご苦労なことだとしか思えないが、言外に、観月の行動を把握しているということが言いたいのかもしれない。

断ることも出来たが、この日は特に外せない用事も、急ぎの用件もなかった。

第一、相楽場が指定してきたのは、なんと言っても〈ぎをん屋〉だ。

前回の顔合わせで、相楽場は観月の思考も嗜好《しこう》も心得たということだろう。

――今年になって、甘味バイキングを始めたようですよ。それをですね。実は予約してあるんです。管理官がお断りになるなら、残念ですがキャンセルということになりますが。

このワードは、観月の心の深いところを大いに掻き回した。

当然、バイキングを始めることは知ってはいた。知ってはいたが、今のところ行ったことはなかった。というか、行けなかった。

商売人・宝生裕樹が仕掛ける飲食スペースの増床とバイキングだ。まさに図に当たったということだろうが、プレオープンからマスコミの取材を入れた結果が凄かった。

店舗販売分にすら連日行列が出来るほど盛況で、甘味バイキングの方はアフターファイブどころか、仕事の隙間を狙っても、予約がまったく取れなかった。

宝生兄妹《きょうだい》との関係を考えれば、観月ならゴリ押しで〈座席〉と〈量〉は確保出来るだろうが、それはしない。

警視庁警務部ヒトイチの監察官という肩書きと職責は、さすがに重いものだ。

その予約を、相楽場は確保しているという。

加えて――。

相楽場とは、一月三日の初見からもう三週間が経っていた。

その間、観月としても本気で相楽場剛明と一班については調べているつもりだが、なんというか、あまりにも雲をつかむような手応えのなさだった。

監察官の心得として、本人に直接当たるのは常に最終手段だが、決して最後の手段ではない。

当たって砕けろ。

先日のキング・ガード会長、仲田憲伸屋敷では砕けてしまった感じだが、本当に当たって砕けることは滅多にない。

砕けなければ、何度でも当たる。

それが監察官の仕事の一丁目一番地、ど真ん中だ。

夕方五時半の銀座並木通りは、着膨れた人の波がうねるようだった。静かな賑わいというやつだ。

新年になってから、観月は一度も並木通りへ足を踏み入れてはいなかった。モチベーションに乏しかったからだ。

「うわあ」

リニューアルされた〈ぎをん屋〉は想像以上に飲食スペースが広く、想像以上にピンクだった。イチ押しの甘味バイキングには相応《ふさわ》しいか。

賑わうそんな店内の奥まった窓際に、場違いな男が足を組んで座っていた。

グレーのスーツは、ピンクと女子ばかりの店内に、ただ一点のシミのようだった。

席に着くと、初めて見る顔の店員が満面の笑顔で近寄ってきた。増床分の増員だろう。

メニューを置き、今からのバイキングスタートを告げる。

〈ぎをん屋〉の甘味バイキングは、メニューからチョイスする着席タイプで、制限時間は一時間だ。

相楽場がメニューすら見ず、〈余所行《よそゆ》き〉の笑顔でブレンドコーヒーを注文する。観月は水出しのアイスコーヒーと、メニューにズラリと並んだ和洋菓子から、お勧めと書かれた和菓子とケーキを〈全部〉注文した。

手始めだ。まずは計四個に留める。

制限時間制でもケーキバイキングには調理加工がない。ストレスフリーですぐに注文の品が運ばれてきた。

「まっ」

観月はまず、若緑色も鮮やかな麩饅頭の皿を手に取った。〈ぎをん屋〉自慢の逸品で、開店当初からの人気商品だ。

丁寧に炊《た》いた大納言小豆を青海苔《あおのり》を混ぜ込んだ生麩で包んだ麩饅頭は、口に入れた途端に優しく解け、甘さと香りがどこまでも広がってゆく感じだった。

オーナーの宝生裕樹からは二十歳の頃、

――京風という響きには、古来からの雅《みやび》にして上品のイメージがある。けどそれだけじゃなく、京には明治ご一新の波にもすぐ乗るような、進取の気性もあるんだ。伝統だけじゃなく、革新も京都の特質だよ。ただ、形を変え品を変えても、通底するものは淡美清麗に紛れもない。それが京風スイーツだと僕は思っている。

そんな考え方を聞いた覚えがある。是非はさておき、初めて食べた〈ぎをん屋〉のスイーツが麩饅頭で、裕樹から依頼されたバイトにこれを食べたとき、ようやくやる気が出たものだ。

冷えた水出しコーヒーの切れに、そんな京風の淡美清麗がよく似合った。

「で、結局あなたは、どこの何者なの？」

観月は言いながら、次の皿を手に取った。

和栗《わぐり》と和三盆《わさんぼん》のモンブランタルトだった。

さて、と言って湯気の立つコーヒーを飲み、相楽場は足を組み替えた。

「ずいぶん積極的に、私のことを調べておられるようで」

「あら。そうだったかしらね」

和栗と和三盆のペーストに、カスタード入り生クリームの取り合わせが上品で、味が深かった。さすがにお勧めだけのことはある。すぐに人気商品になることだろう。

「本社広報部も新年会も、まあいいでしょう。考え得る範囲だ。けれど、会長のご自宅まで行こうとは。これは想定外でした。いえ、褒めているんですよ。内向きのお仕事かと高を括っていましたが。どうしてどうして。なかなかおやりになるものだと」

相楽場はまた、コーヒーを口に運んだ。

観月は三皿目のスイーツに手を伸ばした。これも創業以来変わらない美味さの、苺《いちご》クリームの羽二重餅《はぶたえもち》、抹茶塗《まっちゃまぶ》しだ。

よくはわからないが、相楽場は少し苦そうな顔をしていた。

何が苦いのだろう。わからない。コーヒーが苦いのなら、スイーツを食べればいいのに。

視線が合うと、相楽場は何事もなかったかのように〈笑顔〉を作り上げた。

「管理官。これでも私は、あなたを大いに評価しているのです。ただし、勘違いして頂いては困ります」

「勘違い？　何が？」

「調べたり動かしたりするのは、私の方です。あなたではありません。波風を立てるつもりは毛頭ありませんが、なのでこの辺で一度、釘《くぎ》を刺させて頂こうかと思いまして」

相楽場はスーツの上着の内ポケットから、おもむろに一枚の写真を取り出した。

テーブルの上に置き、観月の方に寄せる。

元日の、紀ノ川沿いの写真だった。宇治鉄砲場の辺りで、赤髪の男を背負いの螺旋に巻き込み、ススキの土手に投げる観月自身が写っていた。少し引き気味でピントは甘い気もするが、観月を知る人が見れば、他人と見紛うはずもない写真だった。引いた分、ススキの中には先に投げ飛ばしたツーブロックの男も写っている。

「お立場的に、あまり派手な立ち回りは、おやめになった方がよろしいのでは」

「ふうん」

観月は上から見ながら、抹茶塗しの苺クリームを掬って舐めた。

苦みと酸味が甘みの中に絶妙だった。

「なんであなたがこんなものを？」

相楽場は小さく肩を竦めた。ピンクと女子ばかりの中だということだけは弁えているようだ。

「偶々《たまたま》、というのはどうでしょう」

「オカルトね」

「では、一班が常に機会を狙っていた、では？」

「へえ。それって、まさかあなたがけしかけたんじゃ」

「ご挨拶の折りにも申しましたが、会社としても私個人も、法に触れるようなことは致しません」

「月夜の晩がどうとかって、言ってなかった？」

「好きだと申し上げただけで。出来れば月夜の晩にお会いしましょうとも」

「けしかけたかどうかを聞いてるんだけど」

「これはこれは。——さすがに警視庁の管理官ともなると、話の持っていき方がまるで取り調べだ。疑り深くもある。ではこちらも多少、そんな話し方に合わせるなら」

相楽場は一度言葉を切った。

「土手を降りてきた連中とは、売り言葉に買い言葉、ですか。売られた喧嘩《けんか》を買う、とか。なら、買わなければ何も起こらなかった、という結果論はいかがでしょう」

「へえ。言葉をこねくり回す気？」

「ははっ。いえ。ただこういう場合、喧嘩両成敗が正論というものでは。特にこの写真はですね」

写真を手元に引き寄せ、相楽場は取り上げた。

「写真の腕前はさておき、シャッターチャンスに恵まれましたね。この画角ではさながら、河原から土手はあなたの独壇場だ。これでは特に、売ったか買ったかに、世論は忖《そん》度《たく》しないのでは。多勢に無勢と言いますが、これは言葉の意味がまるで逆転している」

「——恫喝《どうかつ》ってやつ？」

「いえ」

相楽場は首を横に振った。

「ご忠告です。イエローカードと言い換えてもいい」

「へえ。つまり、溜まったらレッドカードになると」

「そういうこともあるでしょう」

一回休み、あるいは退場。

言葉には少し揶揄《やゆ》する響きがあった。それくらいならわかる。

「結局あなたは、私に何を望んでいるの？」

「そうですね。すべて、ですか」

「すべて？」

「ええ。ただ、勘違いしてもらっては困りますよ。私にはね、私心というものは一切ありませんので」

「へえ」

「右を向けと言ったら右を向いてくれるかどうか。左を向けと言ったら左を向いてくれるかどうか」

「強制ではなくて？」

「そう言ってしまえば角が立つ。下手を打てば罪になる。言いませんよ、そんなことは。口が裂けても。ただただ、キング・ガードに良かれと思えることをすること。して頂くこと。仕事ですから」

おそらく余裕を見せて微笑み、写真をポケットに仕舞う。

「では、私は今日はこの辺で」

残ったコーヒーを飲み干し、相楽場は濃紺のビジネスバッグを手に立ち上がった。

「あら。あっさりね。後が詰まっているとか。一班って、そんなに忙しいわけ？」

「ああ。バイキングですから、管理官は時間一杯までいて頂いて結構ですよ。勿論、支払いはこちらで済ませましたので」

「有り難う。でも、あなたは良いの。なんにも食べてないじゃない。美味しいのが一杯あるのに」

「私の秘密をひとつ、お教えしましょうか」

相楽場の顔が一瞬、観月には黒い影のように見えた。

それが、笑った。

本心だと何故か観月には思えた。

「へえ。何かしら」

「私はですね。甘い物が嫌いなんですよ」

顔を見合わせる。

笑う相楽場。

笑わない観月。

「良いことを聞いたわ」

それでは、と相楽場は頭を下げ、〈ぎをん屋〉を出て行った。

メニューの完全制覇。完全制覇の二周、三周。

時間一杯まで粘って周囲の興味の、そして驚異の的となってから観月は店長を呼んだ。

〈ぎをん屋〉に通って十年、とは言わない。十年では済まない。

もう馴染みを通り越した関係だ。

店長は東大生だった観月も、アルバイトで〈蝶天《バタフライ・ヘヴン》〉のキャストをしていた観月も、警察庁キャリアとなった観月も知る。

観月も同様に店長を知る。腕も愛想もいい店長だ。

「内緒内緒の防犯カメラ、後で貸して」

「了解」

コック帽の店長が約八歩の間合いで、その辺の制服警官より見事な敬礼をした。

二

翌日は、早朝から雨だった。昼前には、雨は大いに寒さを運ぶ雪時雨になった。

低気圧そのものは夕方には関東沿岸部を離れたが、そのあとは濡れた足元から立ち昇るような、格別の寒さが募った。

背を丸めるような人々の、帰宅の足は速かった。白い息が街灯の明かりに、凍るようだった。

そんな夜の始まりの頃、観月は大きな紙袋を下げて、ストレイドッグのカウベルを鳴らした。

「へえ。夜に来るなんてなあ、珍しいじゃねえか。しかもこんな夜に」

カウンターの中から、杉本が紫煙と共に立ち上がった。

「そんな夜はこんな店でも、窓の明かりが人を呼ぶんじゃゃない？　暖かくも感じるわ」

観月は言いながらコートを脱ぎ、右腕に抱えた。

――へへっ。違いねぇ。違いねぇ。

――そんなもんだ、そんな店だ。

店に入ってすぐの、左右から上がる声が観月を囃《はや》した。

右に二人、左に一人が四人掛けテーブルにいて、大振りのグラスで酒を呑んでいた。色と泡からするにバーボンソーダか、ハイボールか。

昼間に来てもよく見掛ける顔だった。地元の常連さんだ。違いねぇ、そんなもんだと囃すからには、二人とも明かりに誘われた口ということだろう。

軽く会釈し、観月は奥に進んだ。

ショット用のカウンターテーブルから、作務衣の笠松が手を挙げた。十台のテーブルには、十人を超える男らがまばらに〈止まって〉いた。

そのうちの何人かは、〈警視庁全退職者リスト〉で見た顔によく似ていた。観月の記憶の画像に、〈苦楽〉の年月を加えればそうなるような顔ばかりだった。

見知らぬ者達も画像か、あるいはリストそのものがなかっただけの男達かもしれない。

ストレイドッグはそういう者達が集う店だった。

だからこの店は、窓から漏れる誘いの明かりが、暖かいのだろうか。

このときは、バーカウンターには誰も座っていなかった。

観月は杉本の真ん前に座り、コートとトートバッグを左右のスツールに置いた。紙袋はテーブルの上だ。

杉本はくわえ煙草でカウンターに、冷水の入ったコップと、冷蔵庫から取り出したチョコレートサンデーを置いた。

「何？　まだ注文してないけど」

バリエーションの中からそれを頼むつもりではあった。この店で最初に出した甘味で、つまり、この店の基本の味だからだ。

それにしても先に出されると癪に障る。

不機嫌そうな声を作ってみたが、通じるか。

「じゃあよ。酒、呑むのか」

杉本はやはり、平然と受けた。

こんなトーンの会話も、互いに馴染んできた証拠か。ただし、打ち解ける日が来るかどうかは別の話だ。

「そのつもりはまったくないけど」

「てこたぁ、これだ」

最後のひと口を吸い、杉本は煙草を灰皿で揉み消した。

「バカ売れだって言っただろ。あんたは、夜に来たことがねぇからわかんねぇんだろうけどよ。こんな時間に来っとな。日に依っちゃこうやって、残ってねえんだよ」

「えっ」

こんなクソ寒ぃ日によ、と言って杉本は頭を掻いた。

「しかもこれだって、今日のラストだぜ」

「――へえ」

笑うことが出来たら、おそらくそんな場面だったろう。

錦糸町の酒呑み親父連中は、厳寒の一月でもバーで供されるパフェやらサンデーやらをよく食べる。

まだまだ世の中には意表を突いてくることが多い。知らないことだらけだ。

「で、この荷物はなんだ？　邪魔なんだけどな」

「ああ」

観月は、紙袋を少しだけカウンターの内側に押した。

「ねえ。〈桔梗信玄餅《ききょうしんげんもち》〉と〈くろ玉〉。どっちがいい？」

「んだって？　ああ。どっかに行って来たのか」

「甲府」

観月はそれだけを言った。

「へえ。この寒空に、ご苦労なこった」

杉本は紙袋を覗き、それぞれを手に取って内容書きに目を落とした。

〈桔梗信玄餅〉はきなこと黒蜜がどこか懐かしく甘い、誰でも知っている定番のご当地土産だろう。そして一方の〈くろ玉〉も、甲府に本店を構える澤田屋が昭和四年から販売している看板商品だ。うぐいす餡の小振りなあんこ玉に黒糖羊羹《ようかん》を掛け、黒真珠のような見た目も印象的な、山梨を代表する銘菓の一つだ。それぞれ十個入りを十箱ずつ買ってきた。

二つのご当地土産を吟味する杉本を見遣りながら、観月はチョコレートサンデーを口にした。

冷たく甘くほろ苦く、この日は苦さが甘さに勝るか。

観月が甲府に行ったのは、麻野元警部補の万年筆を、遺族に届けるためだった。

残された麻野の妻子は、甲府の市内にいた。山梨大学甲府キャンパスのすぐ近くだった。片山《かたやま》方面遥かに和田峠《わだとうげ》を見上げる、閑静な住宅街だ。

麻野の妻・亮子《りょうこ》は生まれ育った家に一人で住んでいた。二十五歳になる一人息子の恭平《きょうへい》はすでに社会人で、就職して同じ県内で三年前から一人暮らしを始めているという。

木造の二階家は、手入れの行き届いた小さな庭に、蕭然《しょうぜん》と建っていた。

観月が到着したのは、午後になってからだった。

アポイントは取っておいたが、亮子は週に四日はパートに出ると言う。木曜日はこの日が休みだという亮子の希望に添った形だ。それでも完全な休みではなく、夕方から近くの小学校で学童の世話係をしているという。

「昔から、身体を動かすのが性に合ってて。それに、こんな小さな家でも、一人でいると広くて」

仏壇に手を合わせる。

亮子は自分の日常を、そんな言葉にした。

「事故でお亡くなりになったとか」

聞いてみた。

「ええ」

「あまり呑めない人だったとか。そんな人がずいぶん呑んだとか」

それにしても、飽くまでそれとなくだ。一般市民の生活を騒がすことも、脅かすこともない。それはいけない。

「ええ。そうみたいです。——馬鹿ですね。馬鹿ですけど、悔いていたみたいですよ」

「悔いていた。何をです？」

「何かをです。そう思ったというだけで、あの人は私達には、何も言いませんでしたから」

亮子は観月に座卓を勧め、緑茶とカステラを出してくれた。

緑茶を口にする。

亮子が、消え入りそうなほど儚《はかな》く見えた。

万年筆を手渡すと、有り難うございますと言って、亮子は小さな遺品を胸の真ん中に、埋《うず》めるようにして掻き抱いた。

しばらく黙って、そうしていた。

仏壇の線香が、香炉に灰をこぼした。

「ご免なさい。お茶、冷めてしまいましたね」

亮子は鼻を押さえ、席を外そうとした。

「あ、お構いなく」

でも、と言い掛ける亮子を手で制し、観月は笑顔を作った。

「警察に、——いえ。警視庁に、何か言いたいことはありませんか」

亮子は真っ直ぐに観月を見詰め、首を横に振った。

「息子の恭平ですけど、こっちで警察官になったんですよ。あの人は少なくとも、恭平には、良い父親だったんです」

亮子が、小さく微笑んだ。

観月とは比べるべくもない、柔らかな春風のような微笑みだった。

それで、十分だったろう。

淹れ代えてくれた緑茶とカステラを頂き、四方山話《よもやまばなし》を伺って、観月は麻野家を辞した。

それから甲府駅に戻り、駅ビルの〈甲斐《かい》の味くらべ〉でお土産を買った。選《よ》り取り見取りだったが、二種類に留めた。それくらいで良いような気がした。

亮子の微笑みは、観月の心の中の何かを満たした。

それから東京に戻って、ストレイドッグに直接来た。

来たのにはそれなりのわけがあった。


「よし。こっちにすらぁ」

杉本が〈くろ玉〉をひと箱取った。

「ひと箱で良いの？」

「まあ、これでも多いくらいだけどな。ここの連中と分けていいなら、もうひと箱か」

「ふた箱ね。遠慮深いことで。——じゃあ、ヘルメースと木こりの斧《おの》じゃないけど、別のお土産もあげようかな」

観月はトートバッグから何かを取り出し、杉本の前に置いた。

一枚の写真だった。

〈くろ玉〉を持ったまま、杉本が動きを止めた。

写真に写っていたのは、若き日の杉本だった。

制服姿の杉本が、同じく制服の麻野警部補と、肩を組んで笑っていた。

「アルバムにあったのを、もらってきた。あなたの名前を出したら、持って行ってくださいって」

麻野と杉本は同期だと、亮子は言った。仲が良かったとも言って、目を細めた。

「——そうかい。麻野んとこに行ったのか。——そういえばあいつの奥さん、甲府の人だっけ」

杉本はゆっくり、煙草をくわえた。火を点《つ》ける手が、少し震えているように観月には見えた。

観月の背後から笠松が寄ってきて、写真を覗き込んだ。

「へえ、これは珍しい。揃い踏みだね」

　そんなことを言った。

「出来る人だったけどね。出来過ぎたかね。それで、溺れちまったっけ。手を出す間もなく、手を出すまでもなく」

　それでなんとなく、観月にはわかった気がした。

　杉本はまだ動かなかった。

　チョコレートサンデーを食べ終わった。

「なあ」

　杉本の目が、観月に動いた。

「これがあんたの役回りだって？　ブルー・ボックスの」

「そうよ。文句ある」

　杉本が紫煙の向こうで、首を横に振った。

「いや。なによりだ。有り難よ」

「どういたしまして。――ご馳走様」

　観月はちょうどの料金をカウンターに置き、席を立った。

　コートを羽織り、バッグを肩に掛ける。

「千目連《せんもくれん》だ」

　紙袋に手を伸ばすと、杉本がそんなことを言った。

「えっ」

「竹中《たけなか》のおっさんだよ。言ってたのはよ」

あの無表情女、キング・ガードによ、目ぇ付けられたみてぇだなあ。

そんなことを言っていたらしい。

千目連は元沖田組の二次組織で、竹中はそこの組長にして沖田組の若頭補佐で、このストレイドッグを止まり木にする一人だった。

「ふうん。あの組長がね」

「ただよ。今はきっと、連絡はつかねぇぜ」

「なんで」

「Jの分室に取っ捕まって、どっかに潜らされてるってよ。正月に行った大阪で、紀藤のおっさんがそう言ってた」

「ああ」

先のブルー・ボックスでの一件は、J分室の鳥居主任に預けた。

そういうことも、あの分室なら大いにあるだろう。

監察官室だけでなく、警視庁の組織図にない公安の分室も当然、慢性的に人手不足だ。

「ま、そっちは私の方で当たってみるわ」

観月は紙袋を手に、外に向かった。

――えへへっ。またねぇ。

四人掛けテーブルの誰かがそう言い、三人全員が手を振った。

三

翌日、観月は本庁舎に通常登庁した。

ただし、十一階に滞在したのはものの十数分で、すぐに監察官室を後にした。逆に言えば十数分も掛かったのは、在室の面々に〈桔梗信玄餅〉か〈くろ玉〉かを選ばせて渡し、最後に、〈桔梗信玄餅〉を渡した露口参事官に摑まったからだ。

――これがなあ、遊びや観光で行ったお土産なら、なお嬉しいもんだが。お前のことだ。どうせ仕事絡みなんだろ。いつも言ってることだが、お前は女の子なんだぞ。自分で動くな。牧瀬や馬場に任せればいいんだ。まあ、あいつらだと、こんなお土産はないような気もするが。困ったものだ。どっちもな。

長くなりそうだったので、〈くろ玉〉も渡して黙らせる。

十数分のうち、この遣り取りに五分だ。

土産袋の中身を〈桔梗信玄餅〉一つだけにした身軽な格好で、観月はとにかく警務部のエリアを後にした。

この日の目的は十一階監察官室の自分のデスクではなく、十四階の他人の分室だった。エレベータホールから桜田通り側のウイングに出て、真っ直ぐ延びた廊下を最奥まで進み、突き当りを左に折れれば〈庶務分室〉のプレートが貼られたドアに突き当たる。そこが、警視庁公安部公安総務課庶務分室、通称〈J分室〉だ。

観月はドアをノックした。

答えは必要とせず、ドアを開ける。

室内でまず観月を迎えたのは、カウンターの上のスイートピーだった。

一階の受付にも同じ、パステルカラーのスイートピーが飾られていた。

朝は一階受付の大橋恵子《おおはしけいこ》か菅生奈々《すごうなな》が、J分室に花を届けるということは知っていた。受付に毎日飾られる花は、小日向純也というJ分室長のポケットマネーで購《あがな》われているると言う。

冬咲きのスイートピーは淡く柔らかく、誰の払った金であれ、見る者の心を和ませる。

「失礼します」

入室して一礼し、目を細める。

なんとも、陽差しが明るい部屋だった。比べるのもおかしいが、監察官室に無いものが目についた。

上等なコーヒーの香り、柔らかな花の色香、毎朝花を整える女子職員の笑顔、ゆったりと流れる時間、etc.

まあ、その代わり、ここになくて監察官室にある物も多い。

整髪料の匂い、甘い物、よく顔を出す参事官、女子管理官の仏頂面、張り詰めた緊張感、etc.

（いえ）

観月は頭《かぶり》を振った。

ある物比べの無い物強請《ねだ》りは止《や》めよう。

心身によからぬ影響が出るやもしれない。

「やあ。珍しいね」

目的の男はドーナッテーブルの向こう側で、朝陽を背負って笑っていた。

良くも悪くも、チェシャ猫めいた謎の多い微笑みだ。

人はその笑顔の裏を読み解こうとして、大いに惑う。

感情の機微と表情に疎《うと》い観月は、最初から分かりようもないから放棄し、真正面から切り込む。

その辺が、純也を苦手とする人と観月の違いかもしれない。

「ようこそ。我がJ分室へ」

この分室の長、小日向純也警視正がそこにいた。分室員である鳥居主任と、もう一人の猿丸警部補は不在だった。

猿丸の所在はこの際どうでもいいとして、鳥居が在室だったら話は早かったが仕方がない。どうにも連絡が取れないから、直接来たのだ。

それにしても——。

「来たくて来たわけじゃありませんけど。本来なら来なくても済むはずの話です」

「おや。来て早々、ずいぶん薄情なことを言うね。——ああ。この場合、表情が動かないことと言葉が冷たいということに、特に関係も含むところもないけどね。ただ、まったくないかと言えば、そこはそこで少々考えものだけど」

こういう物言いと笑顔に、人は戸惑うのだろう。

しかし、観月は違う。

「そちらこそ、来て早々に、私の来訪自体を煙に巻こうとしてませんか。そうだとしたら、薄情なのはどっちでしょう」

純也はチェシャ猫の笑みを深くした。

コーヒーでも淹れようかと言って席を立とうとするが、結構ですと断る。

隙を与えればまた、巻くための煙を焚《た》くかもしれない。

そもそもコーヒーと言いつつ、何を淹れるのか分かったものではない。

しかもこの部屋には、甘味がない。

「私が用事があるのは鳥居主任なんですけど。その本人に何度電話を掛けても出ない。上司にと思って掛けても、分室長も出ない。ここの電話も鳴るだけ」

「あれ？　そうだったかなあ」

「主任はまあ、わかります。何かの〈作業中〉なら。実際、押し掛けても現状、ここにもいないわけですし。でも、分室長はなんです？　いても出ないって。ああ。言い訳は結構です。今ここにいらっしゃるのがなによりですから。論より証拠ってやつです。私、三十分くらい前に掛けましたよね」

純也は肩を竦め、陽差しの中で大きく両手を広げた。

「ははっ。立て板に水だね」

この一連が、どうにも様になるから忌々《いまいま》しい。

忌々しいが、畳み掛けるという手法がそれだけで霧散する。

はて、忌々しいと思うのは、これも感情の揺れの一つだろうか。

と――。

ドーナツテーブルに置かれたノートPCから軽い電子音が聞こえた。メールの着信があったようだ。

ちょっと失礼、と言って純也がそちらに目を走らせた。観月からは見えない位置だった。

部屋の空気が一瞬、純也に集まるような感じがした。

「で、小田垣。なんだって？」

少し冷えた言葉だった。

はたと思い出す。

（ああ。そうだった）

監察官室になくて、ここにあるもの。

ここにあって、監察官室に必要のないもの。

真の闇。

人ならざるモノの気配。

そう。

するべきことをしたら、立ち去るに限る。

長々といると魅入《みい》られる。いや、獲《と》り込まれる。

ここはそういう場所だった。

観月は一度、踵を鳴らした。

それで立ち位置を確認する。ここは本庁の十四階で、自分は監察官室の管理官、ブルー・ボックスのクイーン。

「鳥居主任に、連絡を下さいって伝えてもらえますか」

真っ直ぐな声を出す。闇を貫くものだ。

「掛けたんだろ？　伝言は？」

「していません。本人確認も内容確認も、伝言というシステムはデジタル上では大いに曖昧です」

「賢明だ。まあ、それだと少し固過ぎるきらいもあるけど」

そう言うと、純也はおもむろにポケットから自分のスマホを取り出した。

そのまま観月に向けて差し出す。

「なんです？」

言えば、純也の口元にはまた、例のチェシャ猫めいた笑みが浮かんだ。

「待ち人来るだ。繋がってる、かな。日本語は難しい」

受け取った携帯を耳に当てれば、電話の向こうで、ズルズルと何かを啜る音が聞こえた。

「もしもし」

――ああ。何度も電話もらったみてぇだな。悪かったねえ。

くぐもった鳥居の声がした。というか、何かを食べている声だ。

「では用件を端的に。ラーメンが伸びるでしょうから」

――助かるよ。ちなみに、うどんで、もう伸び加減だけどな。

「竹中はどこですか」

――言えねえ。

「連絡を取りたいんですが」

――引き受けるよ。

「いつまでにくれますか」

――わからねえ。けど、そう遠くはしねえよ。こっちもあっちも忙しい身だ。

また、ズルズルという音がした。

そこまでで十分だった。

通話を終え、純也にスマホを返す。

「もういいのかい」

PCの画面を見つつ、純也が言った。

「ええ」

一礼して踵を返す。

純也から追ってくる言葉はなかった。キーボードを忙しく打つ音だけが背中に聞こえた。

どこも人手不足だ。多くのことを少人数で対処しなければならない。

観月は光を見詰めて。

純也は闇を見据えて。

そういえばかつて、

──小田垣。僕はね、手を伸ばすなら握る。すべての手を。これこそ千手観音《せんじゆかんのん》の手法だ。

そう。だから忙しい。けれど、情念と無念。僕の千手からも悲しみと絶望はこぼれる。

人はなかなか、神にはなれない。

純也はそんなことを言った。

観念的な言葉だった。

そのとき観月は、知らず一歩引いた。

今聞いたら、どうするだろう。

そんなことを思考しながら一階に降りる。本庁舎から出る。

すると出てすぐ、スマホが振動した。

知らない番号からの電話だった。

通話にすると、

──よう。倉庫番の姉ちゃん。俺を探してんだってな。

竹中からだった。

まったく、鳥居の仕事が早いのか、ただ食わせ者だからか。

笑えるなら、苦笑する場面だろう。

「そうね。早くて助かるわ」

――で、用件は？　こっちぁ、くそ爺ぃの使い番でクソ忙しいやら、あんたにブチ折られた鎖骨からまだボルトが抜けねえやらで、首も肩も回らねえんでな。

「じゃあ、端的にいくわね」

本当に端的に、必要なことを聞いた。

〈キング・ガードと私の話〉

対する竹中からの回答も、まったく無駄のないものだった。

通話を切った後、少し考えた。

いや――。

（考えるまでもないか）

おもむろに、スマホの画面に勝手知ったる番号を呼び出す。

相手はすぐに出た。

――はい。

「ああ。東堂君。今平気」

電話の相手は、東堂絆だった。

「お願いが二つあるんだけど」

――いきなり二つですか。なんでしょう。

通話の向こうで、絆は明らかに笑った。

それは観月の出来なかった、苦笑というものだろうか。

四

週が明けた、月曜日の朝だった。

この朝、観月は湯島坂上にある、ハルコビルを訪れた。

この日から、湯島の関口貫太郎がいよいよ念願の正伝一刀流道場、東堂典明宅に長逗留する運びとなった。ために観月は、貫太郎の〈身元保証人〉としての役割も兼ね、本人を成田まで送ることになった。

貫太郎はボルサリーノに薄手のジャンパーで、小さなボストンバッグを手にハルコビルから出てきた。

海を渡ってきたときそのままの、何一つ変わるところのない格好だ。

「何着かさ。買っといてあげればよかったかもね」

「いいってことよ。そんなに金もねえし。戻ったらよ、お嬢。真っ当にこれからの仕事、探さねえとな」

「ＯＨ。お仕事ですかぁ。私がなんとかしましょうかねぇ。色取り取り、フルカラーですよぉ」

と、貫太郎の引率を引き受けてくれた四階の住人、ゴルダ・アルテルマンは胸を叩いて首を傾げた。忙しい男だ。

この日は、ゴルダも一緒に行くことになったらしい。

貫太郎が成田の東堂典明宅へ向かうと知ったゴルダは、

――ＯＨ。私も帰りますねえ。お正月に帰れなくて、ちょうど帰りたかったところです。帰郷、ですねえ。

ということで同道を即決し、貫太郎を誘って成田へのお土産を買いに行ったりもしたという。

そんなわけで、この日、ゴルダの手には貫太郎の分も含め、前日に浅草の雷５６６会館で買い占めたという生おこしが入った、大きな土産袋が下げられていた。

「なんだい、ゴルちゃん。フルカラーってなぁ。秋葉原の電気街で仕事かい」

同じビルに住む関係上、貫太郎ももう、この陽気なＩ国人とはずいぶんと気安くなったようだ。

「ＮＯ。貫ちゃん。何を言ってるですかねえ。私は、色取り取りと言いましたよ。なぜか選り取りだとミドリだけらしいですが、色取り取りなら、青も赤もあるですねえ。Ｒ

GBですねえ」

「へえ。凄えな。日本人でも俺も知らねえのに、ゴルちゃんはあれだ。博学だなあ」

「ほっほっほっ。それほどでも、ありますかねえ」

聞くだに、どこか不毛な立ち話だ。

「さ。二人とも、愚図愚図してないで行くわよ」

「OH。愚図ではないですよ。立って話してるだけですねえ」

「まあ、俺もゴルちゃんも江戸っ子じゃねえから、ちゃきちゃきはしてねえけどな」

「いいから」

会話を切り、観月は二人の背を押した。

成田行きがこの日に決まったのは、金曜朝にようやく繋がった竹中との連絡が発端だった。

──私がキング・ガードに目をつけられてるって、どういうこと。

──どういうことかは知らねえ。そんな話を小耳に挟んだだけだ。

──どこの誰から。

──ちっ。話が届くのが早《はえ》えや。真壁《まかべ》の兄貴からだよ。

──真壁。ああ。

観月は瞬時に理解した。

超記憶に頼る必要はなかった。

今現在の警視庁データベースにもある名前だったからだ。

竹中が兄貴と呼ぶ真壁なら、元沖田組二次、武闘派で鳴らした匠栄会《しょうえい》会長・真壁清一《せいいち》のことで間違いない。

真壁は沖田剛毅《ごうき》の跡を継いだ丈一《じょういち》が沖田組の組長になったとき、匠栄会を若頭の高橋《たかはし》に託し、一線を退いている。今年でたしか七十三歳になるはずだ。

ただし、この隠居は正式なものではなく、沖田組の跡を継いだ東京竜神会にはもとより、警視庁にも本人からの引退届は出ていない。

なので警視庁の扱いは年齢や実情に関係なく、今でも真壁はデータベースから消えることなく、匠栄会の〈現役〉の会長だった。

――じゃあ、倉庫番の姉ちゃん。切るぜ。こっちゃあ面倒臭《くせ》えわ地獄の一丁目だわで、ホトホト参ってんだ。

――あら。ご愁傷さま。でも、自業自得じゃない。

――関わんじゃなかったぜ。お前ぇにも、あのクソ分室にもよ。そうすりゃあって、な。けっ。そもそも、警視庁なんかに関わったのが運の尽きか。ずいぶん古《ふり》ぃ話だぜ。こんな愚痴も風化するくれぇ、古ぃや。

竹中は言うだけ言って、向こうから電話を切った。

　観月は、その最後の言葉だけは胸に納めた。沈めた。

　竹中は三十数年前に闇社会に潜った、警視庁の潜入捜査員だった。

——窪城《くぼしろ》も竹中も、親に貰った下の名前以外、生まれも育ちもぜぇんぶ嘘なんだぜぇ。

　竹中達よりもっと古い潜入捜査官で、三か月ほど前に自死した田之上洋二は、死に当たってそんなことを吐露していた。

　竹中は富雄《とみお》であって、竹中ですらない。その元の名字を観月は知らない。聞くことは大いに憚《はばか》られた。

　その名字を奪ったのは、警視庁だ。そのことだけは、深く重く、監察官室の管理官として受け止める。

（さて）

　頭を切り換える意味で、すぐに真壁へのルートを思考した。

　さすがに一人で乗り込むのは躊躇われた。そんなことをしたら露口参事官が悲鳴を上げるだろう。

　こういうとき真っ先に思い浮かぶのは、組対特捜の東堂絆だった。

〈上手いこと〉に、およそ二か月前、別件で真壁の屋敷を絆が訪れたことは聞き知っていた。

　クイーンの道案内、いや、露払いにはちょうどいい。

(今、東堂君。暇だったかしら)

忙しかったような気が、しないでもない。

いや、なかなか気が抜けない、とかなんとか聞いた気が。

たしか、ドラグーンだとか、パーティだとか。

スマホを持ったまま、一瞬だけ躊躇《ちゅうちょ》した。

だが、本当に一瞬だけだった。

躊躇の刹那《せつな》、脳裏で関口貫太郎が手を挙げた。

――それよりよ。あれだ。お嬢。成田の件。どうなった。

(ああ。そうだった)

ということで、真壁への道案内について、本人の忙しさを考えて躊躇う背を貫太郎との約束が押し、貫太郎との約束について、典明の回復の如何《いかん》を考えて躊躇する背を、真壁への道案内という業務が押した。

人はこれを、もしかしたら一石二鳥というかもしれない。

「ああ。東堂君。今平気」

絆への電話は、すぐにつながった。

「お願いが二つあるんだけど」

苦笑はあったような気はするが、絆は断りはしなかった。

そうして一石二鳥を頼んだ結果が、この日の湯島だった。貫太郎の成田への滞在の方が先に決まった格好だ。

——ほう。関口流古柔術か。この歳になって眼福の機会が得られるなら、こちらからお願いしたいくらいだ。是非是非。

今剣聖は、そんな最大限の賛辞で迎えてくれるようだ。絆に連絡を入れたのは金曜のほぼ朝だったが、同日の午後も早い時間には承諾の連絡があった。

その結実が、月曜の今だ。

貫太郎も望む成田行きに、七十三歳の頬を少し紅潮させて見えた。

鼻歌混じりのゴルダとそんな貫太郎を従え、観月はハルコビル近くのコイン・パーキングへ向かった。

貫太郎の〈身元保証人〉という立場で典明への挨拶も兼ね、というのは礼儀としてもちろんあるが、観月が同道する意味はそれだけではない。

今剣聖の家というか、道場が気になるという武人としての興味もあるし、他に余人には絶対に譲れないというか、わかってもらえない至極個人的な興味もあった。

それでこの日、観月は車を用意した。

そもそも絆も、

——ＪＲにしろ京成にしろ、駅からだと俺ん家《ち》まで結構ありますよ。しかも、行きはまだ結構、ロータリーからのバスが電車の到着時刻にシンクロしてますけど、帰りは駅に出ようとするなら、隣の渡邊《わたなべ》さん家に人がいて車がないと、かなり不便です。バスは考えない方がいいっすね。まあ、俺はいつも自転車なんで関係ないっすけど。要するに田舎なもんで。

などと言っていた。

車がないと不便なら、最初から車で向かえばいいというのは、まったくの正解だったろう。

それで、観月は車を用意した。

「OH。管理官さん。まさかまさかの車って、まさかこれですかぁ」

コイン・パーキングに着くなり、ゴルダがたどたどしい日本語でそう言った。

不満が、観月にもわかるほど言葉そのものにも口調にも出ていた。

わからないでもない。

だから軽く受け流す。

「そうよ」

「OH。管理官さん。もう一度聞きますけど、まさかこの、狭い狭い、赤い赤い、これですかあ」

受けることもしないで、鍵を出して態度で示す。

ぐう、とゴルダが唸った。

貫太郎が肩を揺すった。

笑ったようだ。

「さ、乗って」

観月がドアを開けたのはいつも通り、牧瀬から借りてきた赤い軽だった。

五

一月三十日は快晴で風もなく、絶好の〈搬入日〉になった。

だからと言って、急に思い立ってブルー・ボックスに物品を運ぼうとしても出来るわけもない。

ブルー・ボックスへの特に搬入には、〈完全予約制〉という何人《なんぴと》も犯すべからざる厳然としたルールがあるからだ。

十月初旬に起こった地震に因るメンテナンスを理由に、クイーンがブルー・ボックスの有無を言わさぬ、即時全面的な一時運用停止を敢行した。

これが今となっては、大正解だったと森島は思う。

仮運用からこのかた、小田垣管理官以下の牧瀬班が担当になる前は、ブルー・ボックスはほぼアナーキーだった。

搬入作業は本庁所轄・関係各庁の別なく次第に〈競争〉の様相を呈し、我先に争うようにして次から次へと運び込まれる状態だったようだ。

一種のブーム、ファッドのようなものか。

搬入搬出にほぼルールは無く、権力順の腕力順の持ってきた順で収蔵が決まっていたらしい。

上司からの命令で搬入物を運ぶ者達はいつしか、部署の面子《メンツ》までを込みにして運ぶようになり、ブルー・ボックスに渦巻く怒号や罵声、一般道にまで列をなす搬入の車列は、ひどいときには日夜を問わず途絶えることがなかったという。

それまでを担当した刑事総務課が悪いわけではなく、なんの取り決めもなしにヨーイドンで運用を開始した上層部の不手際と言って間違いではなかったろう。

ただし、上層部の間違いに面と向かって声を上げられる者は下層部に少なく、声を上げたところで、この状況が改善されるわけもない。

諦念の溜息を一つ吐《つ》き、現状を飲み込み、黙々と立ち働く。

それが上意下達の、古く硬直化した組織というものの正しい在り方だ。

と、森島もとあるときまでは思っていた。

地震は、たしかに想定外のアクシデントではあった。地震直後はさすがに、それまで通りのアナーキーな運用が可能だったかと言えばそんなことはない。

誰が管理責任者だったとしても、それは無理な話だったろう。

しかし、〈即時〉も、〈全面的な〉も、〈運用停止〉も、おそらく小田垣観月という管理官が責任者でなければ一つとしてなしえなかったに違いないと森島は思う。いや、確信する。

多分、中二階の高橋係長であっても、〈即時〉すらを判断出来たかと言えばそんなことはない。

絶対に上司の勝呂刑事総務課長に相談し、勝呂は最終的には刑事部長に判断を仰ぐ。それがピラミッド構造というやつだ。

その結果、〈上手くやれ〉という曖昧な、指示やら命令やらの皮をかぶった丸投げが降りてくるだけであり、降りてくるまでにはきっと、ブルー・ボックスはパニック状態に陥っているのは想像に難くないだろう。

〈全面的な〉も〈運用停止〉も、ハードルはそれ以上に高く、たとえ誰であっても口にすることさえ憚られたろうと思う。

数を減らせばどうだ。

二階だけでもなんとかならないか。

三階ならどうだ。

一階の端にでも一時的に溜めるのは。

一階だけでも稼働出来ないか。

とにかく、うちの搬入物だけはなんとか受け入れろ。

間違いなく、そんな提案や相談や恫喝がブルー・ボックスに途切れることがなかっただろう。溢れれば苦情となって本庁監督部署を直撃する仕儀となったはずだ。

それを、小田垣観月という若いキャリア警視は即決で断行した。

〈即時全面的一時運用停止〉

――それで文句を言うところがあったら、そうね。私が行くって言っといて。

笑いが出るほど明瞭で、胸が空くほど真っ直ぐで紛れのない、一身に責任を帰す〈上司〉の言葉だった。

――えっと。いつまでってことで。

これを聞いたのは森島だった。

――私がいいって言うまでに決まってるじゃない。

かくて、アナーキーは突如として現れたクイーンによって是正された。

そうしてこれが、大正解だった。

過熱狂乱気味だったブルー・ボックスへの搬入競争は一気に止んだ。

止んだことによって熱は冷め、一過性のブームも去ったようだ。

本庁所轄・関係各庁の各部署は、一旦落ち着いてみれば、ブルー・ボックスに監察官室のクイーンが君臨し、その背後には警視庁警務部長の道重警視監、さらには警察庁長官官房首席監察官の長島警視監までが睨みを利かせていることにようやく気が付く。気が付いて冷や汗を流すか、震えるか。

かくてリニューアル後のブルー・ボックスはクイーンが言うところの正常化を果たし、完全予約制に拠るところの運用は実にスムーズだった。

とはいえ――。

「オラァイ、オラァイ。ストォップ。オッケー」

一階、C－4シャッタに森島の声が響いた。

この日は朝から夕方まで重量物の搬入もあり、高橋係長以下の刑事総務課の面々も一階と中二階をひっきりなしに往復し、昼食もままならないほどの大忙しだった。

そのあおりを受け、森島もリフトを通じて上階と一階を行ったり来たりだ。昼食に頼んだ仕出し弁当も、二時を過ぎた段階で半分程度が総合管理室の円卓の上で冷えている。

「まあ、いいんだけどよ」

森島は軍手をはめた右手でヘルメットの鍔を上げ、左手で額に光る汗を拭った。

C－4シャッタの中に吹き込む早春の風が、明るい陽射しを塗したようで暖かかった。

朝からヘルメットをかぶり、作業用に購入したタイベックのジャンパーを着ていたが、午後からはジャンパーを脱ぎ、シャツは袖まくりにした。

搬入の何を手伝ったわけではないが、立って動いているだけで汗が出る。

「やばいよな。ダイエットしなきゃよ」

クリスマス、年末年始と続くこの季節は、森島にとって、いや、森島家にとって油断大敵な時期というか、強敵だ。

森島を含め、妻と娘二人の一家全員が甘党というのはやはり危険だ。昨日も妻が買ってきた神馬屋《じんめや》のいま坂どら焼きを夕食後にみんなで二個ずつ食べた。

東武東上線の下赤塚《しもあかつか》の官舎に住む森島家に、どら焼きの名店神馬屋は御用達《ごようたし》だ。前を通るだけでついつい呼ばれてしまう。

管理官の〈化け物食い〉ほどではないが、ついつい買ってしまい、あればついつい食べてしまう。

このままでいけば、今年の健康診断書にもD2、要精検の赤字が載ってくるだろう。

そうすると決まって注意される。

〈化け物食い〉の管理官から。

――モリさん。体調管理は自己管理の初歩の初歩。自らを律する。監察官室員たるもの、気を付けてよね。

と、どの口が言ってるというか、その口が言うかと思うような小言が間違いなく飛んでくる。

牧瀬はあからさまな仕草で壁方向を向き、時田と馬場は下を向いて、とにかく笑う。

毎年の恒例ではあるが、吉例ではない。

「ま、その分、働け働けってな。——これでいいのかはわからんけど」

監察官室員だった気はする。自覚はある。

本庁に勤務し、自らを律し、スーツの折り目も正しく、靴音も高く。

ただ、それがヘルメットに軍手と不織布《ふしょくふ》のジャンパーと、額の汗とどう関係するのかはわからない。気が付いたらこうなっていた。ブルー・ボックスが職場になっていた。

準備出来ました、と練馬《ねりま》署の若い刑事の声がした。

「ああ。おう」

その二人組がそれぞれに押す台車を先導し、リフトで三階に上がる。

この日はあと五件、朝からの合計では十三件の搬入が予定されていた。一階には重量物の搬入が七件だ。収蔵設置の作業自体には一階の方が遥かに時間が掛かるが、その分、収蔵設置物のチェックにはこまごまとした品が多い上階のほうが何倍も掛かる。

かくてこの日は、上も下も大忙しだ。

とはいえ、これは〈完全予約制〉のシステムをオーバーフローするわけではない。

最初から、作業人数がギリギリなのだ。監察官室にいたときのように、全員が日勤ならなんの問題もないだろう。だが今は、特に緊急な証拠品の確認や取り出し要請があったときのために、必ず夜勤のシフトが設定され、二十四時間体制が敷かれている。

　これを牧瀬以下の四人で回すのはどだい無理な話で、ときおり管理官までが〈うるう年〉のように交ざってシフトを調整する。

　いつまで続くのか、いつまで保《も》つのか。

　痩せるのか、痩せ細るのか。

　この日の作業がすべて終了したのは、午後五時を回った頃だった。最後にC－2シャッタから巣鴨《すがも》署の軽バンを送り出したのが五時半過ぎだ。辺りはすっかり暗くなっていた。

「おっと。やべぇやべぇ」

　急いで二階に上がり、帰り支度をしてコートを羽織る。

「じゃ、お先によ」

「ふぁい」

　この日の搬入物のリストを再チェックし、データベース化している馬場に声を掛ける。

　馬場はこういった作業で、毎日だいたい残業になる。

　だからと言って夜勤のシフトがなくなるわけでもなく、若さに任せた無理はしないでもらいたいとは、無理だとは思いつつ無理を承知で願いたいものだ。

「あんまり根をよ、詰めんなよ」

「ふぁい」

それから中二階を回って高橋係長らに挨拶し、外に出るのは六時近くになった。

夜気はまだまだ、身体の芯を冷やすものだった。

「うっと。寒ぃや」

かすかに身震いし、バス停へと急ぐ。

せめて年末年始で増えた分のダイエットをしなければと思いつつ、なかなか駅まで歩こうかという気にはなれない。ましてや馬場のように、ジョギングでなどという気はさらさら起きない。そんなことをしたらかえって、夕飯もその後のデザートも、より一層美味くなってしまうというものだ。

本末転倒の四文字が見え隠れする。

葛西の駅には七時よりだいぶ前に到着した。これなら下赤塚の官舎に、余裕を持って八時前に帰ることが出来るだろう。

「いい感じだな」

時計を見ながらそんなことを呟く。

すると改札の近くになって、見知らぬ男に声を掛けられた。

笑顔で男は寄ってきた。

「失礼ですが、森島警部補ですね」

そうだと言うと、男は相楽場剛明という、キング・ガードの名刺を出してきた。

「キング・ガードの人か。それが俺になんの用だって」

「少しお話をさせて頂ければと思いまして。いえ、決して悪い話ではありませんので」

「ふうん。お話、ね」

ちょうど電車が到着したようで、改札の中から人が溢れ出てきた。

なんにせよ、そこにいたら人流の邪魔だった。

「本当に少しなら。今日は、小学校の娘が誕生日なんだ」

「それはそれは。娘さんですか。この先何かと、大きくなると物入りですよねえ」

相楽場という男は、笑顔のままで頷いた。

六

匠栄会の現会長・真壁清一の住まいは、都営三田線の西高島平《にしたかしまだいら》にあった。そこから少し歩き、新大宮バイパスを渡った閑静な住宅街の辺りだ。

時刻は午後二時を回ったくらいだった。午睡の頃だ。人通りはさほど多くない。

貫太郎の成田滞在に関するスケジュールの連絡を貰った前週金曜午後の会話の中で、

——管理官の運ですかかね。実家の方は、ちょうど今日が月イチの定期検診だったみたいで、この後ならいつでも良いって爺さんが言ってます。どっちかって言うと乗り気です。週明けの月曜でもどうです？　で、もう一人の爺さんの方は、こっちも似たようなもんみたいです。お手伝いさんに聞いた話ですけど。まあ、いずれにせよ、きちんとしたアポは取れないんで、どうします？　押し掛けてみますか。住所はメールで送っときます。待ち合わせはその住所で、家の前で。

と、絆は真壁との面会に関しても、そんなことを打診してきた。

望むところだったので、すぐにＯＫした。

待ち合わせはこの日、一月三十一日の午後二時半だった。

日時を決めたのは絆だ。

バイパスを渡り、観月は生活道路に入ってひと角曲がった。

そうすると、五十メートルほど先の、Ｔ字路の真正面に絆の姿が見えた。住所的に、そこが真壁の住まいらしかった。

絆は本当に、家の前で待っていた。

いや、ただただ冬の晴れ空を見上げて、堂々と立っていた。

これからその家を訪れる者の態度らしからぬ気もしないでもないが、絆のヤクザやチンピラに対する、それが立ち位置なのかもしれない。

群れれば尊大不遜にも思えるが、一人であることで毅然《きぜん》孤高が匂うようだ。

警視庁組対特捜の一孤の化け物、東堂絆ならではだろう。

真壁の家は遠目に見る限りにも、ヤクザの親分らしからぬ、開放的な日本家屋のようだった。

古民家にも近いか。つい二日前の月曜日に訪問した、絆の実家を彷彿《ほうふつ》とさせた。同じような匂い、あるいは佇《たたず》まいといったものが感じられた。

垣根の結い方も似たようなもので、高さは一メートルくらいだろうか。小柄な女性でも苦労もなく、庭が隅々まで見渡せるだろう。そんな家だった。

三台は入るガレージは立派なもので、シャッターは今は閉まっていた。

ガレージ脇の幅広い門扉は、両サイドの柱がコンクリートの打ちっ放しで高さは二メートル以上あった。

垣根との繋がりが妙にアンバランスな気もしたが、人の家にはその家の趣味もある。

絆が空を見上げながら立っていたのは、その門扉のド真ん前だった。

「いいの？」

近寄って聞いてみた。挨拶は抜きだ。

絆なら、間違いなく五十メートル先で道を曲がった辺りから、観月の気配に気付いているに違いなかった。

関口流古柔術の即妙体を整えた、つまり臨戦態勢のときなら観月にも出来ないことはないと、負けず嫌いのスパイスを利かせれば言えないこともない。

が、正伝一刀流後継の絆は、平時から常にそれが出来る。

常在戦場。

なんというか、それが警視庁の化け物たる所以で、そもそも東堂絆とはそういう男だ。

絆は冬空に差し上げた顔を下ろし、観月に向けた。

蒼天《そうてん》を映したような、冴え冴えとした光を放つ目だった。真っ直ぐに見ようとすると弾かれるように強い、そんな目だ。

「そちらこそ、いいんですか」

絆はゆっくり、観月が来た道の先に手を伸ばした。

「あそこの角に、さっきから無骨な気配がありますが」

「えっ」

振り返って注視すれば、なるほどスーツ姿の男性が、〈生活道路を横断するように〉今、歩き出すところだった。

思い当たる節は、言われれば当然ある。

「そうね。ま、気にしないでいいわ。今のところは人畜無害だから。それより――」

絆は、観月の言葉を先回りするようにして頷いた。

「ここでいいんです。なんたって、真壁はまだここにはいませんから」

「どういうこと？」

「いえ。この前、お手伝いさんに聞いたって話、したじゃないですか。もう一人の爺さんも、うちの爺さんと似たようなもんみたいだって」

「聞いたわね。理解はしてないけど。大雑把《おおざっぱ》過ぎて」

「そうでしたっけ。ああ。そうですね。じゃあ、改めて話しますけど」

聞けば、真壁はこの家に基本的には一人暮らしだという。

その身の回りの世話をするために雇われているのが、佐藤というお手伝いさんらしい。

「ここに永いんですかね。聞いてはいませんけど、真壁もずいぶん信頼しているみたいですから。この家に電話しても、必ず先に出るのは佐藤さんで、真壁本人に取り次ぐかどうかの判断まで、この佐藤さんに一任だってことです」

絆はこの家に一度訪れたことがあり、〈顔見知り〉ということで取次ぎを頼んだ。

すんなり、このホーム・セキュリティの一部と化しているようなお手伝いさんのＯＫはぎりぎりで出たようだ。

「ぎりぎりって？」

「本人の予定を教えてくれたってことで。あとは勝手にやんなさいってことのようです。その日そのときに面会が叶うかどうかはさすがに、真壁本人の気分次第らしくて。ヤクザの親分なんて、そんなもんですかね」

「ふうん」

「でも、俺も一回しか会ったことはないですけど、その後も何度か、家の中で俺のことが話題になったようです。結構、人気者ですよね」

「へえ。冗談としては面白くないけど。で、なんて」

「世の中には、化け物ってのは本当にいるんだなってよ」

——あの化け物なら、本当にやってくれるかもしんねえ。

そんなことを昼酒を呑む度に吐息に混ぜ、真壁は風花のように呟いていたらしい。

「やってくれるって、何を？」

「それは——まあ、今は止めておきましょうか。まだ少し、色々と醸成されていないもんで」

「そう」

言わないなら繰り返しては聞かない。言わぬが花となる言葉は、世の中にいくらでもあるものだ。

続く絆の話に拠れば、どうやら真壁は入院中のようだった。

それが、この水曜の回診で主治医からＯＫが出さえすれば本人の希望もあり、帰宅の予定になっていると、お手伝いさんは言っていたという。

「えっ。じゃあ、何？　月曜に成田のことがあったから今日にしたと思ってたんだけど。

ただの一か八《ばち》かってこと？」

「ただの、じゃありませんよ」

一瞬、絆の周りに風が巻いた気がした。木枯らしのような風だった。

「入院しても五分五分以下ってことらしいです。だから、十中八九は自宅療養になるって聞きました」

必要最低限にして、十分な答えだった。真壁の現状はそれで明白だった。

それから約十五分、絆とともに観月も冬の晴れ空を見上げて立った。

思いに耽《ふけ》る、祈りにも似た時間だった。

やがて、ふと動いた絆の顔が左方を向いた。

ガレージのシャッターが音を立てて上がり始めたのは、その直後だった。

左手の車道に、こちらへ向かってくるベントレーの威容があった。

運転手はおそらく、匠栄会の若い衆だろう。助手席には観月の記憶にもある、若頭の高橋が乗っていた。

高橋は前年の春先、絆に連れて行ってもらった平和島の老舗料亭〈かねくら〉で、竜神会総本部長、現東京竜神会代表の五条国光《ごじょうくにみつ》を取り囲む輪の三段目、千目連の竹中の後ろにいた男だ。

近付いてきたベントレーがガレージに入り掛けて一旦止まり、後部座席の窓が開いた。

「なんでえ。組対。待ち伏せかよ」

窓から顔を出したのが真壁、で間違いないだろう。

ただし、警視庁のデータベースに見る真壁清一という男の〈近影〉からは、驚くほど遠かった。写真写りとか、そういう単純な問題ではない。

元々真壁は太り肉《じし》ではないようだが、それにしても頰は瘦《こ》け、目は眼窩《がんか》に余るほどに見えた。

声もドスの利いた、〈いい声〉に聞こえはしたが、やや生気に乏しく、そう思えばおそらく本来よりは〈だるい〉感じか。

「そう。待ち伏せって言えば待ち伏せだけどね」

絆は一歩、ベントレーに寄った。

「今日は俺の用事じゃない。こっちの、ヒトイチの管理官があんたに聞きたいことがあるそうだ」

「ヒトイチ？　女の管理官ってったら。──ああ、倉庫番かい」

一呼吸置き、おい三郎《さぶろう》、開けてやんな、と真壁が運転席の若い衆に声を掛けた。

車内からも操作が出来るようで、門扉が音を立てて開いた。

ベントレーがガレージに入り、観月と絆は門から敷地内に入った。

真正面に玄関が見えたが、絆はそちらには向かわなかった。

左手に広がる庭に目をやった。

「俺は、こっちに行きます。管理官はどうしますか」

「ガレージから出てくるんでしょ。彼らを待たないの？」

聞けば、絆は緩く頭を振った。

「ここで待っても、目にするのはあの老人の、おそらく他人には見せたくない姿になりますよ」

「そう」

わかる話だ。尊大不遜に見えて、人間にあるべき尊厳は守る。だからこそその一人であることに、強く毅然孤高が匂うのかも知れない。

「そうね。じゃ、私もそっちで」

「では」

勝手知ったる場所ということか。

絆は躊躇することなく、芝生の庭に足を踏み入れた。

見た感じ、キング・ガードの会長屋敷をこぢんまりとまとめたような邸宅だった。

こぢんまりという意味で、より成田の東堂家を思うのかも知れない。

これは、東堂家が小さいということではない。仲田憲伸の屋敷がそれほど大きいという意味でだ。

絆は迷うことなく、芝生の庭を真っ直ぐ進んだ。

真壁宅の母屋は、庭に面してはアルミサッシの総引き戸になっていた。総ガラスで、外光をよく室内に取り込んでいる。

やがて絆は、引き戸の真ん中辺りで母屋を背にして立った。影がちょうど、室内に入り込む位置だ。

絆はまた、空を見上げて固着した。

観月も、そんな孤影身の隣に立って動かなかった。

動かず、次の展開を待った。

目の端に、ガレージ方向から玄関に向かう一行が見えた。三郎と呼ばれた若い衆が荷物を抱え、高橋が身体を丸め、杖を突く真壁に肩を貸していた。

一行が玄関に入ってからも、しばらく待った。

風が少し吹いただけで底冷えがした。

立春前だということを、観月は痛感した。

七

「東堂君。さっきのあれさ」

待ちの間に間に、隣の孤影身に声を掛けた。

「なんでしょう」

「私の後ろの方のさ。スーツの男」

「はあ」

「気付いていたからね。私だって。言われなくても」

「それはそれは。──はいっ」

絆はかすかに口の端を吊り上げた。

笑ったものだろうか。

その辺の機微は、いまだに観月にはわからない。

やがて背後の、引き戸の一部が開いた。

「寒《さみ》ぃや。入るなら入れ」

真壁の声がした。

観月はまた絆を見たが、蒼空《あおぞら》を見上げて微動だにしなかった。動こうとする気配さえない。

それがそれで、返事なのだろう。

観月は沓脱石《くつぬぎいし》にパンプスを揃え、一人で上がった。

暖房の効いた、広い部屋だった。ソファに真壁が座り、その後ろに高橋が観月を睨むようにして立っていた。

初老の女性がお茶を運んできた。

「まあ。可愛らしいお嬢さん。あなたも警察官なの？」

可愛らしい、あるいは、お嬢さん。どちらも昨今は耳に馴染みがなく、どう答えたものかもわからず、観月は黙って頭を下げた。

「佐藤さん。それ置いたらよ。今日の晩飯は高橋も三郎も一緒にすっから、三人分の準備してくれや。ステーキでもよ」

えっ、と驚くような声を出したのは佐藤さんで、そいつぁ、とほぼ同時に言ったのは高橋だった。

真壁は緩く頭を振った。

「何。構わねえだろうさ。そのくれぇの楽しみがなくて、何の自宅療養だよ」

佐藤も高橋も、これには何も返さなかった。

「高橋。金ぁ任せる。佐藤さん連れてよ。買い出し行って来いや」

「会長」

へい、と床に血を吐くような声で、高橋が膝に手を突いた。

お茶を置いて佐藤が奥に引き、高橋も消える。

真壁が湯飲みを手に取った。

重そうだった。

「で、倉庫番のお嬢さん。なんだって」

「キング・ガードの話。千日連にしたわよね」

手短に、とそれだけは心掛けるつもりだった。

「なんだ？　キング・ガード？　ああ。あの話か。どう伝わってるのかは知らねえが、したたって言やあ、したなあ」

「それを聞きに来たの」

「ふん」

真壁は茶を飲み、湯飲みを置き、腕を組んだ。

「命ってものの残り時間をよ、一番考えてたときでな。もういいか、なんでもありかなんてぇ気になったら、なんだか竹中が見舞いに来やがったっけ。あんな形《なり》して、でっけぇ背中、丸めやがってよ。そんときにな、したっけや。ちょうどその前の日に、昔からの古い知り合いがよ、見舞いに来てな。そいつから聞いたんだ。入院なんて格好悪ぃからよ。組の者以外、特には誰にも教えるつもりはなかったんだが。たしかに口留めもしなかったからな。佐藤さんはおしゃべりが少し過ぎるからな。知ってる奴にはみぃんな、しゃべっちまう。だから竹中やら、古い知り合いまでがやって来る」

「古い知り合いって？」

相楽場剛明、と真壁は言った。

辿り着いた。

「その相楽場って誰。一班って何」

「一班？　なんだ。そんなことまで知ってるってこたぁ、会ったんかい」

「ええ」

ふうん、と納得顔で、真壁はまた湯飲みを手に取り、口を付けた。

「昔ぁ、一年に一遍は顔くれえ見てたっけかな。それがこの間、何年か振りに会った。病院ってのが湿気《しけ》ってるが、仕方ねえ」

「それで」

「相楽場ぁ、剛毅さんの子でよ。丈一の影だ」

「えっ。剛毅、丈一って。それじゃあ」

「ああ」

真壁は頷き、湯飲みを置いた。

「そう言ってんだ。他にねえだろ。名前に剛の字も入ってら。だから、剛毅さんも期待してたんじゃねえか。――いや、違うか。飽き飽きしてたんだな。丈一の母ちゃんによ」

敏江《としえ》って名前ぇだったかな、と言って真壁は、今度は応接テーブルの上の、ガラスのシガレットケースに手を伸ばした。

一本取り、備え付けのライターで火を点ける。

「へへっ。この間まではよ、周りにさんざん言われて、このシガレットケースも隠されてた。それが、今はこうして出てる。もうきっとよ、誰も止めろって言わねえ。けど、あれだ。そうすっと、あんまり美味くねえや。——いや、身体のせいかな」

顔を歪めるようにして、真壁は紫煙を吹き上げた。

その煙の行方を追うように、高い天井を見上げる。

「丈一の母ちゃん、敏江はよ。気位ばっか高くて、ほんとに頭の悪ぃ女だった。その分、見栄えはド派手な女だったがな。んでよ、その反動で、剛毅さんが外で手ぇ付けたんは、地味だが性根のしっかりした女だった。美津子《みつこ》って言ったかな。ああ、それぁ俺の女か。もう忘れちまった。相楽場ってのも、たしか本当の苗字《みょうじ》じゃねえって聞いたような。だから余計によ、母親の名前も忘れちまってピンと来ねえ。——まあ、取り敢えず、だからよ。いずれにせよ、相楽場ぁ、剛毅さんの子だ。ただ、あまりに丈一と歳が近過ぎた。たしか、二、三歳しか違わなかったんじゃねえか。家に入れようにも、家ん中じゃぁ敏江が強過ぎた。入れたら食い殺すんじゃねえかってほどに、強烈だった。悋気《りんき》の塊、権《ごん》化《げ》だった。夜叉《やしゃ》だな。——そんなだから、剛毅さんは隠した。もしかしたら最後まで、敏江は相楽場のことを知らなかったんじゃねえかな。なんたって、相楽場の母親によ、剛毅さんに言われて金を届けてたんは俺だ。だから、相楽場を組関係で知ってんなあ、俺くれえか。一年に一遍くれえってなぁ、そんな関係だったからでよ。だからよ、相楽場ぁ、あいつぁ」

ずっと外で、ずっとずっと丈一の影のままだった、と真壁はもう一度言った。

「そんで、最後まで影のまんまだったな。沖田組がでかくなりゃあ、寄ってくる女も数知れずでよ。英雄色を好むって、へへっ、そんないいもんじゃなかったろうが、剛毅さんは手当たり次第だった。その頃にゃあ、相楽場の母親ぁ、忘れられてたな。なんにせよ、敏江の影みてぇな女だったからよ。――ああ。母子で影みてえか。今更に納得だぜ」

ひと口吸い付けただけの煙草が、真壁の指の間で灰を落とした。

「おっと。いけねえ。これぁ身体に関係ねえ。また佐藤さんに怒られちまう」

真壁は灰皿に終わった煙草を捨て、茶を飲み、別の煙草に火を点けた。

ひと口吸った。

マッチ売りの少女のようだ。

真壁の場合、立ち上る紫煙の中に思い出を見るか。

「剛毅さんの周りぁ、最後は過当競争だった。それを勝ち上がったなあ、あれだ。美加《みか》絵《え》のお袋の、信子《のぶこ》だ」

「美加絵さんの――」

美加絵は知っている。観月の思い出の中で、大きな位置を占めている女性だ。

「ああ。敏江が死んだってのも、へへっ、信子が勝ち残った証拠かね。俺にゃあ、信子ってのは蛇にしか思えなかったがよ。西崎次郎《にしざきじろう》ってえ狂犬も後に生まれたが、その母ちゃん、なんてったか。そう、マリーグレースってのも、いつの間にかどっか行っちまったしな。どっか行ったってぇか、――まあ、この辺の話はいいか」

もうひと口吸い、やっぱり美味くねえ、と言って真壁は二本目を灰皿で潰した。

「とにかくよ。相楽場ぁそのまんまデカくなって。丈一も、敏江に似て頭ぁ悪いが、徹頭徹尾のヤクザにデカくなってよ。剛毅さんももう、どうにもなんなかっただろうな。マリーグレースに入れ揚げてよ。西崎ってえ組のチンピラの籍に入れて、そこまでして通ってた頃だ。次郎も生まれてた。これが、目つきは暗《くれ》ぇが切れるガキでよってな。剛毅さん、言ってたもんだ。綺麗なピナイはいるわ、切れるガキは出来たわでよ。剛毅さん、相楽場ぁ影のまま、堅気のまんまにしたかね。なんにしろ、俺が金届けたんは相楽場が大学を出る少し前ぇまでだ。もう、三十年近くも昔の話か」

「ねえ。生い立ちは分かったけど、それがキング・ガードとどう繋がるの」

「さあな。よくは知らねえよ。けどな、俺が金を届けなくなってもよ、剛毅さんは、切れてなかったんじゃねえかな。これぁ俺の勘だが、そんな気がする。あの人はあれで、血の繋がった身内にゃあ、情がえれえ強《つえ》えんだ」

「どういうこと？」

「勘だって言ってんじゃねえか。——まあ、後にも先にも聞いたなぁ一回こっきりだが、外で仕事でもさせるかってな。最後の金を預かったとき、言ってたんだ。そんときは知らねえ。だがよ、この間、相楽場が病室に来たときにな。名刺貰ってよ。お陰様で、今でもキング・ガードの仕事を続けてます。表と裏の間《あわい》の仕事ですが、俺には合ってるようでってよ。その言い方でピンときたってえか、剛毅さんの言葉ぁ思い出してよ。ああ、こいつぁもしかしたら、今でも剛毅さんの手の上で、丈一の影なのかもしんねえってな。そっから先ぁ、竹中が言った通りだ。仕事、順調かいって聞いたら、ブルー・ボックスってとこがどうの。会長がご立腹だの、社長も騒いでるらしいだのって言ってた。そんな話を聞いた後で、すぐに竹中が来やがった。右肩を固定してよ。途切れ途切れだが、様子を聞いた。倉庫番のあんたにブチ折られたって話もだ。そんで、四方山話が繋がっちまった。キング・ガードの話になった」

長い話になった。

茶の一杯と、煙草が二本。

だが——。

「結局、相楽場は何をやってるの」

「さあ。知らねえ」

「一班って？」

「あいつの所属だって言ってた。それだけだ」

「キング・ガードの社員なの？」

「さあ。聞いてねえ」

「沖田組とキング・ガードって、関係あるの」

「さあ。聞いたこともねえ」

「どこで仕事してるって」

「さあ。新宿だったか渋谷だったか。繁華街に近《ちけ》ぇって思った気はするが。さてな」

ある意味、ここから先はけんもほろろだ。聞きたいことには届かない。

「ただよ、倉庫番のお嬢さん。これだけは言っとくぜえ」

真壁の目が、生気に乏しい割に、強かった。

「俺が金を届けた。汚えかもしれねえが、金は金だ。届けた俺が汚えだけだ。だからよ、相楽場ぁ、どっからどこまでも堅気だ。こっから先は知らねえが、沖田剛毅の血筋ってだけで、丈一や西崎次郎ってのと同列にすんなよ。そいつぁあ、門違いだ。相楽場ぁ、堅気だ。俺や竹中と、一緒にすんじゃねえよ。そんな話だと思ってな、それが言いたくてなあ」

上がらせたんだ、と言って真壁はソファに身体を沈めた。

「それにしても、長くしちまった。年寄りは話が長くていけねえや。その分、疲れるってのに。なあ、倉庫番のお嬢さん。これでもう、俺の話ぁ終わりだ。何も残ってねえよ」

真壁がさらにひと回り、小さくなった気がした。

「お邪魔様」

それだけ言って、外に出る。ガラス戸を閉める。

真壁はソファに沈んだまま、動かなかった。

陽が朱く、西にさらに傾いていた。

やおら、絆が肩越しに顔を振り向けた。

「済みましたか」

絆の形をした影が、声を発したようだった。

影。

沖田の影。

それだけ。

それくらい。

「ええ。ひと通りはね」

自分の声に実感は乏しく、答えもまるで、影のようだった。

第五章

一

相楽場からまた連絡があったのは、真壁の家を訪れた翌日の朝だった。

観月がブルー・ボックスに到着し、夜勤だった馬場が帰宅の途に就いた後だ。

——お早うございます。一班の相楽場です。

連絡は、言葉こそいつもと変わらない丁寧なものだったが、声には電話を通してさえ、観月にもわかる棘《とげ》のようなものが感じられた。苛立《いらだ》ちだったか。アポイントとは言葉ばかりで、内容は強引な呼び出しだ。

——場所も時間もご自由に。

「あら、そう」

ご自由にということは、〈絶対〉の裏返しでもある。

「三十分待って」

そう言って電話を切った。

さて、どうしたものか。

これは相楽場に向ける思考ではなく、単純にブルー・ボックス内の作業とシフトに関する判断だ。

午後になると一階への重量物の搬入が四件あり、総合管理室からもまた人が一階に降りなければならなかった。

この日は時田が日勤の担当で、森島が夜勤だった。二月に入ったので牧瀬がブルー・ボックスの勤務に復活してくるが、今日は〈返還物〉の予定があって明日からの出勤予定になっていた。

管理官である観月はブルー・ボックスと本庁のどちらでも動ける立場だが、前日の段階では、この日はブルー・ボックスに詰めるつもりだった。

一階と二階以上への搬入の予約が、この日も午後だけで二件ほど時間がほぼ重なっていたからだ。

搬入は完全予約制に移行したが、だからもう作業工程は無理なく完璧かと言えば、そんなことはない。物理的な労働力、作業人数は、〈精鋭〉という言葉で相殺出来るわけもない。

そもそもブルー・ボックスには、AからDまでの搬入口が十六か所もあるのだ。

それが全部同時に動いた場合を想定するなら、監督担当が十六人は必要になる。中二階と二階にそれぞれ管理担当を配置し、夜勤の担当も加味するなら最低で二十人は必要だろう。夜勤を交代制にするならその五割増し、三十人は必要かも知れない。

そんな作業を二階の五人と中二階の四人程度で回すには多少の〈不備〉と、〈不備〉に目を瞑り瞑らせるクイーンの名が必要になる。

いずれにせよ、そんなわけで相楽場への返答がすぐには出来なかった。否応《いやおう》ではなく、時間設定がだ。

即答は出来なかったが、十分で答えは出た。そのくらいで返事は出来ると思っていたが、三十分を貰った。二十分は予備、不測の事態が起きたときの対処用だ。

相楽場との通話を終えた観月は、そのまま馬場に電話を掛けた。すぐに出ないだろうとは想定内だった。そのとき馬場は、駅までジョギング中に違いなかった。七分後に、息を弾ませる馬場から連絡があった。

——なんすか。

「今日暇？　暇よね？」

——えっ。あ、まあ。洗濯物を今日こそやろうかなって。

「今から戻ってくるなら残業扱い。家に戻って午後から来るなら休日出勤。どっちでもいいけど、洗濯は出来なくない？」

――はあ。ええっ！

「よろしくね」

と、これで相楽場からの電話を待つだけとなった。時間も午後からオールクリアだ。

相楽場は三十分きっかりで電話を掛けてきた。

――三十分経ちましたが。

時間は棘になんら影響を与えなかったようだ。やはり会わなければガスは抜けないということか。

「場所も時間も自由だったわよね」

――そう言いました。

「確認よ。揉める元だから」

それにしても、この日は観月の方にも少し、気分的に相楽場に対する余裕はあった。

相楽場剛明という男に掛かったヴェールを、剝いだからだろうか。

「場所は銀座資生堂パーラー。三階のサロン・ド・カフェ」

――また甘い物ですか。

「自由だったわよね。だから確認したのに」

相楽場は黙った。深呼吸のような息遣いだけが聞こえた。

「時間は二時半。予約はそっちで。取れなかったときは三十分単位で繰り下げ。最初の時間で予約出来なかったときだけ連絡頂戴。リミットは十一時。それを過ぎたら今日は無しだけど、中止でも残業代か休日出勤代は貰うから」

——残業？　休日？　なんの話ですか。

「こっちの話よ」

観月は答えを待たずに電話を切った。

その後、相楽場からの連絡はなかった。

走って戻ってきた馬場を、まず仮眠室に押し込む。若いとはいえ、貫徹からの通し勤務は身体にこたえるものだ。本人が平気だと言っても作業効率や安全性は間違いなく落ちる。

最低限の体調管理は上司の、使役者の務めというものだろう。

時田と二人で午前の搬入をこなす。時田が一階からの監督担当で、観月が総合管理室からの指示とデータ入力担当だ。

昼休憩に入ってから馬場を起こし、注文済みの仕出し弁当を奢《おご》る。これは間違いなく喜んだと思うが、併せて冷蔵庫の甘味を〈好きなだけ〉許可すると、これには理由のわからない変な顔をした。

人の心は複雑なものだ。

時田と馬場に後を任せ、午後になって銀座に向かった。

予約時間の三十分は前に着いたが、席は空いていた。と言うより、準備されていた。入って観月も〈準備〉をして待つ。

相楽場は時間通りに現れた。

席に着くなりまず、相楽場はホットコーヒーを頼んだ。観月はプリン・ア・ラ・モードとジャマイカ風サンデー、自家製ケーキにレモンスカッシュを頼んだ。

もう慣れたものか、相楽場は平然と笑っていた。

ただし、笑顔は普段より力が入っているようで、眉根にうっすらと皺が寄っていた。

これは、感情を読んだものではない。超記憶による表情筋の変化だ。

その分、間違えようはない。

注文の品が並んで、相楽場はコーヒーカップを手に取った。何も入れない。ブラックだ。

そういえば甘い物は嫌いだとか、常人離れしたことを言っていた。

「民間人の素性を、よくも探ってくれるものです」

ひと口飲んだカップの向こうで、相楽場は顔も上げずにそう言った。

「民間人？　あなたが？」

観月は自家製ケーキにフォークを入れた。この日はイチゴのショートケーキだった。

定番のようでいて、日によってイチゴが違う。この日は新潟の〈越後姫《えちごひめ》〉だった。

「民間人ですよ、私は。決まってるじゃないですか。それとも、沖田丈一の影とでも。管理官、そんなことが、私を差別する理由になるとでも」

なるほど。真壁に会ったことがすぐに伝わったようだ。この日の呼び出しは、その反応か。いや、拒否反応か。

「何言ってるの？　意味が分からないんだけど」

「意味？」

「住んでいる場所も会社の住所もわからない。連絡先も不明。それって普通に考えて普通じゃないでしょ。普通じゃない人を民間人って、そっちの方がおかしくない？」

「それだけで？」

「それだけよ」

「横暴ですね。そんな人間、世の中にはたくさんいると思いますが」

「ええ。たくさんいるわよね」

ふた口でケーキを終え、ジャマイカ風サンデーに移る。ラム酒風味のゼリーが、バニラアイスを格調高いものにする。

「でもね。そういう人達は、毎日を素直に生きてる。いいえ。そういう人だけじゃなくて、民間人は毎日を一生懸命、素直に生きてる。この素直ってとこが大事よ」

サンデーに添えられたイチゴを食す。

「大体、そういう人達はね。月夜の晩に他人を脅して、マリオネットのように踊らそうなんてしないものよ。――あら、美味しい」

こちらのイチゴはまた、違う品種のようだ。メニューには愛媛県産の〈紅《あか》い雫《しずく》〉と記されていた。

よく吟味されたイチゴだと感心する。香りがよく、バニラアイスの甘さを引き立てる、程よい酸味があった。

「ほう」

相楽場がまた、コーヒーカップの向こうに顔を埋めた。

「私が何をしたって言うんです？　それとも、はっきりと法を犯したとでも。そうならもちろん、確たる証拠があってのことでしょうね」

「証拠ねえ」

サンデーの最後のひと口を掻き取るようにして食べ、次に取り掛かる。プリン・ア・ラ・モードだ。

「真っ当に生きてる民間人って、そもそも証拠だのなんだのって言わないでしょ。だから、沖田丈一の影だっけ？　差別はしないけど、区別はするわよ」

相楽場の顔がカップの向こうから上がり、笑顔が一瞬ひび割れたように観月には見えた。目の奥にも、小さく揺らめく炎のイメージがあった。

揺らめく小さな、仄暗《ほのぐら》い炎だ。

「言ってくれますね。初めてですよ。そこまで直接、私の中に土足で踏み込んでくるのは」

聞きながらプリンにスプーンを差す。

「なんでしょう」

「あら、ご免なさい。なら、答えてくれる?」

「あなたはキング・ガードのなんなの。社員? 委託業者?」

「さあ」

「沖田組とキング・ガードって」

「さあ。もっとも、その質問については、今となっては、と言ってもいいですか? 沖田組なんてものは、丈一の家族ごと家ごと、もうとっくに風塵《ふうじん》に帰してるって。跡形もないでしょうに」

聞きつつプリンを食し、添えられた日向夏《ひゅうがなつ》を食し、宮崎産のマンゴーを食す。

食して聞き流せば、相楽場はコーヒーカップを音を立ててテーブル上のソーサに置いた。

周りの視線が一瞬だけ集まった。

「ならこちらも、本格的に踏み込ませていただきましょうか」

今やもう、炎は相楽場の目の奥に隠し立てもなく、どす黒く盛るようだった。

にも拘らず冷たく暗く感じるのは、秘めた情念の歪み、あるいは捻《ひね》くれた我執だからか。

集まった視線が、忌避するように散る。

場所には全く似合わない。

「どうぞ」

観月は、どこ吹く風に相楽場の炎を冴えたひと言で断ち切った。

「話はそれだけ？」

レモンスカッシュを飲み干し、観月は席から立ち上がった。

「ご馳走様。じゃあ、これもお願いね」

観月はポケットから一枚の伝票を取り出し、テーブルに置いた。

三十分前に到着した観月の〈準備〉がこれだった。

別会計と称し、先に一度チェックしてもらった分だ。

相楽場が目を落とし、見開いた。

「な、七種類って。――このっ」

暗い炎が一瞬、熱を帯びたようだ。

それは、相楽場の人がましい感情の発露だったろう。

少し身を屈《かが》め、観月は精一杯に作った笑顔を相楽場に寄せた。

「初めて見せたわね。そんな顔。そんな感情。出来るなら見せなさいよ。羨ましいなんて言わないけど」

相楽場は顔を紅潮させるだけで、何も言わなかった。

背を向け、観月は資生堂パーラーを後にした。

少しだけ、足りない気分だった。

「あと三品くらい、先に食べておけばよかったかなあ」

誰も聞かない独り言を先に立たせ、観月は並木通りの〈ぎをん屋〉へと足を向けた。

二

月曜に成田に来て、週末になった。六日目の土曜だ。

二〇一八年のこの日は、二十四節気の節分だった。

「節分ね。年始かい」

貫太郎は穏やかな春の気配に、そんな言葉を呟いた。

典明に誘われ、朝食後に成田山新勝寺《なりたさんしんしょうじ》に向かった。そののんびりと歩く道中での呟きだ。

節分は立春の前日、季節を分ける日。

本来、春夏秋冬それぞれの季節の始まりの前日が節分になるが、日本では古くから、貫太郎の呟きそのままに立春が年始とされた。

寒く長い冬をいかに過ごすか、いかに生き延びるか。

古来より日本では、冬を越すことは命懸けで、冬を迎えるに当たってもそれ相応の覚悟が必要だった。

そんな寒く長い冬が極まり、春の気配が立ち始めるのが立春だ。今年も生き永らえた、冬を越すことが出来た。その喜びは如何《いか》ばかりだったろう。

だから今でも全国各地で、春の節分会は賑やかしくも華やかだ。

福を呼び込み、邪気を払う意味で豆を撒く。

貫太郎も鉄鋼マンとして、昔からカナヤゴやオオヤマツミに祈願することは大いにあった。それなりの信心は今もある。中国でも仲間とささやかな神棚を祀り、榊《さかき》や水は欠かさなかった。

成田に来て新勝寺参詣は、貫太郎にとっていくつかある目的のうちの一つではあった。

どちらかと言えば待たされた感もあるが、典明に言わせれば満を持した、ということになるようだ。

この日は節分で、成田山新勝寺では盛大に〈追儺《ついな》豆まき式〉が行われるという。貫太郎も和歌山にいた昔、テレビのニュースか何かで見たことがあった。成田山の豆撒きではたしか、相撲の横綱や大河ドラマの主役クラスが上下《かみしも》を着て、群衆に福豆を振る舞うのだ。

この日の参拝と見物には、典明の一番弟子を標榜《ひょうぼう》する大利根《おおとね》組の綿貫蘇鉄《わたぬきそてつ》に、その子分が二人とゴルダの四人が一緒で、都合六人になった。

蘇鉄は成田山内のテキ屋を仕切る親方だけあって、総門を潜《くぐ》ってからの道順や手順は実に慣れたものだった。顔見知りも至る所にいたようだ。

十一時からの追儺豆まき式は、大いに盛り上がった。

横綱も役者も貫太郎にはわからなかったが、人々からは福豆が撒かれるたび、天地を響動《どよ》もすほどの喚声も歓声も上がった。境内に据え付けられたスピーカから、音頭取りの掛け声も聞こえた。

福は内、福は内。

新勝寺では〈本尊の不動明王の慈悲で鬼も改心する〉という。

それでただ、福は内、福は内とだけ唱えるらしい。

それにしても、境内には人が多かった。貫太郎には目眩《めまい》がするほどだった。

人の波に飲まれるようにして、総門まで戻った。

そこで、昼飯をどうするかという話になった。

「参道で鰻でも食うか」

「OH。いいですねぇ。スタミナスタミナ」

典明が言えば、ゴルダが手を叩いた。どちらも好物のようだ。

特に典明は、白焼きに目がないという。

「じゃあ、菊屋っすね」

一も二もなく蘇鉄が受け、子分が先に参道の人波を分けるようにして走った。

江戸時代から続く老舗にも蘇鉄、あるいは正伝一刀流代々の顔は利くようで、待たされることはなかった。かえって奥に通された。

供された鰻は、たしかに絶品だった。大陸に残る仲間達にも食べさせたいと思えば、貫太郎の胸は熱くなった。

美味かったが、それほどは食べられなかった。境内から続く目眩が、座敷に上がっても止まらなかった。それで気分が悪かった。

どうやら、群衆に当たったようだ。人酔いというやつだ。

申し訳なかったが、半分以上を残した。ゴルダと大利根組の連中が、嬉々《きき》として平らげた。

帰りは参道を外れた辺りから、菊屋の当代が用意してくれた店の車で帰宅となった。

「悪かったな。人混みは苦手か」

「いえ。――そうですね」

長逗留でだいぶ典明とも気安くなったが、まだどう答えて良いかわからない会話は多い。

中国のことはあまり話題に出したくない。不法滞在は紛れもない。

十年ひと昔という。

日本を離れて、もうすぐふた昔にもなる。

最近のことがわからない以上、貫太郎の話はふた昔前、昔々のことが多くなる。

むかぁしむかしで始まる話など、おとぎ話にも近いかもしれない。

押畑《おしはた》の東堂家に戻って、仮眠を取った。一時間ほど寝て、起きたのは二時半過ぎだった。

体調はすっかり元に戻っていた。

現金なもので、元気が戻ると空腹を覚えた。

「起きたか」

宛《あて》がわれた客間の外から典明の声がした。

襖《ふすま》を開けば、奥の道場に至る渡り廊下の外に、隻腕《せきわん》の剣聖が立っていた。陽の影に入っていたが、両眼に自ら放つような光があった。

人品骨柄だけでなく、隻腕にしてその剣の冴え。人生四年の差にして、どれも遠く及ばないことをまざまざと見せつけられた六日間ではあった。

――鉄鋼マンだって？　その手の厚み、焼けた炭みたいな肌艶。気持ちが良いほどの職人っ振りじゃないか。なら、引いちゃいけない。人はふた親と神仏から貰った命と身体に、出来るようになったことを足してなんぼではないかな。そもそも、俺の剣とあんたの柔《やわら》を比べちゃいけない。それこそ、比べるなら鉄鋼の職人技の方だよ。見劣りなんかするものか。一芸に秀でた者は皆、達人さ。

いやはや、彼我の差は格別だった。

「体調はどうだい」

「はい。成田山ではお見苦しいところを」

なぁに、と言って典明は笑った。

「誰にでも得手不得手、冗談禁句の類はある。気にするな。それより、腹が減ったんではないか」

頷けば、ついてきな、と典明は言った。

外廊下のすぐ近くに沓脱石があり、突っ掛けが揃っていた。

貫太郎はそれで典明の後に従った。

向かったのは、道場からすぐ裏手の土手を降りた場所だった。

印旛沼《いんばぬま》へ続く小橋川と田んぼに挟まれた広い畦《あぜ》で、昔から野芝の草地だと聞いた。典明に誘われて川に釣り糸を垂れたときだ。

春の野焼きや秋の刈り取りの時期には、近隣の農家が各々で某かを持ち寄り、この草地にテーブルを並べて語らうらしい。

そこに、綿貫蘇鉄と大利根組の子分衆が四人とゴルダと、割烹着《かっぽうぎ》を着た隣家の渡邊真《ま》理子《りこ》がいた。真理子以外は皆、缶ビールを手に持っていた。

計七人の中心に、輪切りにしたドラム缶が四つ並べられていた。それぞれにおそらく特注の網を置いた、即席のコンロなのだろう。

その二つで火が熾《おこ》り、某かが焼かれていた。いい匂いだった。

ドラム缶自体はまだ新しいようだ。

「片手じゃ釣りんとき、勝手にバーベキューも出来ねえでしょうってな。先週頭に蘇鉄が用意してくれたものだ。こんなに早く使うとは思ってもみなかったが」

典明を先頭に二人が畦に出ると、

「じゃ、私の準備はここまでね。後はビールとか、足りなくなったら吉岡《よしおか》君か永井《ながい》君かさ、取りに来て」

真理子が入れ替わりにその場を去った。明るく気立てのいい女性だということは、この六日間で良く知っていた。その娘の千佳《ちか》が警視庁の〈あの〉東堂絆といい仲だとか、なりかけの仲だとか聞いた気がするが、こちらはあまりはっきりはしない。

ドラム缶の近くには折り畳みのテーブルとベンチがあって、蘇鉄にそこを勧められた。すぐに缶ビールと焼きそばが出てきた。

香ばしい匂いだった。ソースと醤油を混ぜるのが、大利根組の屋台の味らしい。

十六年以上忘れていた、日本の原風景にも近い味だろう。その匂いだけで涙が出た。

誰も、それを笑いはしなかった。

「乾杯すっか」

蘇鉄がそれだけを言った。

地産地消の肉や魚、野菜が音を立てて焼け、笑い声が春の空に立ち昇る。

(ああ。いい宴会だなあ)

少しビールを呑んで、焼きそばを食べた。酒は昔から弱い方だ。少しで良い。

ゴルダと大利根組の子分衆は浴びるようだった。典明と蘇鉄は、最初からワンカップの日本酒を舐めるようにして呑んでいた。

それから、約三十分も宴会を堪能した頃だった。

ふと、典明の顔が宴席を離れた。

次いで、蘇鉄の顔と貫太郎の顔はほぼ同時くらいだったろうか。ゴルダがそれに続いた。

皆の目が集まるのは、今は枯れた田んぼの向こう、二十メートルほどの所を走る農道の方だった。国道から分かれて田んぼに降りてくる農道で、トラクターが行き交うことが出来るほどの幅があった。

そちらに、国道を外れて姿を現したバイクの車列があった。二十台近くはあっただろう。

無骨なカウルは田舎の暴走族を思わせたが、ヘルメットから漏れてこちらに流れる気配はなかなか剣呑なものだった。

(チンピラ、ああ、今は半グレか)

観月がそんなことを言っていたことを思い出す。

それにしても、どのくらいだ。五十メートル、いや、それ以上離れていたときから反応した典明や、恐れ入る。

半グレと思われる連中は農道でエンジンを止め、乾いた田に足を踏み入れた。手に手に、〈得物〉らしき物を持っている。金属バット、ジャックナイフ、光り物までが見て取れた。

観月の関係だろうか。紀ノ川の河川敷でも本郷の四海舗でもあった。あるいは——。

上海。

そんな言葉が貫太郎の脳裏に浮かんだ。

（まさかよ）

一笑に付してはみるが、今現在も、農道と国道の境の辺りを彷徨《うろつ》く人影が気にはなった。

殺気こそ感じたことはなかったが、貫太郎が成田に来てからこの方、色々な場所で見掛けた人影だった。コソコソとして、追儺豆まき式の会場でもすぐ近くにいたはずだ。

そちらに気を向けていると、

「やれやれ。また、絆の関係かな。まさか選んでくるわけではないだろうが、田に稲穂が無いのは救いだ」

近くで典明の声が、おそらく貫太郎と似て非なる考えを口にした。

その隣でさらに、

「おい、手前ぇら。またどっかの呑み屋で馬鹿やったわけじゃあんめえな」

蘇鉄が子分衆に睨みを利かせた。

――ねぇっす、ねぇっす。

全員が一斉に首を横に振った。ゴルダ一人がどこ吹く風だ。

「親分、どうします。こないだのボーエンじゃあ逃げますけど、あの程度なら」

ビールの缶を潰しながら、言ったのは東出《ひがしで》という子分衆だ。

「馬ぁ鹿。お前ぇら四人に任せたら、ただ喧嘩するだけだろうが。どっちが怪我しようと構わねえが、警察沙汰にしてえのか。ねえ、大先生」

蘇鉄が典明に話を振った。

そうだな、と言って典明はゆらりとベンチから立った。その目が貫太郎を向いていた。

「大事にはしない方が、良いのだろうな？」

「いえ。――そうですね」

また、そんな答えになってしまった。

気にするな、と言って典明は笑った。

「誰にでも得手不得手、冗談禁句の類はあると言った。詮索はせんさ。かえって迷惑を掛けている可能性も大だしな。実際にもこうして、田畑の持ち主には幾ばくかの迷惑をかける。さて――」

典明は誰よりも先に、足を半グレに踏み出した。

思わず貫太郎も続こうとした。典明は右手を出してそれを制した。

「お客が出る幕はないよ。見ていてもらおうか。なあ、蘇鉄」

「へいへい。蹴散らしゃいいんでしょ。――おい、ゴル。お前ぇも来い」

気負いも衒《てら》いもなく、肩を回しながら蘇鉄が続き、

「ＯＨ。いいですねえ。大先生はリハビリリハビリ。親分先生と私は、腹ごなしですねぇ」

と、こちらも脳天気なゴルダがスキップで続く。

悠然と歩を進める三人の背に、頭を下げた。

任せるに足る、いや、足り過ぎるほどの三人だった。

三人の上に、白い雲がゆく青空が見えた。

長江《ちょうこう》の支流、黄浦江《こうほこう》の畔《ほとり》にも繋がる空だ。

「こんな老いぼれにとは思うが」

貫太郎は呟いた。

「本場はこっちの条頭ほど甘くねぇって。――さて、有りや無しや」

ゆく雲の流れに、香ばしい香りの煙が棚引いた。

「客人、肉が焼けちまったんだけど。食うかい？」

大利根組の東出が、トングの先に牛肉を摘んでそう言った。

三

この金曜日、帰路につく馬場の足取りは軽かった。

反して、ジョギングのスピードは多少なりと〈手心〉を加えたものになる。出来るだけ汗を掻かないためだ。

この日はひそかに、同期の仲間に誘われた合コンがセッティングされていた。

自分が汗臭いかどうかは、今のところ気にしてはいない。ジョギングウェアからの着替えは駅のロッカーに用意してあるし、もし汗臭かったら出勤時に、真顔の管理官がきっとそのままの言葉を口にするだろう。

ただ、野放図に汗を掻いた状態で臨むということが、〈出会いの場〉である合コンに集う女性に対して失礼な気がした。他の同期がどうかは知らないが、少なくとも馬場はそういう男だった。

馬場は組対の総務から警務部ヒトイチの監察官室と、日勤職を渡ってきた。

基本的に定時が決まっている日勤職は、同期の連中に羨ましがられることが多い。

いや、多かった、が現状認識としては正しいだろう。

今や、本庁や所轄の別なく、日勤や交代勤務の別なく、馬場は同期連中から温かい目で見られる日々だ。

同期は囁く。

ブルー・ボックスは、島流し。

この超巨大収蔵庫に勤務する全員が言葉通りに受け止める必要はないが、若い独身の馬場にとっては、この言葉の持つ意味は大きい。

反論は出来なかった。出来るわけもない。

なんといっても、ブルー・ボックスに女子と呼べる存在は、小田垣観月管理官ただ一人というのが実情だ。

少し前までは、たまにもう一人いた。

アップタウン警備保障の早川真紀営業統括だ。

その他には瞬間風速的に存在、いや、滞在することもあるにはあった。

証拠品や押収品を運んでくる職員の中に、極々たまに。

男ばかりが多いというと語弊があるかもしれない。そもそも警視庁に、女子が少ないというのも実情だろう。

それにしても、それにしても、だ。

だから、合コンには気持ちが浮かれた。

実は一昨日の水曜にも同期がセッティングしてくれた合コンがあった。明後日の日曜日もある。

明後日は実は夜勤の当番だったが、主任の時田に無理を言って代わってもらった。

無理の理由は、秘中の秘だ。墓場まで持っていこうと、馬場は考えていた。

葛西の駅には、六時前には到着した。

「あれ」

六時十分くらいを想定したペースだったが、少し気持ちが逸《はや》ったか。そういえば額に少し滲《にじ》む汗もあった。

全身の汗の総量をチェックしながら、駅構内への階段に足を掛ける。

すぐに着替えるのは気が引けた。

どうしたものか。行った先で着替えるか。

今日の待ち合わせは池袋の西口に午後の七時半だった。

着替えるトイレが空いているか、綺麗か。

ロッカーから取り出したバッグを抱え、そんなことを考えていると、

「失礼ですが、ブルー・ボックスの馬場巡査部長ですね」

と、階段を上がったところで見知らぬ男に声を掛けられた。

そうですがと言うと、笑顔で男は名刺を出してきた。キング・ガードの人らしい。

「一班の、相楽場さん」

「はい」

少しお話を、お近づきのしるしに、と相楽場は笑顔のまま気軽に言った。

その程度ならということで受けた。ちょうどクールダウンの時間と場所が欲しいところだった。

駅のすぐ近くにある、昔ながらの喫茶店に入った。

相楽場は真っ直ぐ、カウンターの奥の席に向かった。座ると外からは見えない場所だっ

た。

　どうやら相楽場は、この喫茶店に慣れているようだ。

「ここは、和風ツナスパゲッティが美味しいらしいですよ」

「へえ。そうなんですか」

　相楽場はブレンドコーヒーを注文した。馬場はアイスレモンティだった。

「おや？　お若いのに。それだけでいいんですか？」

「お近づきのしるしって、このくらいじゃないんですか？」

「お堅いことだ。老婆心ながら、それだと、あまり頭のいい生き方は出来ませんよ」

　相楽場は笑顔を変えなかった。

　舐められているのか。

　考える間もなく、すぐに互いの飲み物が運ばれる。

　口をつけ、あの、と声を掛けてみた。

「なんでしょう」

「頭のいい生き方って、どうやったら出来るんですか」

「そうですねえ。では、例えば、の話をしましょうか」

　相楽場はゆったりと足を組んだ。

「私の知人の勤務医と、とあるＭＲの話です」

ＭＲは、製薬会社や医薬品販売業務受託機関に所属する医薬情報担当者のことを言う。商品である医薬品そのものを売買するわけではない。それはＭＳと呼ばれる医薬品卸販売担当者の仕事で、ＭＲは医薬品の情報を医者に提供するのが主な仕事ということになる。

なのでＭＲとはつまり、あの手この手で医者に情報を、〈営業〉する者のことだ。

コーヒーを飲みながら、相楽場は〈エグゼクティブ〉な話を並べ立てた。

美辞麗句、いや、甘言蜜語の類か。

「そうして私の知人の勤務医は、最終的にＭＲからの情報採択報酬がなんと、年収を上回るようになったという話です。でもね、馬場さん。大して違いのない医薬品の中から、私の知人は一つの薬を選んだだけなのですよ。そのＭＲを気に入ったという、理由はそれだけでも良いんです。それで報酬が手に入り、患者さんにはきちんとした薬効のある薬が届く。どこにも問題はありません。それが医者とＭＲの関係なんです」

「なるほど」

馬場もアイスレモンティを飲んだ。空になって氷が音を立てた。

「馬場さん。警察と警備会社も、同じような関係だと思いませんか？」

相楽場が足を解き、テーブルに笑顔を乗り出してきた。

「どうです？　たまに旨い物でも食べながら、私が提供する情報を聞いてみませんか」

「はあ」

「メールの交換もいいですね。こちらに来てもらって、色々な部署の人と会ってもらうのもいいかもしれない。元警視庁のお歴々もたくさんおられますから」

「へえ」

「そうするといずれ、旨い物は銀座や六本木の夜の店になるかもしれない。あるいは両方も。もちろん、費用は掛かりません。それどころか」

お土産があるかもしれませんよ、と相楽場は笑顔を深くした。

「私があれこれ言うより、そういう重鎮の方が、色々と有益な情報をくれるかもしれませんよ」

いかがです、と言われた。

「そうですねえ」

汗がすっかり乾いていた。

クールダウンは終了でいい、だろう。

少し、むかついても来ていた。

他人がどうかは知らないが、少なくとも馬場はそういう男だった。

「駄目だなあ。全然駄目。あのですねぇ」

身を乗り出し、笑顔に真顔を突き付ける。

「監察官室の人間を舐めすぎ。いえ、私が若いからですかねえ。歳や金や、そんなことは問題じゃないんです。ああ、そんなことを問題にする警察官もいるけど、そんなことを問題にしない警察官しか監察官室には入れないんです」

暫時、テーブルの上で顔と顔が固まった。

やがて、笑顔が笑顔のまま引いていった。「そうですか。よくわかりました」

「あ、わかってもらえました？」

「ええ。ブルー・ボックスの人間は揃いも揃って」

馬鹿ばかりだと。

相楽場は伝票を手に立ち上がり、そのままレジに向かった。途中から馬場にはその姿が見えなくなった。

「さて」

馬場は馬場で、バッグを手にトイレに向かった。女子高生ではないが、そこでジョギングウェアからスーツに着替えた。

これで万全とばかりに、揚々としてトイレから出ると、

「あ」

それまで相楽場が座っていた席に、牧瀬が座ってコーヒーを飲んでいた。

「か、係長」

泳ぐようにして席に戻る。

「よく言った」

「あ、えっ。聞いてたんすか」

「ああ。俺もな、あいつに甘いことを言われたよ」

「えっ」

「実はな、トキさんもモリさんも声を掛けられたんだ」

「えっ」

「全部な、管理官に報告は上げてある」

「えっ」

「――お前。他に言葉はないのか」

「えっ。あ」

馬場は取り敢えず、アイスレモンティのグラスに残った氷を齧った。

牧瀬はそれを見て、口元を綻ばせた。

苦笑だろうか。とにかく、悪い笑顔には見えなかった。

「俺のときはな、会った直後に報告を上げた。しばらく放っておけばってのが管理官の判断だった。法に触れるわけでも無し。ヘッドハンティングが民間企業の営業努力なら、公官庁の職員はすすんで耳を傾けるべきかもしれないしってな。トキさんのは直上ってことで、管理官じゃなく俺に上がってきた。同じような内容だったから、いったん俺のところで保留にした。そうしたら、モリさんからも上がってきた。これは少し内容が違った。下手をすると賄賂の可能性もあった。だから管理官に相談した。最初は預かるって話だったが、急に仕掛けてみようかって話になった。まあ、管理官には管理官で、本腰入れる理由があったみたいだが。なんにせよ、それで俺は潜った。久し振りにな」

「はあ」

「お前の後ろにな」

「えっ」

思わず振り返ったが、俺はこっちにいるだろう、と牧瀬が小さく笑った。

これは間違いなく、苦笑だった。悪い笑顔だ。

「お前を餌に、正体を探ってみるかってな。そういう話だ。三人に接触してくるなら、もう一人も有りだろうってな。俺はどうかと思ったが、管理官はお前を評価しているようだ。なら、相楽場も接触先としてお前に声を掛けるはずだってな。それで、俺は日曜からお前を張ってた。もう少し掛かると思ったが、割と早くビンゴになった」

「ああ、そうだったんすか」

説明は納得いくものだったが、いやな予感がした。

「接触を確認したと同時に、中二階の高橋係長を引きずり込んだ。あっちの連中は面が割れていないはずだからな。今頃、係長は相楽場の行確中だ。おかげで俺は、係長の代わりに今晩は下で夜勤決定だがな」

　牧瀬はコーヒーを飲んだ。

　飲み干してカップをソーサの上に置いた。

「それはそうと、一昨日は合コンだったな」

　置いた動作のままに、牧瀬が前に出てきた。

「で、俺の右耳に聞こえてきた話では、お前は明後日も合コンだとか。だが、俺の左耳が覚えてる話だと、たしかお前は夜勤の当番だったような」

「ぶぇっ」

「上手く立ち回るのは悪いとは言わないが、親父さんが徘徊《はいかい》するんで、お兄さんと交替で見張るとかってのは、今後にも使い回しが利くところがちょっと小狡いな。俺は夜勤、お前は合コン。まあ、今後が楽しみだ、と言っておこう」

　牧瀬はとてつもなく悪い笑顔で、馬場の肩を叩きつつ立ち上がった。

四

　少し〈きつめ〉の営業マン、くらいに考えていた。

売り言葉に買い言葉で色々と言い合いはしたが、基本的には民間人だ。法を犯したわけでもない。その証拠もない。

多少の恫喝めいた動きも言葉も、とにかく観月個人に向かっている分にはどうとでも対処するというつもりもあった。

じゃれついていると考える分には何ほどのこともない。かえって、可愛いものだと思うことも出来る。

幾分やりすぎだとしても、それが観月個人に向かってきているうちは、だ。

問題は、六日前に遡る。

——まあ。どってことなかったしよ。穏便にってぇか、むこうは這々《ほうほう》の体ってぇか。ま、とにかく世間様的な大事にはならなかったがな。けど、どっからどう伝わるかわからねえし。迷惑掛けちゃなんねえから一応、お嬢にはよ、言っとこうかと思ってよ。

などという、扱い方によってはどう考えても〈大事〉になりそうだった貫太郎からの電話を受けたのが、四日の日曜日だった。

「えっ。だっ。——ごほっ」

さすがに聞いた瞬間には、食べかけていた船堀の名店、鹿埜《かの》の塩大福を危うく喉に詰まらせそうになった。観月としては珍しいことだ。

暴漢は柏から松戸周辺の半グレで、ネットの〈アルバイト〉に応募した連中だったらしい。その先は不明で、特に典明も蘇鉄も、問い詰めることはしなかったという。

――俺のこともなんか、配慮してくれたみてえでな。ま、お灸《きゅう》は十分に据えたからってな。お嬢、全員分のお灸の内容、聞くかい？

それは辞退した。鹿埜の塩大福の味が悪くなりそうな気がした。

「気を付けてね」

我ながら無能な返しだと思いつつ、他に言葉は思いつかなかった。

通話を終え、塩大福の残りを食べながら考えた。

甘さはこの場合、思考の苦さに追いつかなかった。

成田の東堂邸が暴漢の襲撃を受けた二日前に、資生堂パーラーで相楽場と話をした。キング・ガードの会長に会ったら、和歌山での写真を見せられた。匠栄会の会長に話を聞いたらさて、と思わなかったと言えば嘘になるが――。

観月があれこれ詮索することへの報復。

余計なことをするなという忠告。

そんなようなものだろうか。

遠く成田ではすぐに手も出せないと焦《じ》れもする半面、東堂典明とその〈眷属《けんぞく》〉がいると思えば、実際には心強くもある。何があっても大丈夫とも思える。

それにしても――。

（色々、手を変え品を変え、やってくれるもんだわ。それならそれで）

塩大福の五つ目を食べ終えたところで、牧瀬に連絡を入れた。すぐに繋がった。潜って。

それだけで牧瀬は理解し、すぐに行動に移した。

その牧瀬から前日の夜、報告があった。

仕掛けた〈生餌〉に、相楽場がヒットしたと。

思ったより早かったとも言えるが、

――ただ、すいません。最後までは追えませんでした。高橋係長がミスったとは言いませんけど。いえ、ちょっと言ったんですけど。そうしたら、なんか騒いでました。

〈馬鹿野郎。デカいターミナルの帰宅ラッシュ時に、見失うなって方が無理だろうが。こちとら逮捕状どころか、本当なら捜査権だってねぇんだぜ〉

そんなことを騒いだらしい。

近々中二階に、目黒地蔵通り御門屋《みかどや》の揚まんじゅうでも差し入れよう。こし餡と揚げ皮の食感が絶妙な逸品だ。

――あの人もたしか、公安講習は受けているはずなんですが。

「そう。でも前進。有り難う」

高橋は、新宿駅構内で相楽場を見失ったようだ。西新宿の地下街から大ガード方面へ向かったところでロストしたらしい。

それにしても、相楽場は〈慣れた〉足取りだったという。

この辺は高橋の〈触った感覚〉なのだろうが、馬鹿には出来ない。高橋も現在こそ本庁刑事部刑事総務課所属の係長だが、所轄にいた頃はおもに刑事畑に長かったベテランでもある。

観月にはそれで十分だった。

——さあ。新宿だったか渋谷だったか。繁華街に近ぇって思った気はするが。さてな。

匠栄会の真壁もそう証言していた。

そんな真壁の曖昧な記憶を高橋の感覚で補完すれば、導かれる答えからは〈動いてみる価値〉が浮上する。

〈新宿ね〉

それでこの日、観月は新宿五丁目に向かった。区役所近くだ。

まずは新宿総鎮守として今も賑やかな花園《はなぞの》神社に詣で、その後で〈勝手知ったる〉ビルに向かった。

神社の境内を抜けた先にある、古惚《ふるぼ》けた三階建てのビルだ。

そこが北陸の広域指定暴力団、辰門会直系・田之上組の事務所だった。

この日、観月は現組長の窪城にちょっとした頼み事をするつもりでいた。

初めてこのビルを訪れたときは外に牧瀬を待機させたが、この日は誰に知らせること
も同行させることもなく一人だ。
広域指定暴力団の事務所だということを改めて思えば不思議なものだ。
正義と悪、白と黒、表と裏、光と闇。
その間が目の前の一枚のドアだと思えば、もしかしたら笑いも出る場面だったろうか。
(笑えないけど)
いや、そもそも境など無いのかも知れない。
ドア一枚は、たかがドア一枚だ。
観月はそんなことを思いながら、ビルの一階のドアを開けた。
田之上組は一階が怪しい不動産屋で、二階以上が組事務所だった。
目付きの悪い若い衆に取り次いでもらった。窪城は二階にいた。
「度胸がいいって言い方も出来るが、あんまり軽々しく警視庁の人間に出入りされんの
は営業妨害ってもんだが」
通された二階のやけに長いコの字型のソファの向かいで、窪城はそんなことを言いな
がら右肘をさすった。
四十代にも見える細面の黒髪だが、今年で還暦を迎えるはず。目に獰猛《どうもう》な光が強い。
修羅場をくぐった目つき、顔つき。

それが、窪城啓太郎《けいたろう》という男だった。

初見のときはもっと〈腰の低い〉物言いをしていたはずだが、今はずいぶんぞんざいだ。

それが本性なのだろう。耳にはざらつくが、相楽場との上っ面を撫《な》でるような遣り取りよりは何倍もいい。腹を割った話もしようと思えば出来る気がする。

もっとも、そんな関係になるにはひと苦労あったのも事実ではある。

先ほど、窪城は右肘をさすっていた。

三か月ほど前に折れた部位で、折ったのは観月だ。

組の若い衆が応接テーブルにコーヒーを二人分運んできた。どちらも良い香りがした。

いつも窪城が飲んでいるという〈上等〉な物だ。前回は出なかった。

「なんだ。これを淹れてくれるなら、わざわざ買ってこなかったのに」

観月は提げてきた紙袋をテーブルの上に置いた。花園神社店で買ってきた銘菓花園万頭六個入り三箱で、これが神社に詣でた理由でもある。

「へえ。女王様はコーヒーにまんじゅうか」

窪城はからかうように言ってからコーヒーカップを取った。

「お茶請けにするつもりはなかったわよ。また不味《まず》いコーヒーを出されたら、放っておいてこっちを食べようと思ってたの。まあ、美味しいコーヒーなら合うけど」

「けっ。どっちにしたって食うんじゃねえか」

「食べたいならあげるわよ」

「んだよ。手土産の分はねえのかよ」

「だから、食べたいならあげるって言ってるでしょ」

「へっ。要らねえよ」

「なによ。面倒臭いわねえ」

そんな会話ともつかない会話がまずあった。

本題に入ったのは、観月がふた箱目に手を出してからだった。窪城はコーヒーの二杯目だ。

おそらく新宿に事務所を持つ男。

相楽場剛明、一班、キング・ガードに関係有り。

「そっちで探してよ」

ふた箱目を食べ進めながら頼んだ。

「んだよ。なんで俺らが警視庁の、それも倉庫番の小間使いに――」

話を途中で切る。

交換条件として、考えてきたことがあった。

「鳥居主任から無茶振りがあったとき、一回チャラにしてあげるっていうバーターは、どう?」

ヒュッと喉を鳴らし、窪城が目を細めた。

強すぎるほどの光が収斂《しゅうれん》して観月を射る。

希望の光、いや——。

「あんたに、出来んのかよ」

一縷《いちる》の望みか。

いったい、あの分室はヤクザ連中に何をさせているのやら。

とにかく、強く頷いてみせる。

出来るかどうかは実際には不明だが、まあ、出たとこ勝負でどうにかなるだろう。

「ブルー・ボックスでのことは、私も、いえ、私こそ当事者よ。鳥居主任には引き取るって言われたけど、別にちゃんと返事してないし。どっちが強いかは、わかるんじゃない?」

こういう駆け引きは言った者勝ち、先に言い切った者勝ちがセオリーだ。

窪城は唸った。

唸って唸って一度目を閉じ、いいだろうと言った。

開けた目に、先ほどまでの強い光はなかった。

「後で写真送るわ。それも手掛かりにして」

この写真とは彼《か》の日、〈ぎをん屋〉の〈好意〉で防犯カメラから引っ張った画像だ。

観月はコーヒーを飲み干し、立ち上がった。

背を向けると、窪城の声が追い掛けてきた。

「おい。忘れ物だぜ」

観月は顔を下げ、テーブルの上を見た。

破った包装紙と空き箱はご愛敬で、手付かずの花園万頭がひと箱あった。

「あげるわ。ちゃんと調べてくれたらバーター以外に、奮発してその五倍」

つまり、花園万頭六個入りが五箱。

「ちっ。ケチ臭ぇな。要らねえけど、まぁ、とにかくわかった。草の根分けても探し出す。新宿が間違いじゃねえならな」

よろしく、と言って、観月は組事務所を後にした。

五

スイートでチープなバレンタインが過ぎた翌日、つまり、関連商品が軒並み値を下げた十五日になって、観月はまた新宿を訪れた。

立春を越えたからか、午後になっても陽射しが眩しく感じられた。

（気のせいかしら）

それでも、病も気からなら、元気も漏れなく気からだ。

――おい。倉庫番。見つけたぜ。

前夜のうちに、田之上組の窪城からそんな連絡を受けた。

世の中的には建国記念の日を含む三連休もあったというのに、素早いものだと感心する。勤勉だ。それほどJ分室の仕事がイヤか。

とにかく、新宿中の不動産屋を片っ端から当たったらしい。古いヤクザだけあって、竜神会が幅を利かせ始めた新宿でも、まだまだそれなりに顔は利くようだ。

――西新宿八丁目だ。区立柏木《かしわぎ》公園の近くだってよ。

七階建てのひょろ長い、鉛筆のようなオフィスビルの四階らしい。

比較的新しいビルの入居だったことが窪城の運、いや、観月の運ということか。

午後イチに約束通り、花園万頭を田之上組に届けた。窪城は不在だったが若い衆に渡した。あまり喜んでいないようにも見えたが気にしない。花園万頭は誰が食べても美味しいものだ。

陽射しに誘われる遊歩のように大ガードを潜り、柏木公園で牧瀬と合流した。

時刻を確認すると、午後二時半だった。

普通の企業なら、一日のまさに正念場だ。

「じゃ、行くわね」

「お気をつけて。まあ、俺が注意するのもなんですけど。スマホの録音機能をお忘れなく」

「わかってるわよ。今、入れるからさ」

「しっかり忘れてるじゃないですか」

牧瀬が言いながら、〈トヨノビル〉と書かれたビルの銘板に背を向けて立った。

立番のようだが、作用としてはあながち間違いでもない。

同行であることが、観月の行動が業務の一環であることの最低限、ポーズになる。

エレベータで四階まで上がり、社名の表記もないアルミ製のドアを開ける。

奥の窓には濃いスモークが貼られ、まず第一印象として部屋内は全体的に暗かった。

ヤクザの事務所を思わせる、いや、そのものに見えた。

飾り気が無く、気遣いが無く、少なくとも外から誰も客が来ないと、そんな〈自負〉には溢れた事務所だった。

「ふうん。ここがね」

声を発すると、やや剣呑な視線が観月一身に、刺さるように集中した。

望むところではあった。淀んだような空気を裂くように、臆することなく踏み込んだ。

入って右手には革張りの応接セットがあり、背の低いキャビネットが並んでいる。

正面から左側には、向き合わせで事務デスクが三列で計六台並び、最奥の窓際の一台だけがこちらを向き、デスクトップPCのモニタが載っていた。

そこがこの部屋の主、すなわち、相楽場剛明のデスクなのだろう。

「なんすか」

一番手前のデスクにいた、三十代前半と思われる男が立ち上がった。

他には机に四人の男達が座っていたが、どれも歳回りは同じような印象だった。四十代が多いだろう。五十代もいるか。

応接セットにも、おそらくこの中では一番年配の男が一人いた。オールバックの髪に白髪がだいぶ混じっている。六十代か。

それにしても主、相楽場剛明は不在だった。

「なんかの間違いっすか。ここは、姉さんが来るようなとこじゃないっすけど」

「気にしないで。間違いじゃないから」

「――んだって？」

怒気も露《あら》わに、男の右手が観月に伸びた。

あ馬鹿、と言ったのは応接セットの男だったか。

伸びてくる男の手首をつかみ、観月は無造作に捻った。

「ぐえっ」

拍子さえ合えば、それだけで人の足は地を離れる。

大小軽重の問題ではない。呼吸、合気の問題だ。

リノリウムの床に、男は派手な音を立てて転がった。

剣呑な気が膨れ上がり、応接セットの男以外が一斉に立ち上がった。

それにしても、〈軽く〉捻っただけだ。転がった男にはさしてダメージはないだろう。

案の定、右肩をさすりながら男は素早く立ち上がった。

「手前ぇ！」

威嚇するような声を上げる男の後ろで、その怒りを押し潰すような太い声がした。

「やめろっ」

比べれば、若い男の動きが止まるほどの貫禄があった。

五十代かと思ったが、制した声の男も、もしかしたら六十代かもしれない。

「ご用件を、お伺いしましょうか」

「あら？　あなた、いたわね」

問い掛けを流し、観月は目を細めた。

「えっ」

「ほら。和歌山競輪場の近く。土手の上で、左手をズボンのポケットに入れてた。金縁のサングラスはレイバンだったかしら。似合ってなかったけど」

「あ。――いや」

男は明らかに狼狽《ろうばい》を見せた。

続けて観月は、顔をデスクの反対側に向けた。

「相楽場が持ってた和歌山の写真は、そう、あなたね」

細い男が、観月を睨むようにして見ていた。

「あなた、透明カバーのアイフォンで写真撮ってたわよね。おさげの小学生の後ろで。撮るなら、もっと上手く撮ってよ」

「なんだ？」

「ああ。髪の毛、切った？　揉み上げの位置がお正月と違うけど」

「さて。別に」

口ではそう言いながら、行動はあからさまだった。横を向きつつ、こちら側の揉み上げを指先で掻く。

笑えた。

笑えるなら。

さらに——。

「ふうん。で、こっちのあなたは、あれよね」

「なんだよ」

四十代と思しき男は、すでに及び腰だ。

「クリスマス・イブの〈ぎをん屋〉はあなたね。通りの反対側に停まってた、ミニバンの奥の歩道に出てたわよね。品川ナンバーの、＊＊－＊＊の向こう。あれは社用車？ なんにしても、寒い中ご苦労様。――それから、あなたは、そうね。ああ」

観月は一番奥の男を注視して手を打った。

「葛西の駅で何回か見たわね。改札の中、外、ロータリー。どう？ あの辺りにはもう詳しくなった？」

「知らねえよ。んだよ。なんだってんだ」

誰もが空《そら》っ惚《とぼ》けるが、捻った男と応接セットの男以外、観月の超記憶にはその皺の一本までが明らかだった。

場の空気は、観月の物だった。観月が飲み込んだ。

そのまま、誰からも声のない中をさらに奥に進んだ。

主の位置、相楽場のデスク。

「お、おい。警視庁」

声は遠かった。応接セットの方からだ。

先の一声といい、この応接セットの男が№２、相楽場の片腕、で間違いないだろう。

「安心して」

観月は手を振った。

「何も触らないし、仕掛けないし。家宅捜索じゃないんだから。捜査の一環でもないし」

観月は、窓を背負い、主の位置に立った。

「ただ、見るだけよ。この部屋の全部を」

右を見て、左を見て、正面を見る。

それで、しなければならないことは全部だった。

探られるだけでは収まらない。

探られるなら探る。

事務所に来た。

来たことが大事。

それだけでいい。

入口に向かい、一度立ち止まって応接セットに寄った。

応接テーブルの上に、欠けた〈冨嶽《ふがく》三十六景 神奈川沖浪裏〉が広がっていた。千ピースのジグソーパズルだ。

№2と踏んだ男の対面に、パズルを挟んで座る。

男は真っ直ぐに観月を見ていた。

先ほどまでの動揺は、もう微塵《みじん》もない。

「へえ。さすがに、亀の甲より年の功ってところかしら」

「なんですか」

「別に」

ソファに背を預け、壁を見回す。

飾り気も気遣いもないから、無造作なのかもしれない。

額に入れられた写真が、何枚か掛けてあった。集合写真が多かった。

〈キング・ガード レディース・オープン〉

集合写真はそんな横断幕が引かれた、ティー・グラウンドの写真だった。

キング・ガードがスポンサーになっているレディース・トーナメントは観月も知っている。メジャーに次ぐ大会規模のはずだ。

写真は、そのチャリティゴルフ大会の一場面なのだろう。社長や会長の顔もあった。相楽場の顔も見える。

集合写真の他には、社長や会長、園部常務や北池特企営業部長らとの写真もあった。

皆が今よりだいぶ若い。いつの写真なのだろう。

社長や会長と相楽場のツーショットもあった。得意満面で大きなトロフィを受けているところを見れば、チャリティ大会で優勝したということか。

「うちの相楽場は、ゴルフが得意でね」

プロ並みだぜ、とNo.2が観月の視線に言葉を添えた。

「あなた、お名前は」

「荒垣《あらがき》」

「あなた、ゴルフは」

「趣味はもっぱら、このジグソーでね」

「へえ。チマチマとしてて、あれよね。人のあら捜しを仕事にしてる人にはお似合いね」

言った途端、荒垣が顔を伏せ、上体を前に沈めた。

「からかいに来たんですかね」

両膝に両肘を突き、下から、下から、暗い目をした顔を上げる。

「これでも、その昔は面子の世界に生きてましてね。たとえ無勢でも、一矢の報いに身体ぁ、張れるんですが」

「そう。立派な覚悟ね」

観月は立ち上がった。

雑に置かれたピースの山に手を伸ばし、十数個をつまんで、迷うことなく正解の位置に置いてゆく。繋がるピースも、単独のピースもだ。

荒垣の顔が見物だった。

「お邪魔様」

誰からも声のない中を、外に出た。

そのままエレベータで一階に降りる。

「済みましたか」

腕を組み、仁王像のように佇立《ちょりつ》していた牧瀬が解《ほぐ》れるようにして柔らかくなった。

「ええ。本人はいなかったけど、取り敢えず挨拶はね」

午後三時前の陽射しが、やはり少し眩しかった。

手庇《てびさし》で空を見上げる。

ふと、何かを感じたような気がした。

反射的に辺りを見回す。

柏木公園のベンチに、憩う老人の姿が見えた。

もう一度、青空を見上げる。

染みのようなものを感じた。

太陽の黒点、そんなようなもの。何かの引っ掛かり。脳内のスパーク。

「何か？」

牧瀬に聞かれるが、正体は今のところわからない。

わからないなら、拘泥《こうでい》しない。

そうやって超記憶と付き合い、生きてきた。

「ま、いいわ」

柏木公園から、か細い泣き声が聞こえた。

若い母親が、ベビーカーから、赤ん坊を抱き上げた。

ベンチの老人が、慈しみの眼差《まなざ》しでそれを見ていた。

六

相楽場が西新宿の事務所に戻ったのは、午後四時半過ぎだった。

ドアを開けると、事務所の雰囲気がいつもと大いに違った。

濃いスモークを通しても、西向きの窓から夕陽の差す頃合いだった。が、そのせいだけではないだろう。

理由はわかっていた。帰る途中で荒垣から連絡をもらったからだ。

新幹線の中だった。

とある目的のため、相楽場は東海道新幹線に乗っていた。

相楽場の仕事は、キング・ガードのビジネスを他社より優位に進めることが主業務だった。

と、そう言えば聞こえはいいが、間違いなく表と裏の間《あわい》の仕事だ。

正々堂々と表から門を叩くこともあれば、壊して通ることも、門を諦め、夜陰に紛れて塀をよじ登ることもある。

当然、そんな仕事だから表に出せない金を使うことも、トラップじみた策を弄することも、人を頼んで実際の〈行動〉に出ることもある。

そうしてキング・ガードに、他社から乗り換える新規顧客の契約や、人材・技術の〈移動〉を取り込むのが仕事だ。

おそらく、相楽場達が今までキング・ガードにもたらした成果は、集計したことはないが三桁の億に達するだろう。

合法非合法は、それだけの成果の前には黙殺される。問われることさえない。

ビジネスは食うか食われるか。そもそもが修羅場なのだ。好き嫌いを言っている間に喉笛を噛み破られればそれで終わり。食わず嫌いなどは以ての外、論外だ。

ただ、いずれの折りに不測の事態が起こったとしてさえ、何がどうなろうとキング・ガードの社名も業績も汚すことはない。

間の仕事、間に生きるとはそういうことだ。

だから、相楽場はキング・ガードの社員ではない。関連会社にさえ所属していない。

〈一班〉とは名乗るが、これも特にどこかの部署名などではない。〈相楽場〉という苗字と同じで、ただの記号のようなものだ。

現在使用している西新宿の事務所も、キング・ガードと繋がる部分は何もない。相楽場が個人で借りている。

相楽場の立場は、飽くまでフリーだ。常に一人で考え、常に自分の責任で生きてきた。同様にして、この西新宿の〈トヨノビル〉の事務所に集まる面々も、どこに所属しているというわけではない。今では全員が相楽場同様のフリー、一人親方だ。

相楽場の指示で動き、相楽場を手伝って糊口《ここう》を凌いではいるが、気に入らなければどこへ行ってもいい。相楽場に忖度する義理も、この事務所にいる必要も制約も、実はまったくない。

その昔は各自、それなりの〈所属〉もあったようだが、深く聞いたことはない。どれも知っていることに意味はない〈所属〉であり、そこにいたからといって社会保険も厚生年金も基金も適用されていたわけではない〈所属〉ばかりだ。

彼らが酒を呑んで、昔話を口にするのを耳にしたことはあるが、それも流している。たいがいがつまりは、苦い話であり暗い話であり、ときに血みどろで、闇の中をのたうつような話だった。

相楽場自身は、都内の某名門私大を卒業してすぐ、

——お前ぇ。この仕事しろ。任せた。頭ぁ悪くなさそうだ。大丈夫。いざとなったら俺がいらあ。ただよ、俺んとこでもねえ。キング・ガードでもねえ。それがいいんだ。堅

気のまま、一人のまま。それが格別ってなもんだ。

沖田剛毅にそんなことを言われた。

有無を言う暇も何も、あるわけはなかった。そもそも就職活動すらしなかったのは相楽場の意志だった。

だから相楽場は、一度も企業や団体に所属することなく、個人で、キング・ガードの表と裏の間の仕事をして生きてきた。

相楽場という名乗りも、この頃からだ。剛毅がつけた。

――猿楽場《さがくば》ってのは面倒臭ぇ。俺が裏の裏で手ぇ回しとく。勝手知ったる、他人のなんとやらでな。もっとも、他人じゃねえけどな。ま、そりゃいいや。別の話だ。いずれにせよ、お前ぇは明日から、相楽場だ。

仕事をするに当たり、剛毅から〈手駒〉として荒垣以下の数人を下げ渡されたのもこの時分だ。

――こいつらぁ、上が死んでよ、行き場のなくなっちまった連中だ。こっちの世界とは切った。だから使ってやれ。なんとか使えるのだけ残した。

これも、有無も文句も言う筋合いはなかった。そんな連中と一緒に、そんな連中を飼って使うだけの潤沢な費用が与えられたからだ。

金は、まず破格と言っていいほどの金額が、毎回違う企業名や個人名で、ほぼ定期的に相楽場の口座に振り込まれた。

それでも仕事に対する報酬だとわかるのは、金額がいつも破格のまま変わらなかったからだ。

沖田組のフロント企業かもしれないし、剛毅の変名、その子分、愛人かもしれない。

ただ、知った名前は一度もなかったし、知る必要も特にはなかっただろう。

仕事の依頼も抜かりはないようで、ワープロ打ちの文面が封書で、相楽場の私書箱にもたらされた。封筒に押された消印は常に違う郵便局だった。

こちらも同様に、どこの誰からだかは知らないし、知る必要もないだろう。

かえって知らない方が気楽だと言えたかも知れない。

仕事を始めてからは特に、匠栄会の真壁だけでなく、剛毅とも顔を合わせることはなくなった。

剛毅の方で自ら、努めてそうしていると分かったのは、だいぶ後のことだ。

――俺ぁ、ヤクザだ。お前ぇは、堅気だ。

だから企業や個人とひそかに交渉する際、キング・ガードの名前こそ使うが、どこがいくら調べてもキング・ガードと相楽場の関係が明らかになることは一度もなかった。なるわけもない。

相楽場は誰かの指示で誰かから報酬をもらって動くだけで、キング・ガードと直接になんの関係があるわけでもないのだ。

そして、キング・ガードと沖田剛毅になんの関係があるのかも、通常の個人や企業が調べたところでおそらくわかるわけがない。

警察関係のデータベースにさえ、さてどうだろう。

なぜなら、生きた剛毅の息子である相楽場でさえ、何も知らないのだから。

相楽場も聞いたことがないではないが、

——まあ、いいじゃねえか。誰も知らねえとこで繋がってるってこった。損得って言やあ損得だが、こればっかりは、お天道《てんとう》さんも文句は言わめえ。

剛毅はそんなことを言っていた。そんなことを言ったきりだった。

相楽場自身は、誘われてキング・ガードのチャリティゴルフ大会には何度かプレイヤーとして参加しているが、それにしたところでなんの関係の証明になるわけでもない。

一般のアマチュアからも申し込みがあり、抽選で大勢が出場可能な大会だ。

ブルー・ボックスの女管理官が、たとえ沖田剛毅と相楽場剛明の関係に行き着いても、だから、沖田剛毅からも相楽場剛明からも、どちらからもおそらくキング・ガードに行き着くことはない。

プリペイドの携帯も、発売当初から使っている。抜かりはない。

余裕も優位も、すべてが相楽場の方にあるつもりだった。

あの女管理官が仲田憲伸に会おうが、真壁清一に会おうが高が知れている。

そう思っていた。

それがこの日、西新宿の事務所に現れたと聞いた。

（つけられたか、調べられた、のか）

どこでどう、というのは管理官本人に聞かなければ分からないことだろう。

表と裏の間から手が届く〈興信所〉や〈チンピラ〉だけでなく、昔は本格的な〈反社〉の連中を顎で使ったこともあるが、相楽場自身は飽くまで堅気で素人だ。

それにしても、金輪際、宅配か出前の業者以外、訪れることのない事務所のはずだった。

辿り着いたという事実には、単純に恐れ入った。

だが、狼狽するには至らなかった。

「どうでした」

事務所に帰り着くなり、作りかけのジグソーパズルを前に、応接のソファから荒垣が聞いてきた。

これは、ここ何日かの相楽場の成果を問うものだった。

東海道新幹線に乗った理由でもある。

「あったさ。いや、大有りだった。だからあの女がここに来たと聞いても、屁《へ》でもなかった。そうじゃなかったら、あれだ。電話を貰ったとき、新幹線のデッキで怒鳴り声を出したかもしれない。それを考えると冷や汗ものだ。他に四人はいたからな」

「そいつぁ」

荒垣は済まなそうに首を竦めた。

なぁに、と言って相楽場は奥に進んだ。

自分のデスクに座り、脇にビジネスバッグを置く。

見える景色が、スモーク越しの西陽に染まっていた。

太陽が東にあるうちは薄暗い闇の色で、西に傾くと薄暗い光の色。

光と闇、表と裏、その間。

この景色こそ、相楽場が守らなければいけない職場であり、まさに、生きる場所だった。

七

「社長」

「なんだ」

「これ、今回俺が撮ってきた画像データっす」

三十七歳の、この事務所の中では一番若い新内《しんうち》が、相楽場のデスクに一本のUSBを置いた。

〈一班〉の中で、相楽場を社長と呼ぶのはこの新内だけだ。後は全員、相楽場さんと呼ぶ。

新内以外の全員が相楽場より歳上か同年代で、その全員との付き合いも、四月になると二十七年目に突入する。

途中から住み着いた野良犬のような新内とでも、付き合いはもう十五年だ。

（長くなった）

そんなことを思いながらデスクトップPCを起動し、新内が出してきたUSBをポートに差した。

やがてモニタ上に呼び出される画像は、枯れた田んぼで繰り広げられる、とある画像だ。

写っているのは主に、大立ち回りを演じる別の爺さん連中だが、その後ろに、狙う人物は鮮明だった。

関口貫太郎という、湯島に住む老人だ。

「そう、これだよ。この爺さんが、切り札になる」

そもそも今回の〈仕事〉は、まず初手で躓《つまず》いた。甘く見ていたと言われればそれまでだが、それにしてもここまで掛かるとは思ってもみなかった。

ターゲットは警察庁キャリアの、しかも三十代の女だった。

そういう手合いは、鼻っ柱を〈従来通りの手法〉で折るくらいで、すぐにこちらになびいてくるはずだった。それがあろうことか、初手の和歌山で躓いた。

脅す程度のつもりだった。

恫喝して震え上がらせ、都内に戻ってきたところで懐柔すると、計画は計画とも呼べないほど至極簡単なものだった。下調べも特にはしなかった。

少なくとも十二年くらい前、沖田剛毅が健在だった頃はまだ、〈その辺り〉の連中とのネットワークが無いわけではなかった。実際に動かしたこともある。

剛毅が倒れて以降は、〈その辺り〉とは自然と疎遠になった。

沖田剛毅という人間そのものが、まさに表と裏を繋ぐ生きたハブだったということかもしれない。キング・ガードが企業として大きくなり、裏に手足を突っ込まなければ成り立たないような仕事が減ったということも関係なくはないだろうが。

そうして二〇〇九年、沖田剛毅がこの世を去った。

死んだと知ったときには、仕事も生きる糧も一切が途絶えるかと覚悟し、絶望もした。

だが実際には、その直後だった。相楽場の事務所に、一本の電話が掛かってきた。知らない番号からだった。

——おい。これからも、お前の生活に変わりはないで。報酬は変わらず振り込んだる。指示は今までほどは出んやろが、もう言わなくとも自分らで何をすればええかくらい、わかるやろう。とにかくな、キング・ガードのためになること。それだけを伝えとくわ。あんじょう、気張りや。

通話はそれだけで切れた。

相手は名乗りもしなかったが、キング・ガードの仕事をしていれば、自《おの》ずとそちらのことを目にする機会は多くなっていた。耳にもだ。

だから、相楽場にはわかった。

電話の声は間違いなく、〈獅子吼〉だった。

剛毅とどういう関係、あるいは契約だったのかは知らないが、この一本の電話は有り難かった。命と首の皮が一枚、繋がった思いだった。

相楽場にとって仕事は、人と社会と繋がるための唯一の術《すべ》だった。

特に名も無きこちらの名称を、〈一班〉としたのはそれからだ。

博徒の世界でも、一宿一飯の恩を忘れない。そんな謝意を込めて一飯を捩《もじ》り、〈一班〉にした。組織名としての座りもよかった。

それから、もうすぐ丸九年が経つ。

報酬は変わらず安定していたが、その代わり、常に仕事は自分で見つけなければならない日々だった。

働かざる者、なんとやら。仕事をしなければ、いつ報酬が絶えるか、そこには一抹の不安があった。不安を紛らわすために、今は仕事をしているのかもしれない。

雇い主が憲伸に代わってから、チャリティゴルフに呼ばれる機会は増えた。

そこで色々、仕事に直結する情報を得ることもあった。懇親パーティの後、大勢で憲伸の屋敷に流れたこともあり、それも大いに仕事の助けになった。

そうして、前年秋のゴルフ大会の折りだった。

キング・ガードに関わる誰かから、実に面白そうな情報を仕入れた。成績発表の懇親パーティ会場で、酔ったCMタレントからだったか。

警視庁の外部型集中保管庫、ブルー・ボックスとそこに君臨するアイス・クイーンに、上層部がご立腹だと。

舐めたつもりはないが、慣れた仕事だとは思った。ちょうど次の仕事を探していたところだった。

キング・ガードが大企業として成熟するにつれ、相楽場達〈一班〉の職場はだんだん少なくなっていた。

それで、余計なものに引っ掛かったか。

踏まなくてもいい虎の尾を踏んだか。

――相楽場さん。迂闊《うかつ》に手を出したかもしれねえ。

――あれはいったい、なんなんだ。

和歌山から帰ってきた二人が口々に言った。

撮ってきたという写真を見た。

そこに写っていたのはたしかに、今まで相楽場が相手にしてきた警察庁キャリアやただの素人ではなかった。

そこで、相楽場は触り直すことにした。

後のことはもう、ブルー・ボックスを巡る一連の流れの通りだった。

ブルー・ボックスに勤務する連中にも接触してみたが、揃いも揃って堅物で強情で、肝が据わっていた。管理官本人もだ。

和歌山の大立ち回りの写真を見せて様子を窺ったが、今のところ大きなアドバンテージにはなり得ていなかった。

本気で荒事にしようとしたわけではなく、あしらおうとして逆にあしらわれたようなものだ。だから一見戯れているようにも見える、不格好な写真だった。

（さて、どうしたものか）

和歌山の不格好な少し寝惚けた写真を眺め、そこでふと引っ掛かった。

湯島に住み、和歌山にも本郷裏の甘味屋にも同行して女管理官と親しげな様子だった、あの老人は何者なのだろう。部下でも上司でもあり得ない。親族だろうか。親族にしては、和歌山ではビジネスホテルに泊まって一人だったという。

相楽場にももう、〈この道〉のプロとして十分過ぎるほどのキャリアがある。気になった。

それで、本腰を入れて新内を張り付けた。

行き付けにしているような湯島の中華屋でそれとなく聞けば、関口貫太郎という名前であることはすぐにわかった。

関口が成田に行けば、そのままミニバンで成田に出張させた。

だが、

——社長。なんか、あの爺さんも凄《すげ》ぇっす。

やはりこの老人も件《くだん》の女管理官同様、おそらくただ者ではなかったようだ。

離れた場所からでもカメラを構えると、老人はおそらく気付いて物陰に動いた。何度やっても同じだったという。

その頃には、女管理官がどうやって辿り着いたのか知らないが、匠栄会の真壁の屋敷に向かった。

真綿で首を絞められるような感じがした。

そんな折り、成田の豆撒きの後で、〈具合のいい〉トラブルが起こって新内が関口の写真をずいぶん手に入れたらしい。そのうちの何枚かをまず、スマホに送ってきた。二十人にも及ぶ男達が揉み合うその奥で、貫太郎はビールを呑んでいた。ある意味、どれも親分の貫禄さえ感じられる写真だった。

新内の方は撮影に成功したということで、まず一歩前進した。

それにしても、関口の素性は依然として不明だった。

相楽場は相楽場でブルー・ボックスの、一番ひ弱そうな馬場という部下にも接触を試みたが、そこでもまったく相手にもされず、見事に撥ね返された。

何をやっても、あまり上手くいかなかった。

——燻《くすぶ》りの兆候、落ち目の始まりってなあ、急に来るもんだぜ。

昔、沖田剛毅がそんなことを言っていたことを思い出す。

（クソっ）

焦燥感が募った。

新内には成田から戻るように言いつけ、自分は和歌山に向かった。

関口という名前と和歌山の関係が気になったからだ。これも長年の勘というやつだ。

結果として、和歌山市に自分で行って正解だった。

役所に当たりをつけて聞き出した。この辺の、〈素人〉役人の扱いはいかようにもなった。

聞く限りにも、関口貫太郎という男は普通失踪による失踪宣言がなされ、二〇〇八年に死亡が認定されていた。

（へえ。こいつは）

関口貫太郎は、死人だった。

これは大きなアドバンテージだ。小躍りしたい気分だった。

関口貫太郎という名前と成田山での画像だけだったが、旧住所の周辺で当たってみた。

そこは有本と言って、あの女管理官の郷里でもあった。

細心の注意を払った。

騒ぎになって、女管理官に悟られないように。

（大当たりだ）

相楽場は有本で、関口貫太郎と何人かに関するいくつもの噂レベルの話を拾った。

噂レベルでも、相楽場の〈勘〉は大いに働いた。

これは間違いなく、真実だと。

そうしてこの日、相楽場は和歌山から帰ってきた。

女管理官とは行き違いになったが、ちょうどいい。

余裕と勝機は、自分の方にあると相楽場は確信していた。

利用出来ないなら要らない。
使い物にならないなら、消えろ。
これは相楽場の人生でもあり、相楽場のビジネスの基本だ。
（俺の人生に土足で踏み込むとどうなるか。俺の一人は、俺だけの一人だ）
おもむろにスマホを取り出し、番号を呼び出す。
ずいぶん待たされた後、
――なんだ。
〈獅子吼〉と恐れられた声が聞こえた。
だが、相楽場は一度もその声を恐ろしいと思ったことはなかった。
かつて、相楽場を失職の絶望から救った声。
今、相楽場と外の世界を繋ぐ、唯一無二の声。
そして、これまで相楽場からは、一度として掛けたことのない向こう側の声。
つまり、初めてこちら側から聞こうとする声。
「現在関わっている案件に関して、ちょっとしたお願いがありまして」
相楽場は話しながら、知らず、スマホを強く握り締めた。

第六章

一

相楽場の事務所を〈襲撃〉した翌日、観月はブルー・ボックスに定時に出勤した。

関東全体が、朝から冷たい雨の降る一日だった。

(こういう日は無理をせず)

ということで、観月はブルー・ボックス三階で〈女王の巡察〉、つまり、収蔵物のチェックをしようと思っていた。

淡いピンクのトレーニングウェア、同色にそろえたジョギングシューズに、黒く細いヘッドセット。

九時を回った段階でもう、準備は万端だった。というか、十時を過ぎると所轄からの搬入があると聞いていた。

急ぐ必要はないが、ゆっくりも出来ない。

「じゃ、馬場君。行こうかしら」

ヘッドセットに声を掛け、重心を前に動かす。

すると突然、耳に馬場のアナウンスが入った。やけに慌てていた。

――か、管理官。で、電話電話。中止っす。電話。

「えっ」

――部、部長です。すぐ来いって。

「あら、部長?」

馬場がただ部長といえば、道重充三《じゆうぞう》警務部長のことで間違いない。

監察官室所属の面々にとっては、〈形〉的には直属の上司ということになる。

もっとも、ブルー・ボックスを預かる立場になってからは、どちらかと言えば警察庁長官官房の長島首席監察官が直属の上司っぽくはある。

ただ、道重も長島も階級は同じ警視監だが、道重の方が長島より一学年、東大の先輩となる。実際にこの二人が並んだときにどちらが上かと思えば、有事以外では日本的な年功序列が強烈にものを言うだろう。

つまり、道重からの呼び出しは所属部署における職務上、観月にとっては最優先だ。

「ふうん。すぐ、ね」

なんにせよ、雲の上から呼び出しだ。

思い当たる節は、今のところ二つしかない。

胸騒ぎがしたが、観月にとってそんなものは、さして動かない感情の上澄みのようなものだ。探ったところで因果が明確になった例しはない。

どちらかと言えば、走った後の回復用に前日の〈襲撃〉の後に準備した、神宮前・瑞《みず》穂《ほ》の〈名物 豆大福〉を脳疲労の状態で食べられないことの方が、〈胸騒ぎ〉がする。

つまり、幾ばくか悲しい。

「ま、呼ばれた以上、行くしかないわね」

雨だから内部作業にしたにも拘らず、雨なのに呼び出され、雨中に出る。

なかなか上手くいかないものだ。

すぐに着替え、乾く間もない傘を再び開き、それでも警視庁本庁舎への到着は十時半近くになった。

すぐにという指示だったので、自分のデスクに寄ることもなく、そのまま警務部長執務室に向かう。

秘書官が詰める別室に入ると、担当の警部補が何も言わず頭を下げた。

話は通っているという解釈でいいだろう。

観月は執務室へ続く扉の前で立ち、ノックした。

「小田垣です」

おう、という答えがすぐに返った。

入るとデスクに執務中の道重がいた。

折り目正しい制服姿で、柔道で鍛えたという身体は未だに厚みが感じられた。ロマンスグレーと言っていい頭髪は観月が知る限り、毛量もセットも十年一日のごとく変わらない。やや少なめの量を、やや多めのワックスで後ろに流している。

真正面から見ると、四角い身体に四角い顔で、意外に目つきは優しい。

それが道重充三という警視監だった。

「お呼びにより」

観月は執務机の前に立ち、十五度の敬礼をした。

顔を上げれば、金縁の老眼鏡を外し、道重は椅子の背凭れを軋ませた。

「頑張っているようだね」

声は穏やかだが、鵜《う》呑《の》みには出来ない。

道重充三という男は、〈必要なら蛇でも飲み込む男〉だそうだ。

「はい。自分なりには」

「キャリアは王道を歩くものだと思っているのでね。特に自分で歩ける人間には何を言うこともないんだが。ただ、今回は相手がね」

「うん。キング・ガードの会長の筋から、うちのトップにね」

うちのトップといえば、聞くまでもない。古畑正興《ふるはたまさおき》警視総監のことだ。

警視総監を始めとする警察官僚の多くは、キング・ガードやアップタウン警備保障だけにとどまらず、広く業界トップ達とはホットラインを持つという。

それが〈持ちつ持たれつ〉の因果を生む源でもあるだろう。言い換えれば、〈信頼関係〉という言葉にもなる。

「相手、とは」

それにしても――。

なるほど、キング・ガードからのクレームか。

雲の上方に暗雲が立ち込め、雷でも落ちるということか。

受けて立とう、と心構えをした瞬間、雷はあらぬ方向から襲ってきた。

「お前は、死人を飼っているとか、いないとか」

「あっ」

珍しく一瞬言葉に詰まった。滅多にないことだが、思考の隙間に言葉を差し挟まれた感じだ。

二つしかない心当たりが、捻じれて一つになった。意表を突かれた感じだ。

そうなると雷は、存外のダメージになるかも知れない。

さて——。

「あまり、上手くないな。死亡偽装かあるいは不法出国から、オーバーステイや不法入国、各種免許の偽造からパスポートの偽造。その他、叩けば立つ埃《ほこり》は最早《もはや》、火事場の黒煙レベルかな」

眼鏡を拭きながら道重は言った。

「お前のキャリア、だけではない。それだけなら勝手にしろと言ってやりたいところだが、出所がキング・ガードの会長筋で、内容が内容だ。法務省や厚労省、外務省に、下手をすれば防衛省までがこの部屋に雁首《がんくび》を揃えるぞ」

観月は黙って頷いた。簡単に想像出来たからだ。

血相を変えて、鬼の首を取ったように、糊《のり》の利いたワイシャツに皺一つないスーツを着た文官が居並ぶイメージは、妙にリアルだ。

さてさて——。

「可愛い後輩で部下のことだ。出来ることを出来るだけはしてやりたいが、私は警務部長で、お前は監察官室の管理官だ。そうだな」

はい、と答える声は、果たして音になったものか。

そのときだった。

道重が観月の肩越しに、入れ、と言った。

すると、音もなく部長室のドアが開いた。

「失礼します」

そこに立っていたのはJ分室長の、小日向純也警視正だった。

「えっ」

観月は純也を見て、道重を見た。

「言っただろう。私は出来ることを出来るだけすると。これがその、出来たことだ」

道重がかすかに笑った。

「正確には、こいつから連絡があった。死人の件は公安部長に一任、でよろしいかとな。私はただ、任せると言っただけだが」

「それがなかなか出来ないのですよ。賢明なご判断、ご英断かと」

純也が言った。

「ということで、担当として僕が来ました。当然、案件は皆川《みながわ》公安部長マターということで」

「結構だ」

道重が大きく頷いた。

「こちらこそ諄《くど》いようだが、いいのだな。任せても」

「ご安心ください。法務省や厚労省、外務省の小役人程度なら私の方でどうとでも。防衛省に対してはなんと、当方にこれ以上ない適任が〈店子《たなこ》〉として控えておりまして」

「そうか。なら、これ以上は何もない。小田垣」

話は終わりだ、と言って道重はまた老眼鏡を掛けた。

一礼を残し、純也は颯爽《さっそう》と警務部長室を後にした。

観月も十五度の敬礼の後に、別室を抜けて廊下に出た。

純也はそこで、チェシャ猫めいた微笑みで待っていた。

訳知りの全能顔が、癪に障った。

「お礼は言いませんよ」

観月は立ち止まらず、先に立って歩きながら声を残した。

「当然だ」

と、少し冷えた純也の声がついてきた。

「小田垣。勘違いしてはいけないよ。僕はね、〈死人の件は〉と言ったのだ。それだけは本当にどうとでもなる。どうとでもする。バグズハートやストレイドッグ。いいや、終わった者達では心許ない。それなら、今も潜ったままの者達の列に並べてみようか。死人なのだから。なんなら、もう一度死人の処置をしてもいい。容易《たやす》いことだ。逆に、魔法の杖を振って生き返らせてもいい。造作もない」

廊下に影が差すような気がした。

「それって」

思わず口を開いた。

自分の声で自分を暖める。生きていることを確認する。

「それって、横暴とか、いいえ、暴走、暴君、狂気とか」

「ははっ。どれも当たりで、どれも外れかな」

観月に並んで、純也は肩を竦めた。

「だから、弱い者虐《いじ》め、一般人虐めはしないつもりだ。——キング・ガードは一部上場の大企業ではあれ、民間企業だよ。そんなところは、僕の範疇《はんちゅう》じゃない」

エレベータの前まで来た。

立ち止まって純也は上階、分室へのボタンを押した。

「お前はお前の領域で、すべきことをすればいい。これは、そうだな。忠告、いや、助言だ」

「私の領域で、ですか」

「そう」

闇の中の光、光の中の闇。

純也はそう言った。

「お前が僕の首で鳴る鈴の役割なら、立つ場所はそこしかないだろう」

（ああ）

長島も言っていた。

――光にいて光の中の闇に目を凝らす。闇に入って、闇の中に一瞬の光芒《こうぼう》を見逃さない。そんなところだろうか。それが経験を積むということ。大人になるということ。大人の警察官僚になるということだ。

わかりませんと言ったら、わかれと言ってきた。

命令ですかと聞いたら、年の功だと言っていた。

エレベータのドアが開いて、純也が乗り込んだ。

「先輩」

「ん？」

「それって、年の功ってやつですか」

純也は複雑な顔をした。

観月の胸の奥が、疼《うず》くようだった。

口の端に電気が走ったような気がした。

笑ったのだと、そんな自覚があった。

生まれた自覚が、胸の奥を少しだけ広げた感じがした。

ほんのわずかな広がりでも、0と1とイメージの虚空からなる心象世界には大いなる余裕だ。
新たに生まれた余裕は、脳の演算速度も上げるものだろうか。
突然のスパーク。唐突な情報処理。
遡り、遡り——。
いくつもの時を越え、ページをめくるように、アルバムを繰るように。
(あっ)
青空の染み、太陽の黒点。
何かの引っ掛かりが、表層に浮かんで弾けて消えた。
(そう)
一つ、わかったことがあった。
それで、何かが変わるかもしれない。何も変わらないかもしれない。
それでも、わかったことでしようと思うことが出来た。
だから——。
まずは、監察官室に帰ろう。
甘い物が欲しかった。頭の中が熱かった。
出来ればジャスミン茶を淹れて、豆大福をひと箱。
すべてはそれから、始めることにしよう。

二

翌土曜日の午前、観月の姿は墨田区立花にあった。

仲田憲伸の屋敷の前だ。

おもむろに細い指を伸ばし、インターホンを押す。

アポイントなどは取っていない。

取ろうとしても断られるのは目に見えていた。だから、いきなり来た。

――はい？

出たホームヘルパーの女性に所属と姓名を告げ、取り次いでもらった。

五分は待たされたが、覚悟の上だった。

――あの、会長さんがアポイントもなく、よく来られたもんやとおっしゃってますけど。

「一昨日来るのに、アポイントメントもないものだわ、と伝えて頂けませんか」

そこからさらに、また五分は待たされた。

庭へ回れと、それが憲伸からの指示だった。許可ということだろう。

門扉がゆっくりと開き、観月は足を踏み入れた。

芝生の庭に入り、母屋に沿ってひと角曲がる。

二月にしては、実に穏やかな天気だった。芝生の上は気持ちが良かった。池の噴水も、温《ぬる》んで見えた。

気温も高めで風もなく、四月上旬の陽気になると、天気予報で言っていた。

母屋の縁側に目を向けると、総ガラスの引き戸の一部を開け、安楽椅子に憲仲が座っていた。

ハーフハイネックのセーターは変わらず、池で虹を描く噴水も変わらず、居間の奥に立つ黒服は位置さえ変わらず、ただ月は移り、憲仲はもう、厚手のダウンジャケットは脱いでいた。

二月の中旬は、もうそういう時期だった。

「ここからの景色が、よほどお気に入りなんですね」

「せや。ま、引退した後に、ホンマは嫁さんとな、ゆっくり見て暮らすっちゅうつもりで建てた家やったが。ここに住んで、よう住まんとすぐに死によって。──その分、俺がよう見んとな。もったいないわ」

憲仲は観月を見ることもせず、そんなことを言った。目は噴水とスカイツリーに向けられて動かなかった。

「で、なんや」

刺してくるような声だった。

観月は動じることなく、まず一礼した。

「実際に一昨日来ることは出来ませんけど、今日は、一昨日より古い物を持ってきました」

これです、と言って、やおらトートバッグから何かを取り出した。

一枚のフォトフレームだった。

憲伸に近寄り、差し出した。

怪訝《けげん》な顔はしたものの、憲伸は受け取った。

「なんや。写真やないか」

「本人はアートだと言っていましたが」

暫時の間があり、笹井《ささい》、と憲伸が奥に手を挙げながら声を掛けた。

よくあることなのか、一人の黒服が一本の眼鏡を憲伸のもとに運んできた。老眼鏡のようだ。

憲伸はそれを掛け、左手に持ったフォトフレームに目を落とし、それきり、固まったように動かなかった。

一分、二分、三分。

憲伸の右手がフォトフレームに伸び、表面をゆっくりと動いた。

撫でる、いや、愛《め》でるようだった。

四分。

老眼鏡に、曇りが見えた。

五分。

憲仲が顔を上げ、老眼鏡を取った。

表情が丸くなっている、気がした。

少なくとも、肩肘張ったような険は取れていた。

「これは美加絵と、明良《あきよし》か?」

「はい」

観月は頷いた。

写真は、ポートレートだった。

観月が大学生の頃、銀座裏の〈Bar　グレイト・リヴァー〉のマスターだった高木明良は、アート、つまりフォトグラフだと主張したが。

月と星のブレスレットをした明良は、ポートレートの中で真っ直ぐにレンズを見て、シニカルに笑っていた。沖田美加絵も笑顔だ。

一人、二十歳の観月だけが、今よりさらに堅い無表情だった。

「――そうか。これが、美加絵か。これが、明良か」

呟きとともに、憲仲の頰を流れるものがあった。

「あなたは、沖田の一族ですか」

確信があったわけではないが、憲仲の呟きで推測は出来た。だから聞いてみた。

憲仲は、見もせず居間の中に手を振った。

一礼を残し、黒服が居間から、屋敷のさらに奥に消えた。

それから憲仲は、静かに頷いた。

「沖田剛毅の下。バッチや」

「バッチ？」

「ああ。三姉弟のな」

なるほど。

薫子《かおるこ》、剛毅。

沖田の姉弟《きょうだい》には、さらに下がいたようだ。

それが、憲仲。

沖田憲仲、ということか。

「せやけど、どうしてわかった。甥《おい》や姪《めい》には、一度も会《お》うたことはない。遠目に眺めたことも、擦《ち》れ違《ご》うたこともない。そういう、古い約束やったから。それを、なんでや」

同じ仕様のネックレス、そう観月は静かに言った。

「ネックレス？」

憲伸は、自分の首元に右手をやった。

「これか」

そこから忍ぶように手を入れる。

摑み出したのは鈍色《にびいろ》の、レトロなネックレスだった。

月と星の、ネックレス。

「西新宿の相楽場の事務所で、壁に掛かっていた写真に写ってました。ソファのちょうど真裏の、集合写真に比べれば小さな、ツーショットに」

チャリティゴルフ大会の写真。優勝トロフィを相楽場に手渡す憲伸の首元に、揺れる小さな月と星。

その形状、デザインは、彼の日、高木明良の左腕にあったブレスレットとまったく同じ物だった。

違うということはあり得ない。

なぜなら鑑定者は観月で、照合は超記憶のなす業なのだから。

「それ、ブレスレットをネックレスに加工したんですか。チェーンが途中から変わりますよね」

「そないなとこまでか。――よう見とるわ。見られたわ」

憲伸はネックレスから手を放し、安楽椅子に深く座った。

「誰にも知られんと生きてきたのにな。いいや、知られるも何も、兄ちゃんとはたいがい別々に生きてきたんや。辛いときにも、声も掛けんと。結婚式にも花も贈らんと。兄ちゃんが脳梗塞なって、左半身がいけんくなっても、手も貸さんと。——死んでも、線香一つ手向けんと」

もう一度老眼鏡を掛け、ポートレートを掲げるようにして眺める。

「せやから、一度も会うたことはないんや。美加絵にも、明良にも。せやけど、わかるんや」

斜め上に見る角度。

少なくとも涙は流れない。

けれど声は、戦慄《わなな》いている。

「少ぅし長《なご》うなる。あんたも座れや」

憲伸は自分の近くの縁側を示した。

観月が腰を下ろすと、スカイツリーを見上げる格好で安楽椅子を揺らした。

それから——。

ほぼ、問わず語りになった。

ポツリポツリと、本当に長い話になった。

観月は黙って、憲伸の足元で聞いた。

「そんな俺の人生に、あんたも関わってたんやな。けったいで、不思議な話や」

憲仲は最後に、そう言って椅子を止めた。

「この写真やが」

「差し上げます」

観月は立ち上がった。

そうすると、憲仲より目の位置は高かった。

背後にスカイツリーを従える観月を、下から見上げるようにして憲仲は目を細めた。

「なによりや」

そう言って、前のめりに笑った。頭を下げたつもりかもしれない。

「約束やったな。三つの願い、聞いたろか」

「いいんですか」

「ええ。この写真は、何にも勝る。ええ物や」

「では改めて」

観月は一歩退き、威儀を正した。

「相楽場剛明、知ってますか」

憲仲はすぐに頷いた。

「一番下の甥っ子や。あの子はまあ、知らんやろが」

「えっ。知らないんですか」

「せや。滅多にせん電話が掛かってきて、兄ちゃんが言っとった。外に出来た子に、外から手伝わせる。けど、俺と憲伸のことは、当然や。言わんで。だからな、この子はどこまでも真っ新や。なんでも言い付けたらよろし。けど、安心しい。そのさらに外には、いつでも俺がおるでってな。おるでって、ああ、ホンマはこれ、全部東京弁で言ってたんやが」

沖田剛毅は息子を介し、弟と繋がっていたということか。

闇から、光と闇の間に立つ息子を通し、光の中に弟を見る。

これは多分に、沖田剛毅という男の、情の話ということだろう。強い情だ。

虫魚禽獣《ちゅうぎょきんじゅう》、死ねばみな仏。一寸の虫にも五分の魂と、聞いた気がする。

言っていたのはバグズハートの久保寺美和、いや、死んだ前社長の白石幸男《しらいしゆきお》か。

稀代《きたい》のヤクザ者、沖田剛毅にも、五分の魂。

人は強欲で強情で、優しくも悲しい。

「そうですか。——では、二つ目です。一班、知ってますか」

「知っとる。一宿一飯から取って、一班らしいわ」

「一飯の一班、ですか」

「それで、恩は忘れんという意味らしいが」

「ああ。――では三つ目。私とブルー・ボックスは、タイミングの運不運はあっても、決してキング・ガードを排除したわけではありません。これまでも、これからも。正々堂々、公明正大にいきませんか。いえ、そうしてください。これが最後です」

「ああ。やっぱり、そういう話になるか」

この願いだけ、答えの返りには少し時間が掛かった。

わかった、と憲仲は頷いた。

「俺の方で、あの子は止めとくわ。この際、もう仕舞いでもええやろうし。俺ももう、この歳や。そない長くは生きられん。今のうちに、沖田の名前も血筋も仕舞い。俺で仕舞い。ほんま、それでええやろ。――けどな、管理官さんよ」

「はい」

「そんなん望むとは、ほんまに欲ないな。一億が十億でも、物ならこの土地・屋敷、表に出ないとこやったら、質のええブルーダイヤの二つや三つ。そないな物をくれ言われても、俺から文句の出しようもないとこやが」

「えっ」

考えもしなかった。

考えもしなかったところで、話は仕舞いになった。

ポートレートを抱え、憲仲は奥に入っていった。

主のいない安楽椅子が揺れた。

庭から門に向かい外に出て、観月は背後を振り返った。

スカイツリーが、改めてその威容を示して立っていた。

「老舗の甘味屋の買収。いいえ、自分の工場の設立。――ああ。もう」

両手をマッシュボブの髪に差し、掻き回す。

「それこそ本当に、一昨日来たいわ」

舞い飛ぶ鳥が鳴いて、そのあと、風が笑った。

三（昔話1）

「まずは俺の生い立ちや。いや、沖田剛毅の生い立ちでもあるわ」

そんな言葉で、憲伸は古い話を始めた。

《俺のな、お父ちゃんお母ちゃんな、そもそもは九州におったんや。八幡製鐵所《やはたせいてつじょ》がブイブイ言うて、九州の炭坑《たんこう》が花盛りの頃や。掘りゃあ出る。金んなる。人も腐るほど集まっとってな。そりゃあ、蛸《たこ》も茹《う》だるような活気があったって話や。

そんな中で、お父ちゃんも負けじと頑張ったらしいけどな。頑張り過ぎたて言うとったわ。炭塵《たんじん》で胸ぇやられてな。

ホンマにな、悔しかったんやろな。酒呑んだお父ちゃんからそんな話、何遍も何遍も聞かされたわ。今となっちゃな、良くも悪くも思い出や。

そんで、お父ちゃんお母ちゃんがな、九州から大阪に出てきたんは、剛毅兄ちゃんが生まれた二年後らしいわ。子供も薫子姉ちゃんと剛毅兄ちゃんの二人に増えたし、真っ当に働ける仕事探さなならんてな。

ちょうど、先に怪我で辞めてった仲のいい炭坑夫仲間が居ってな。その伝手を頼ったとか言うとった。

大阪に住んだんは、そういうわけや。

まあ、せやかて、大阪の水がふらっとやってきた九州人一家に甘いわけもありゃせんでな。お父ちゃんもずっと病勝ちやったし。結局うちの一家が落ち着いたんは、街の裏手のどぶ板長屋でな。

そう、昭和七年やったって。俺が生まれる一年前や。

そこの長屋のことは、ようけ知っとるで。なんたって、俺が生まれたんもそこやし。そこで生まれて、そこで育ったんやし。

故郷言うたら、俺にはそこや。ずいぶんゴミの臭いのするとこやったけどな。今はもうないし、そうなるとなんや、懐かしくもあるもんでな。

とにかく、お父ちゃんお母ちゃんは薫子姉ちゃんと剛毅兄ちゃんと、そこに落ち着いたんや。

せやから、お父ちゃんお母ちゃんは九州訛《なま》りが残っとったけど、俺も兄ちゃんも物心つく頃にはコテコテやった。薫子姉ちゃんは、慌てると少し九州が出たかな。ようは覚えとらん。姉ちゃんがおらんようになったとき、俺はまだ五歳やったからな。

とにかく、俺は大阪で生まれて、兄ちゃんの後ろばっかついて歩いとったわ。

兄ちゃんは強くてな、大人にも負けんかった。兄ちゃんは、沖田剛毅は俺のヒーローやった。

その後、昭和二十三年やったな。満州から九州に引き揚げてきた五条《ごじよう》の源太郎《げんたろう》が、飽き足らずに大阪に入って来てからもな。兄ちゃんは、源太郎になんか負けんかったで。なんや、来栖《くるす》の長兵衛《ちようべえ》辺りは狂犬に源太郎が縄付けたとか後で言いよったが、兄ちゃんは狂犬やあらへんし負けてもおらんぞ。ただ源太郎と、〈意気投合〉したんや。

まあ、たしかに兄ちゃんは多少、頭に血が上ると見境がのうなるきらいはあったけどな。

俺も何度か、兄ちゃんとヤー公の喧嘩を止めに入って、兄ちゃんにド頭《たま》かち割られたことあるわ。こんなに毛ぇが薄うなっても、そんときの傷はハッキリわかるで。

けどな。兄ちゃん、おつむの出来はたしかに、あんましようなかったけどな。鼻は利く言うか、先見の明はあったで。

その辺は源太郎とつるむようになって、世間いうもんを教えられたお陰やなって、これは本人が言うてたからしょうないな。そういうことらしいわ。

そんだから、まあ、兄ちゃんと源太郎は〈意気投合〉したんやと、俺はそない思うてるけどな。

――憲伸よぉ。お前は、俺よりはるかに頭がええからな。せやから、頑張って頑張って、そんで上の学校行けや。切った張ったなんてのはな、俺だけでええし。そんでな、お父ちゃんお母ちゃん、安心させたりぃ。お父ちゃんお母ちゃん、お前に任せるわ。

そんなん言われたんも、兄ちゃんが源太郎とつるむようになったその年や。せやから、昭和二十三年やな。俺はそんとき、ちょうど中学三年やった。

兄ちゃんに任せる言われて、俺もその気んなってな。頑張ったで。

そんで、そのままストレートで高等学校に行ったんや。うちのどぶ板長屋からは、初めてやったんやで。そらもう、長屋中でお祭り騒ぎや。

――おお。お前ら。憲伸は、俺の弟やで。出来がちゃうやろ。鳶《とんび》が鷹じゃ。え？　そらお父ちゃんお母ちゃんの台詞《せりふ》やて？　どうでもええんじゃ。憲伸は俺の弟や。俺は、嬉しいんじゃ。

そっから、二十四年の国立学校設置法でな。俺は二十七年な、そう、ＧＨＱ政策の仕
舞い、サンフランシスコ講和条約の年や。

　そん年に、新制んなった神戸の大学に行ったわ。

　合格発表の日にな。えらい神妙な顔の兄ちゃんに言われたんや。

——憲伸。お前な、大学には仲田いう苗字で行けや。申請の苗字が間違うとるって、サンズイやないでって。それでええんや。元んなる物の準備はこっちでやる。お前ら、これからぁ仲田や。別人になるんや。俺から離れるんや。そんでな、陽の下を歩くんや。正々堂々とな。

　なんや、俺にはようわからん話やった。

　で、とにかく、お前らってなんやて聞いたわ。そしたら、

——お前らはお前らや。お前と、お父ちゃんとお母ちゃんや。俺以外や。

——わからんで。

——俺は、俺の家族から離れることに決めたでって、源太郎に答えたんや。そしたらな、俺は、沖田剛毅はもう、警察やら裁判所やらの世話んなっとるからな。なんも変えられんやろて。なら、残りの方を変えりゃええんちゃうかてな。源太郎に言われたわ。

——離れるてなんや。

——関東や。東京や。俺ぁ、竜神会を名乗った五条源太郎会長の名代でな、関東に入る

んや。もう少年愚連隊やない。任俠《にんきょう》、言いたいとこやけどな。まあ、ドヤクザや。俺は関東を締める。まず、今以上に汚れるやろ。血だらけや。せやからその前に、せならんことを済ませとこ思うてな。

――なんや。

――お前らと別れる。赤の他人になる。汚れは俺だけや。後で唾吐かれるんは、俺だけでええんや。それでな、きっちり離れられたら、いつ死んでも悔いはないってな。後顧に憂いは無しや。

――後顧て。

――憲伸。これでもお前を見習《みなろ》うてな、ちょっとは勉強しとるんやで。どや、俺も少しは頭、ようなったかな。

――兄ちゃん。

――へへっ。それにしても、源太郎はホンマ狡賢いわ。ストンと腑《ふ》に落ちたで。俺らな、GHQや区役所やらの役人、ようけ知っとるし、世話もしとるしな。造作もないわ。新しい住民票、戸籍もな、今のうちならどさくさ紛れに、なんぼでも変えたるわ。役所の奴らがぐずぐず言うようやったら、GHQだって引っ張り出す。ああ、もうすぐGHQやのうて、在日米軍やってんな。へへっ。それにしてもホンマ、返す返すも、五条源太郎いうんは、狡賢いわ。

てな、そないなこと言うて、兄ちゃん、笑《わろ》うたわ。

笑うて笑うて、最後は寂しそうにな、

──憲伸。傲《おご》るんやないで。仰山、勉強しいや。遊んどる暇なんかないで。ごっつ勉強して、ええ成績で大学出るんや。お天道様ん下ぁ大手を振って歩いて、そんでな、お父ちゃんお母ちゃん、幸せにしたりいな。これはな、兄ちゃんの、兄ちゃんとしての、最後の頼みや。その代わりな、憲伸。兄ちゃんでのうなっても、俺は陰ながら見とる。裏から大いに助ける。だからな、安心しいや。お前の兄ちゃんでのうなっても、俺は泣く子も黙る、竜神会の沖田剛毅や。血の繋がりは、どこまでも重んじる男や。

胸叩いてくれたけどな。俺にはわかるわ。あれは兄ちゃんの、やせ我慢やったな。

けどな、それを言うたら兄ちゃんの心意気を無にするしな。黙っとった。

黙ってな、けど俺は兄ちゃんの言う通り、頑張ったで。それなりのとこに就職も決めて、大学出たで。

兄ちゃんの金で、俺の能力で。

三十一年のな、春やったな。

そんときまでに、兄ちゃんは本当に関東を締めとったわ。実際には、俺が四年の夏やった。竜神会の源太郎から、年に一度くらいは便りがあってな。それで話には聞いてたんや。

その秋な、俺の神戸の下宿にな、兄ちゃんから連絡があった。久し振りに関西に来る言うてな、そんで、神戸港で会うたで。海鳥が騒がしかった。ようけ覚えとる。

——久し振りだぁな。憲仲。いや、あっという間か。

兄ちゃんは兄ちゃんの顔をした、別人やった。

関東弁だけのことやないで。吹いてくる熱風言うか、そう、圧倒的な貫禄言うか。目も細うなって、濡れるように光るようになって。実際には、怖かった言うんが本音やな。

けど、話したら兄ちゃんは兄ちゃんやった。

笑うたら、やっぱり兄ちゃんは、兄ちゃんやったなあ》

憲仲は安楽椅子を揺らし、一度大きく息をついた。

四（昔話2）

「こっからは、今に繋がる話や。キング・ガードにも、相楽場の〈一班〉にもな」

そんな言葉で、憲仲は古い話を続けた。

《どこに就職したんやて聞かれたから、日盛貿易大阪本社て答えたわ。ブルー・ボックスの管理官さんよ。あんたも知っとるやろ。ファジル・カマルっちゅうトルコのな、コウチ財閥に繋がる男が起こした会社でな。

横には、いや、後ろかな。芦名春子っちゅう別嬪《べっぴん》さんの切れ者もついとった。それがやがて、総理大臣にまで繋がる華麗な家系になるわけや。

当時はまだ小っちゃな会社やったけど、これからは海外やて思うとった俺は、この貿易会社を見込んで就職を決めた。

俺も兄ちゃんに負けんと、先見の明があったかな。

そのまま日盛貿易におったらとな。まあ、そないなことを思わんでもないが、まああ、無い物強請りは大概にせんとな。

とにかく、

——そうか。貿易会社か。それも有りだろう。

兄ちゃんは納得してくれたようやった。

それから四年経ったときや。昭和三十五年やった。東京へのオリンピックの招致が決まって一年くらい後やったかな。そんとき、また兄ちゃんがふらりと関西にやってきた。

いいや、今回はふらりとちゃうわ。お付きが仰山おってな。大阪城公園で会うたんやけど、角刈りの強面《こわもて》が遠巻きにしとったわ。

そこで兄ちゃんがな、

――憲伸。警備業だ。東京オリンピックがいい契機になるぜ。お膳立《ぜんだ》てぁ、こっちでするわ。だからよ。今んうちから、準備だけはしとけ。

そんなことを言うた。

日盛貿易に未練はあったがな、兄ちゃんの言うことは俺の中では絶対やった。

そんで、実際に大いに助けてもろうたわ。竜神会の源太郎にもな。

まずは、関西圏のまとめや。当時はまだ警備なんちゅう職業はなかったが、〈用心棒〉やら〈後ろ盾〉を生業にする連中はおった。グループになっとるんもおったな。まあ、兄ちゃんらも愚連隊やったが、そんなんと同じや。まんまヤクザだったんもおる。

そんなんの大所をな、源太郎の息の掛かった連中がまとめたんや。それがキング・ガードの発祥や。

ただ、この辺りに関して、疚《やま》しいとこはないで。正々堂々としたもんや。

ブイブイ言わしとる奴らを集めて会社を作った。そういう話や。それだけや。

他には、何をて？　ふふっ。まあ、色々や。

ただまあ、警備言うても、当時はまだ力尽《ず》く、力押しなことが多かったんは事実でな。

インテリジェンスなどというもんとは、対極の世界やったし。

実際、警察も警備もヤクザも、グルグルにしたらどれがどれだかわからん時代やった。ある意味、同じもんやったと言っても過言ではないわ。

そんで、オリンピックな。ホンマ、盛り上がったで。

源太郎？　竜神会？

いや、会社にしてからはな、すっかりと手切れや。三十七年やったかな。今の会長、宗忠《むねただ》か。奴が生まれる前の話や。

せやから俺のこと、俺と兄ちゃんや源太郎との関係なんぞ、まず今の会長は知らんやろ。

それほどに古い話やし、オリンピック以降は竜神会どころか、兄ちゃんとこの沖田組も一切、キング・ガードの関係先には出てこんわ。出てくるわけもないんや。

まあ、俺が窮地に立たされたり、会社が困ったことになるとな、何も言わんでもな、いつの間にか救いの手が差し伸べられたり、道が開けたりしたけどな。

せやけど、さっきな、色々助けてもろうたて言うたけどな。別にこっちから何も頼んだわけではないで。法に触れることもな。滅相もないわ。

それは全部、兄ちゃんの情や。離れて家族を思う、兄ちゃんの気持ちや。

――兄ちゃんでのうなっても、俺は陰ながら見とる。裏から大いに助ける。だからな、安心しいや。お前の兄ちゃんでのうなっても、俺は泣く子も黙る、竜神会の沖田剛毅や。血の繋がりは、どこまでも重んじる男や。

兄ちゃんはホンマ、どこまでも兄ちゃんやった。

そこんとこを竜神会の源太郎は、兄ちゃんとこと俺がキッチリ繋がっとると思うとったかもな。

そないなことを後で聞いたことがあるわ。経済のな、同友会のなんかの会合やったかな。ウワバミの源太郎が、珍しく酔うてたみたいになってな。

――関西におっても、キング・ガードには手ぇ出さんし、どこにも出ささんで。そもそも、こんな話も金輪際、口にもせん。祇園《ぎおん》の狸や芦屋《あしや》の狐にも箝口令《かんこうれい》や。東京の兄弟ぇとは、もう随分前からそういう約束やからなあ。

そないなこといきなり言うとった。

このときは、誰に聞かれるかと冷や汗もんやったけどな。

後にも先にもホンマ、口にしたんはこのときだけやった。

源太郎はそう思っとったんやろうけど、実際にホンマ、キング・ガードが大きゅうなってからもな。兄ちゃんは金のこともなぁんも、俺に言っては来んかったわ。

かえってな、噂も立たんように離れてくれたようやわ。

せやから俺も、こっちからは何もせんかった。それが兄ちゃんの、最後の頼みやったからな。

　本当に、何もせんかった。兄ちゃんが結婚したときも、丈一や美加絵が生まれたときも、甥っ子の明良が上海からやってきて、銀座裏に〈Ｂａｒ　グレイト・リヴァー〉を開業したときも――。

　何もせんかったどころか、近づくことさえようせんかった。

　そんな俺はな、兄ちゃんの嫁も、丈一や美加絵の顔も、明良の顔さえ一度も見たことないわ。知らんのや。

　そのうちには兄ちゃんの嫁は変わるし、明良は消えよるし。なんや西崎次郎て。そんなん、端《はな》から知らんわ。

　その代わり兄ちゃんも、お父ちゃんやお母ちゃんの死に際を知らんわ。話も知らんやろ。

　兄ちゃんはホンマ、家族思いの情のお人や。悲しかったやろし、悔しかったやろ思うけどな、自分が死ぬまで知らんかったはずや。

　お父ちゃんは、少ぅし惚けたけどな。お母ちゃんに見守られて、畳の上で大往生や。

　お母ちゃんは病院やったけど、最後は有り難う言うとったな。あれはきっと、瞼裏《まぶた》に浮かんだ兄ちゃんにや。俺はそう思っとる。きっとそうや。

　話したかったけどな。兄ちゃんは兄ちゃんで我慢しとる思うて、俺も我慢したんや。

唇を噛んで——。

けど、な。そんな兄ちゃんも、十年くらい前に寝たきりんなって、今はもうこの世におらんわ。源太郎もおらんし。

けどあれや。源太郎のことは、あれは本当に病気か。怪しいもんやけど。まあいいわ。その他には芦屋の長兵衛もおらんし、広島に行った神舎《かんじゃ》もおらんし——。

俺んとこにも、もうすぐお迎えが来るやろ。

この歳んなるとな。少しそれが楽しみでもあるんや。

ホンマに、少しだけやけどな。

たまに夢ぇ、見るんや。誰もが心底から笑ろてた頃の夢や。

どぶ板長屋で兄ちゃんと走り回っとったときのこととか、少し大きくなって、兄ちゃんや源太郎らと一緒んなって、三輪トラックの荷台に乗って風切ってるときのこととか、な。

俺が逝ったら、倅《せがれ》の伸孝も自由にやれるやろうし、俺も自由や。

また兄ちゃんや源太郎と、一緒につるんでな。楽しいやろなぁてな。

えっ。なんやて。ああ、薫子姉ちゃん?

そう、薫子姉ちゃんな。姉ちゃんは優しくて、甘い匂いのする人やったなあ。剛おいで、憲おいでってな。

そうするといつも、ええ物あげるでって言って、飴ちゃんくれたわ。

でもな、覚えとるんはそれくらいや。兄ちゃんは綺麗な人やったて言うけど、俺は朧《おぼろ》気《げ》や。顔はよう思い出されんかった。

あんたに甥っ子の写真、見せられるまではな。——あの写真で思い出した。あの甥っ子、顔形と目が薫子姉ちゃんによう似とるわ。

そんでな、兄ちゃんは、薫子姉ちゃんがおらんようになってからも、よう姉ちゃんの話しとったわ。

ありゃあ、自慢話やったな。源太郎も聞いて、そない綺麗な人なら、俺も会うてみたかったて言うとった。

俺はよう覚えとらんかったからな。そんな話んときは、よう拗《す》ねたもんや。

そうするとな、兄ちゃんがばつが悪そうな顔してな。そんで、必ず後で飴ちゃんくれたんや。

——済まんな。憲伸。姉ちゃん独り占めにしてな。

兄ちゃんはホンマ、薫子姉ちゃんが好きやったんや。

それから姉ちゃん。満州から、向こうで買うたて、ブレスレットを送ってくれてな。三姉弟、お揃いやでってな。兄ちゃんはえらく喜んだけどな。俺はまあまあや。飴ちゃんの代わりくらいにしか思わんかった。ガバガバやったし。

そんときも兄ちゃん。済まんなて言うたっけ。

——俺だけ喜んで済まんな。けど憲仲。そのブレスレット。大事にしいや。絶対やで。

そしたらまた、俺が飴ちゃん買うたるわ。

そんなことをな、言うてたわ。そのくせ自分は、すぐに無くしよってな。

ま、すぐグーで殴る暴れん坊やから、ブレスレットて、そないなもんしゃぁないわ。すぐブチ切れるで。

その後でな。兄ちゃん、

——俺はあかん。無くしたわ。お前だけはホンマ、大事にしいや。

てな。そんで、ブレスレットを首用に作り替えてくれてん。あれも兄ちゃんの、情やったかな。飴ちゃんみたいなもんや。

おう。そうや。今、思いついたわ。兄ちゃんが俺に仕事こさえてくれて、手伝《てつど》うてくれたんは、あれも飴ちゃんやったんやないかな。

ふふっ。そう思えば、キング・ガードは飴ちゃんや。

仲田憲仲が沖田剛毅からもろた、えらいでっかい飴ちゃんや。

なんや、しょっぱい話のつもりやったが、最後は甘々やな。

俺の話は、これで仕舞いや。

あの世まで持ってく覚悟やったが、ブルー・ボックスの管理官さんよ。あんたに聞かせた。

なんやて？　何故やて？

ふん。写真の礼じゃ、いかんか。

あの甥っ子と美加絵の写真はな、今の俺には、何よりの飴ちゃんやったんや。

そんなにかって？

そんなにや。

沖田の血筋が、どっちも笑てるやないか。

薫子姉ちゃんにも似て、剛毅兄ちゃんにも似て、笑てるて、そんな写真他にあるかいな。

その写真で、俺は満ち足りたんや。満足や。

俺の人生も、これで終われるて、それくらい、満足したんやで。

えっ。相楽場？

ふん。聞くなや。

あの子は堅気。沖田でも仲田でもない。猿楽場でもない。

真っ新な子や。

あの子はあの子から始まる、相楽場剛明や》

憲仲は、安楽椅子に深く沈んだ。

話は終わりのようだった。

目を閉じ、

「長く話して疲れた。去《い》ね」

憲仲はそう言って、右手を小さく、掃くように振った。

五

月曜日になった。

この日、西新宿にある〈一班〉の事務所には、朝から最近にない緩んだ空気が漂っていた。

(そうじゃないな。きっと俺が、そう感じるだけだろう)

相楽場は自分のデスクから立って振り向き、スモークの張られた真後ろの窓を半分ほど開けた。

すると、普段入ることのない〈新鮮〉な光が差し込み、内外の空気が入れ替わるように動いた。

午前十一時前の外気はまだ少し冷たかったが、肌を撫でて通る乾いた風の感触は気持ちよかった。

かえって五感が刺激され、冴えるようで悪くない。

（いや、それもこれも、だ）

それもこれも、相楽場がそういう気分だからかも知れない。

それもこれもおそらく、ブルー・ボックスの女管理官のことに、ようやく算段がついたからだ。

キング・ガードの会長に下駄を預ける格好になったのは少々不格好で不本意だったが、こればかりは仕方ない。

あの小田垣という女管理官は、どうやら相楽場とは見る世界が違うようだった。

荒垣達とも、住む次元がまるで違うように思える。

本音で言うなら、相楽場達が無造作に手を出していい相手ではなかった、ということのようだ。

ただ、そう思い始めた頃には、向こうの手が伸び、向こうから絡んできた。

取り敢えず無傷で済んだのは、幸運だったと言える。

「幸運？　違うな」

相楽場は呟き、軽く頭を横に振った。

これはただの幸運などではなく、考えれば考えるほど、相楽場達の仕事から、そもそもの荒事が無くなってきたことと無関係ではないだろう。

因果は応報するという。

作用には、反作用が働くものだ。

相楽場達の仕事の仕方が、そもそもソフトになったのかもしれない。

当たりが弱くなったとか。

脇が甘くなったとか。

よく言えば、慣れだろう。

悪く言えば、老いだ。

(かもしれない)

知らず、相楽場の口元にかすかな自嘲が浮かんだ。

この仕事を引き受けるようになって、もう二十六年が経った。

猿楽場剛明として生きた年月を、いつの間にか相楽場剛明という名前とキャリアが上回った。

俺は、どこの誰なのだろう。

この〈一班〉の事務所があって、荒垣以下の連中といる以外、相楽場を相楽場と証明するものは何もない。

猿楽場を猿楽場と証明するものは、すでに何もない。

開けた窓から、区立のささやかな公園を眺める。

小さな公園のベンチには、ベビーカーを前にして子供をあやす若い母親がいて、サンドイッチを頬張るサラリーマンがいて、陽を浴びながら語らう老人達がいた。

全体として、人の一生の縮図にも見える。

（面白いものだ。この窓を開けたのは、事務所をここに移してから、初めてだったかな）

ふと、相楽場はそんなことを考えた。

そんなことを考える時間が、この日はたっぷりあった。

いずれにせよ、あの女管理官さえ排除出来れば、おそらくブルー・ボックスは監察官室などという、警視庁の〈内部〉部署の手を離れるだろう。

もともと、警視庁の内部・外部保管庫は初期のブルー・ボックスも含め、刑事部の所管だったはずだ。

刑事部には、〈飼って〉いるのが上下問わず何人もいる。その所管に戻るように働き掛けても良い。いかようにもなり、いくらでも手はある。

（少しはまた、忙しくなるか）

ブルー・ボックスの女管理官にまつわるもの以外、このところ〈一班〉が他に関わる案件はなかった。

目を事務所内に転じれば、荒垣は先週のうちに〈冨岳三十六景〉を終えたようで、応接テーブルでまた新しいジグソーパズルを始めていた。

今度のパズルは海外の世界遺産のようだが、相楽場にはよく分からない。海外にも世界遺産にもまったく興味もなく、海外には行ったことさえなかった。

事務所の中では他に、田無《たなし》達は麻雀《マージャン》マットを持ち出し、並べた事務机を使って四人で卓を囲んでいた。

一番若い新内は姿が見えなかったが、いないときの居場所はだいたい分かっている。大ガード向こうに出てスロットか、歌舞伎町《かぶきちよう》でナンパだ。

──ロン。ハネ満。

──うへぇっ。

田無が大げさに頭を抱えた。大きい手を振り込んだようだった。

相楽場も加わったことはあるが、田無の麻雀は下手の横好きだ。他の連中に、いつもいいカモにされている。

そのとき、机上に置いたままの相楽場のスマホが振動した。

斜めに見て、すぐに動いた。

「おい。ストップ」

言いながらスマホを取り上げる。

麻雀パイのジャラついた音がすぐに止まった。

スマホの液晶画面が表示する相手は〈会長〉だった。仲田憲伸だ。

掛かってくるとすれば、ブルー・ボックスの女管理官のことで間違いないだろう。

素早いことだと感心する。

一方で、〈獅子吼〉が吼《ほ》えたのならそれも有りかと納得も出来る。

処分が出たのだろうか。

下手をすれば刑事罰もあるはずだ。ただ、それには少し早い。

小田垣の降格、あるいは辞表。

上層部が火消しに走るならそんなところか。一人に真上から泥を被せれば、火などすぐに収まる。

少なくとも、ブルー・ボックスに君臨したままということは考えにくい。

「はい」

大いに期待して、電話に出た。

だが意に反して、

——仲田や。相楽場か。平日の日中にな、すまんの。

「いえ」

気のせいか、いつもより憲伸の声が軽かった。

なんというか、憲仲を憲仲たらしめる何か、そう、魂から何かが抜け落ちた感じだった。

言い換えるなら、どこにでもいる老人の声だ。〈獅子吼〉の貫禄は微塵も感じられなかった。

「なんでしょう」

探るように聞いてみた。

——ああ。実はな。

取り下げたで、とかなんとか。

もうブルー・ボックスへの手出しは無用や、とかなんとか。

立て板に水の口調で、憲仲は〈何か〉を言っていた。

終始、〈獅子吼〉はただの老人の声だった。笑ってもいたか。

あの〈獅子吼〉が——。

醜怪、醜悪。

ただし、それだけなら聞いてもやった。

そこまでなら聞いてもいられた。

だが、最後に憲仲は、相楽場の生命線とも言える一線を踏み越えた。

それどころか、

——もう、終わりにしよやないか。俺ももう、いつお迎えが来てもおかしくない歳や。これまでの清算言うわけやないが、今日中にな、まとまった金を入れたるわ。退職金、いや、ちゃうわな。せや、離職金や。どう使うても構わんが、出来るならそれを元手に、地道に生きや。堅気は堅気らしく。特にこれからはな。それがな、相楽場、ええか。それが沖田剛毅、お前のお父ちゃんの、願いでもあるんやで。

などと、不格好なことを言った。

不格好な言葉で、相楽場のこれまでの人生を踏み躙《にじ》った。

「——一体、なんすか。それ。——なんなんすか。ええ」

彼の頃、沖田剛毅が死んだ頃。

外界との繋がりを失って絶望の淵に立った相楽場に、〈獅子吼〉は希望の光を差し掛けた。

だから相楽場は、〈獅子吼〉を一度も恐ろしいと思ったことはなかったのだ。

それどころか、相楽場を絶望から救った声だった。

相楽場と外の世界を繋ぐ、唯一無二の声だった。

それが今、聞くに堪えない醜怪にして醜悪な声になり果てた。

〈獅子吼〉は今や、再び相楽場を絶望に落とす声だった。

相楽場と外の世界の繋がりを断とうとする声、相楽場を〈抹殺〉しようとする声だ。

手が、どうしようもなく震えた。スマホを持っていられなかった。

「手前ぇっ。人の人生を、なんだと思ってやがんだっ」

相楽場はまだ何か言っている〈獅子吼〉の声を、力任せに床に叩きつけた。

六

翌火曜日、観月は久し振りに朝から一日、ブルー・ボックスにいた。

リニューアルされたフロアへの搬出入業務は、新年に入ってからも至極順調だった。収蔵物のデータ化もだ。

この分なら近々、一階に限っては夜間の搬入を許可してもいいかもしれない。

特に大きなトラブルがなければ。

ただし、この日はまったくダメだった。トラブルというほどのことではないが、面倒臭さはマックスだ。

この日は午後二時を過ぎて、野方《のがた》署からの搬入があった。先般、裏カジノの摘発を行った際に押収した、ルーレット台やバカラ台を含む、用具道具類の一式らしい。

大規模な摘発だったらしく、搬入は覆面ＰＣに先導されるようにして、署のキャラバンが二台分だった。

その先導車に、またしても偉そうに、野方署の署長が乗ってきた。

署長の名前は大谷金太郎《おおたにきんたろう》といって、観月とは同期入庁ということになる警察庁キャリア組だ。

大谷は京大出身で、キャリア的サバイバルゲームに鼻が利くということかもしれないが、東大卒にして同期の観月を何かとライバル視、いや、目の敵にする男だった。

この日はその大谷が襲来して、ブルー・ボックスの下階で騒いでいた。

搬入をする部下達の手伝いをすることもなく一階を彷徨き、中二階にも顔を出して喚いているようだ。

――小田垣はどうした。野方から直々に署長が来たんだぞ。責任者だろ。顔を見せろ。あの鉄面皮はどこだ。

要約すればそんなところだろう。

だからといってわざわざ会ったところで、だ。

間違いなく話は長くなるし中身はないし、偉そうにはされるしパーソナルスペースはゼロに近いし、暑苦しいし声はむやみに大きいし――。

ということで、どう考えても面倒なので〈本日不在〉とした。

そのまま下の高橋に無理矢理にでも預けようとしたが、

――勘弁してくれよ。検察庁からのデカ物の据え置きで、一階の午後はそれだけで手一杯だ。あの署長と同じように、全然自分から動こうとしねえ担当者が一人しか来てねえしよ。ここのクイーンなら、そっちにも今後の指導、しといてくんねえかな。

と、かえってとばっちりのような文句を言われる始末だ。

仕方がないので、二階から主任の時田に米屋《よねや》の〈極上ひとくち羊羹〉を持って中二階へ向かわせ、対応させた。

貫太郎を成田に送った際、観月が本店で買い求めてきたものだ。そのために、わざわざ車で行ったと言っても過言ではない。

詰め合わせの箱を〈段ボール買い〉してきたから、手持ちはたっぷりとあった。時田には二十本を持たせた。

それにしても、警察署長が押収品の搬入にわざわざついてくる意味がわからないし、来たからといって〈責任者〉が対応しなければいけないというのもまったく意味がわからなかった。

とにかく、好意でも忖度でも諦めでも、悪《あ》しき前例を作ると、以降もかさに懸かって乗っかってくるのがキャリアという生き物だ。

だからこの場合も、甘い顔は金輪際出来ない。

その代わりと言ってはなんだが、規則にはきっちり従うという従順さを併せ持つのもまた、由緒正しいキャリアの特性だろう。

〈搬入搬出者以外、二階以上への入場は禁止〉

〈二階以上への搬入搬出に際し、必要階以外への立ち入り厳禁〉

理由はなんとでも付けられるが、規則には先回りして理由を見つけ出すのもまた、堅物キャリアには〈あるある〉だ。

野方署から搬入される押収品は数も重量も大きさもそれなりにあったが、きちんとそれぞれが梱包《こんぽう》され、拠って三階に保管されるべきものだった。

そちらの管理担当には牧瀬を付け、搬入口にはＣ－１シャッタを宛《あてが》い、作業には一番リフトを開放した。

かくて規則に従い、おそらく二階以上には絶対上がってこない大谷金太郎は、中二階で大人しく〈極上ひとくち羊羹〉をつまむという図式になる。

そうして四時を過ぎ、検察庁物件の楊重《ようじゅう》と据え置きを終えた高橋に今度こそ大谷を強引にでも押しつければ、それでようやく時田が二階に上がってきた。

大谷は今度は、腹ごなしとばかりに一階にまた下り、自分の署の搬入車両の方に向かったらしい。

どうだったと聞けば、当然時田からは、大変でしたという答えが返った。

――小田垣の仕事振りはどうだ。

――頑張ってます。

――部下に対してはどうだ。

――なかなかです。

――ふん。つまらないな。何か失敗談はないのか。

――ありません。

――あったら教えろ。

――教えるとどうなります？

――俺の方が先に偉くなる。その暁には、悪いようにはしないぞ。

――なんか、〈お代官様〉みたいな話ですね。

――何だ？　俺は時代劇は見ないが。

羊羹を一本食べては、そんな似たような話の繰り返しだったという。

「合計で十二本は食べてましたね。お好きなんですかって聞いたら、くれるものは貰うのがキャリアだとかなんとか」

「えっ。トキさんは八本しか食べられなかったの？」

「あ、残りから五本は、署長が部下に持って行きましたし」

「へえ。その辺は感心ね。ん？　じゃあ、トキさんは三本だけ？」

「いえ。後は高橋係長らの分として、デスクにそのまま置いてきました」

「そうなの？　じゃあ、食べたいわよね。いいわ。あそこの段ボールから好きなだけ食べて。まだ六箱とちょっと、百本くらいはあったと思うから」

「気持ちだけ頂きます」

上がってきた時田とはそんな話をしたが、牧瀬はなかなか戻ってきそうもなかった。五時の段階で、野方署の搬入はあと一時間は掛かりそうだという。

さすがに、多少の時間延長まで認めないなどとルールで縛るつもりはなかった。

延長を認めなければ、面倒な搬入は午前ないし午後イチに予約が殺到することは目に見えていた。

そうなれば、本当に火急な搬入出が朝か夕に押し出され、あるいは滞る事態も易く想定される。

延長の黙認は、最低限の必要悪だろう。悪貨が良貨を駆逐するの例えもある。

多少の不便が、大いに利便を阻害することは避けなければならない。

いずれはこれがなし崩し的に、延長延長となって夜に食い込んでいくのかも知れないが。

それがやがて、ルールを上回る慣例・慣習というものに変容するのかもしれない。

「さてと」

野方署の延長の報告を三階の牧瀬から受けたところで、観月はトートバッグを肩に掛けた。

「おや。早いですね」

と、クアッドモニタの前で搬入の映像をチェックしていた時田が言った。

「そうね。今日はちょっと、外せない用事があってね」

この日は、成田から貫太郎が戻ってくる日だった。

健康診断で引っ掛かった項目があり、当初からその再検査までには帰ることになっていたが、それにはだいぶ早い帰宅だった。

――ま、大安だしな。

だからどうしたという感じだが、それが帰る切っ掛けになるにはなったらしい。

東堂宅には、約三週間の滞在ということになった。

慣れたゴルダも一緒だから帰りの手段にはなんの問題もないと思うが、貫太郎の場合は存在自体がやや問題ではあった。

だからこの日は、到着の頃を見計らって湯島に行こうと思っていた。

それがちょうど、退庁定時くらいと重なった。

「よろしくね」

「了解です」

いつも通り、Aシャッタ側の正規のエントランスから出て、Bシャッタ面に沿って裏ゲートへ向かう。

そこから大通りへ出てバスに乗るというのが、観月の退勤ルートだ。ただこの日は、C－1に搬入車両を停め、第一リフトを使う野方署の一行があり、時田の話に拠れば、今まさにその近辺を大谷が彷徨いているはずだった。見つかったらどうしようもなく厄介だ。

居留守を使ったわけを説明するくらいならいいが、早々と帰る理由は説明出来るわけもない。

ということで、外へ出てから裏ゲートに向かう足は、必然的に速くなった。

裏ゲートの守衛詰所に片手を挙げて挨拶し、自動開閉のハイフラップ門扉をカード・キーで通る。

辺りはすでに夕闇迫る、薄暮の頃だった。

七

「セーフ」

ブルー・ボックスの敷地から出て、観月は軽くひと息ついた。

一日の仕事の終わり。

大谷金太郎からの離脱。

どちらだろう。

良くはわからないが、気分は悪くなかった。

悪くなかったが、

「ふうん」

観月は出たところで一度立ち止まり、髪を押さえた。

辺りには、風が少し出ていた。街路樹が鳴き、どこか物悲しげでもある。

都道にはブルー・ボックスそのものの濃い影が落ち、見る限りには行き交う人の姿はなかった。

それがまた、二月黄昏《たそがれ》時の物悲しさを助長する。

と――。

観月が歩き始めた、そのときだった。

都道から分かれる路地のような区道から、のそりと姿を現す染みのようなシルエットが二つあった。

この区道は街灯が少なく、そもそもが暗い。

暗いから人が通らないのか、通らないから街灯追加の予算が付かないのか。

現れたのがどちらも男だということはわかったが、闇をまとうようでそれ以上はわからなかった。

観月はその場に立ち止まって、シルエットに目を凝らした。

「誰？」

二人分の気配があることは少し前からわかっていたが、ただ人の気配であって危険なものは感じなかった。

どちらかと言えば落ち着いた、平板な気配だった。

その分、どこか不気味ではある。

わからないものは、なんであれ胡乱《うろん》だ。

問いには答えず、影はゆっくり、そして真っ直ぐ、歩道を観月の方に歩いてきた。

観月は眉をひそめた。

「あなた。一班の」

ブルー・ボックスから届くかすかな光の中にまず出てきたのは、西新宿の事務所にいたジグソーパズルの男、荒垣だった。

細く長いバッグを左肩に掛けていた。

クラブが数本入る程度の、ゴルフ練習用のキャリーバッグのようだった。

その後ろに、事務所で見た顔がもう一人いた。

レイバンの男だ。

「どうも」

代表するように荒垣が頭を下げ、バッグを肩から降ろした。

観月から十メートルと離れていない場所だった。

何かを取り出し、バッグを捨てる。

荒垣が手にしていたのは、白木の鞘《さや》に収められた日本刀だった。

ふた振りあった。

「何？」

「常呂《ところ》っ」

観月の問いを切り捨て、荒垣はレイバンの男にひと振りを投げた。

「おおっ」

左手で受け、即座に抜いて鞘を放り投げ、常呂が観月に向けて走り寄る。

かすかに殺気が滲み出た。

問答無用ということか。

こういう場面に於いて、躊躇いは死に直結する。

「そう」

観月はトートバッグを地面に降ろした。

右の半身になって、小さく吐く呼気をひとつ。

それで観月は形より入り、形を修めて形を離れた。即妙体の完成だ。

それで、体勢も覚悟も十分だった。

抜き身の刃《やいば》を右脇に引き付け、そこから上段に回して常呂が飛び込んできた。

「おらぁ」

振り下ろされる白刃は、音が軽かった。

常呂は手慣れても場慣れてもいるのだろう。正しく振り出される白刃は大気を滑り、加速さえするものだ。

しかし——。

即妙体となった観月の動きは、常呂の斬撃を遥かに凌駕《りょうが》した。今や松籟《しょうらい》を呼ぶ風であり、止めどない流水と言えた。

天から降る常呂の白刃、その切っ先を動いたとも見えない重心の移動でわずか五センチで見切って落とす。

組対の東堂が達する三センチの〈観〉には及ばないが、関口流古柔術にも戦いの間合いはあり、見切りの技はあった。

眼前を通り過ぎる、刃の起こす風が冷たかった。

「だから何!」

攻めこそ守りは武道の鉄則だ。ましてや相手は、刃渡りおよそ七十センチの日本刀を手にしている。

剣道三倍段。

無手の観月こそ、勇気を振り絞って出なければならない。

自身を鼓舞し、刃の風ごと押し込むようにして前に出る。

地面すれすれに止まり、そこから逆しまに舞い上がろうとする燕返《つばめがえ》しの切っ先に、それで間に合った。

始動しようとする刀の峰を左足で踏む。

「くっ」

常呂の顔が上がった。目が血走っていた。怒気がありありとしていた。

短い呼気でそれさえ散らし、観月は右足を振り出した。

パンプスの爪先は、常呂の鳩尾《みぞおち》を正確に蹴り抜いた。

「ぐえっ」

日本刀が常呂の手を離れて落ちた。

観月は一瞬、宙に浮いた。

その首筋に、一瞬の光芒《こうぼう》のごとき殺気を感じた。

いつのまにかすぐ近く、およそ二メートルの場所に荒垣が迫っていた。その手の下段にあった刀身が、ブルー・ボックスの外灯の明かりを撥ねた。

間に合う間に合わないではない。

間に合わせる。
すでに関口流古柔術の間合いの中だった。
地に足が着いた刹那、観月の身体は瞬転する。
感覚からすれば左の首筋だった。目で追う暇はなかった。
左から仰《の》け反《ぞ》るように身体を回し、首を大きく右に傾ける。
それまで観月の頭部があった辺りを、闇の色をした刃が走り過ぎた。
皮膚を削《そ》がれるような感覚があるほどの近くだった。
切っ先を天に向けた白木の柄《つか》と、荒垣の見開いた眼が近かった。
左手で柄を押さえ、右手で荒垣の左袖を摑んだ。
そのまま力任せに引いて引いて引く。
荒垣の体が泳ぐようだった。体勢が崩れた。
背中に、ブルー・ボックスからの光を感じた。
「せっ」
反転して荒垣を担ぎ、光の中に投げた。
その手を離れた日本刀に光が弾けた。
荒垣は左肩から無様に落ち、縁石に激突した。鈍い音がした。骨の折れる音だ。
「ぐっ」

苦鳴《くめい》を発し、荒垣は地べたで肩を押さえた。二人とふた振りが、今や地面に転がっていた。


観月は、荒垣が手放した日本刀を拾い上げた。

「こんなもの振り回して、なんのつもり？」

「な、なんのって、よ。へっ。少なくとも、よ。勝てるなんざ、思っちゃいねえ」

「知ってる。殺気がほとんどなかったもの。だから聞いてるの。なんのつもり？」

「――けっ。か、敵《かな》わねえな。こ、これでも、ほ、本気ではあったんだ。ほ、本気じゃなきゃ、相手も、してもらえねえから、よ」

荒垣は苦しげな息を吐いた。

「なあ。こ、これでよ。助けて、くれねえか。俺ら二人分で、なんとかよ」

「えっ」

意味が分からなかった。

荒垣は顔を歪めながら、いきなり上体を起こした。

「なあ、た、助けてくれよ。相楽場さんと、あいつらをよっ」

異変に気付いた裏ゲート詰所の警備員が何人か走ってくる。

そちらを制して観月は、荒垣の傍《そば》に片膝をついた。

「どういうこと」

「相楽場さん。事務所も金も、いきなり、整理したんだ。金は、な。全員に、分配してくれた。それこそ、大金だ」

荒垣は苦痛をこらえるように、途切れ途切れに話した。額には脂汗が浮いていた。

それはそうだろう。少なくとも左の肩に、軽微な不全骨折は間違いない。

「解散だって、言った。けど、誰も動きゃしなかった。長い付き合いだから、よ。わかんだよ。あの人、怒ってたよ。泣いてたよ。俺ぁ、やめろって言った。俺とこいつ以外は、ついてくって言った。どっちがって、俺ぁ頭が悪ぃからわかんねえ。けど、俺ぁやめた方がいいって思った。けどよ、止めらんなかった。飯食って、仮眠取ったら行くってよ。だから俺ぁ、こいつと先に出てきた。――なあ、俺とこいつで、歳食ってっけどよ。二人も現行犯なら、手柄ぁ十分だろ。相楽場さんと若《わけ》ぇ連中。なあ、先があんだよ。まだまだ夢ぇ見られんだよ。助けてくれよっ。なあ、助けてやってくれよっ」

両腕を伸ばし、荒垣は観月の襟を摑んだ。摑んでうめいて、左肩を押さえてまた転がった。

その奥の薄暗がりに、いつの間にか正座の常呂がうずくまっていた。いや、正座で、頭を下げていた。

善悪ではなく、正誤でもなく、裏表もない。

悲しいほどの、情と歳月だ。

観月は、胸の中で動く何かを感じた。

「わかった」

立ち上がり、近くの警備員にこの場を頼んだ。

「すぐに誰か来させる。見てて」

はっ、と敬礼する警備員を残し、観月はブルー・ボックスに駆け戻った。

カード・キーでハイフラップを跳ね上げてしかし、二階に行こうとも、守衛詰所から連絡しようともしなかった。

観月がパンプスの踵を鳴らして向かったのは、場内の明かりが漏れるD－2シャッタから入った、C－1シャッタの方だった。

「キンタロウっ。どこ。キンタロウっ」

声を張る。

「ああ？」

間の抜けた声が、C－1シャッタ近くから聞こえた。

一台のキャラバンの向こうから大谷金太郎が顔を覗かせた。

「あ、小田垣。今までどこにいたんだ。せっかく署長直々に――」

「車貸してっ」

観月は金太郎に駆け寄った。

「なんだ、なんだ」

「貸してっ」

　その剣幕に大谷がたじろいだ。

「あんたさ、面パトで来たわよね」

「えっ。面って。あ、お前、さてはいたんだな」

「いいからっ。後回し。車貸してっ」

「ば、馬鹿か。許可出来るわけないだろうが」

「交換条件っ」

　観月は金太郎の耳に顔を寄せ、小声で素早く裏ゲートの一件を話した。

「あんたにあげる。どうっ」

　目を白黒させつつ、金太郎は否とは言わなかった。

　言わないキャリアは、見て見ぬ振りをするキャリアだ。

「有り難う」

　近くにいた職員に鍵を借り、観月はＣ－１シャッタ前の駐車スペースにあった野方署の覆面ＰＣに乗り込んだ。

　裏ゲートから都道に出て、大通り手前で屋根上に赤色灯を出し、サイレンを鳴らす。

（間に合って）

目指すのは墨田区立花四丁目、仲田憲伸の邸宅だった。

八

春月《しゅんげつ》はすでに西の端に落ち、午後九時半過ぎにはもう月影のない夜だった。

相楽場は、一班の連中と仲田憲伸の屋敷近くにいた。

バラクラバ、ヘッドウォーマー、フェイスガードなど、思い思いの防寒具で面貌を隠し、全員が薄い手袋をしている。

相楽場はメリノウールのバラクラバだ。

(思い知らせてやる)

それだけが我執として、今の相楽場の胸中には渦巻いていた。

自暴自棄、なのかもしれない。だが、それならそれでいいとも思った。

一班の連中が、背中を押してくれた。

荒垣と常呂が去ったのは寂しいが、それもいい。本音から言えば、それでいい。

年齢から考えても、これからしようとしていることからすれば、足手纏《まと》いにもなりかねない。

——いいじゃないっすか。どこまでもついていきますよ。俺らぁ、相楽場さんにこそ一宿一飯の恩義があるんすから。

そう言ってくれたのは、相楽場と同じ歳の斎藤《さいとう》だった。他に三人が、斎藤に追随した。三十代の新内もだ。

――へへっ。あんま使えねえ野郎で、使えねえまんま、そんなんでこの歳まで来ちまって、悪いっすね。社長、最後の最後くらい、俺ぁ、社長の役に立ちたいっす。

良いか悪いかではない。裏表もない。

魂が震えるほどに、情と歳月だ。

だから、相楽場は今夜、憲伸の屋敷に来た。

何をどうしたいと決めているわけではない。

押し入ってまず邪魔者を排除して、仲田憲伸その人の前に立ったとき、自ずとどうすべきかは決まるだろう。

それもきっと、情と歳月のままだ。

焦ることなく、人通りと車通りの隙間を縫って相楽場達はガレージの脇に寄り付いた。

そこが、T字になった三方向への見通しが一番利く場所だった。

そしてそこに、わずかに見出《みいだ》した四十センチの〈無防備〉があった。

相楽場も結局、キング・ガードの外とは言え、警備システム全般に二十六年間に亘《わた》って関わってきた。

この仲田屋敷にも、それなりの回数は来たこともある。

ガレージの壁と鉄柵の間に、相楽場はわずか四十センチの隙間を見出していた。ガレージの反対側にはない。ここだけだ。

最新式の面センサーに切り替えられたらその隙もなくなるが、今なら使えた。ぎりぎりで間に合った格好だ。運だと思えば、これも運のうちだろう。

竹に似せて立てられたパイプの監視カメラもあるが、そんなものはどうでもいい。後で有効なだけの、ただの記録装置だ。

同様にして、万が一センサーに引っ掛かったところで気にはしない。

センサー異常を認知し、アップタウン警備保障の向島営業所からこの屋敷に駆けつけるまでの時間は、最短で考えても約十分はある。

細心の注意として四十センチから侵入するだけで、そもそも相楽場達には初めから長居をする気などないのだ。

「行くぞ」

囁くように言って、相楽場は先頭で仲田屋敷に侵入した。

闇も凍えるほどに、よく冷えた晩だった。足音さえ凍り付くようだ。

一列になって庭に入る。

ひと角曲がる先の庭園の方に、外に漏れる光があった。

時間的にも、まだまだ誰もが起きている時間だ。それはわかっている。覚悟の上だ。

仲田憲仲は四季を問わず日時や天候も問わず、庭園越しのスカイツリーを愛でる。

そのため、庭側のサッシが憲仲在宅中は開けられたままだということを、相楽場は聞いたことがあった。

そうして憲仲の就寝後、ガードの黒服が雨戸を閉めるのだという。

だから、暗くなってから猪突《ちょとつ》する無謀はしない。明るいうちに庭から襲って虚を突くのが得策だ。

相楽場達は一度立ち止まり、薄暗がりの中で顔を見合わせた。

相楽場が胸を叩けば、全員が倣って胸を叩いた。

熱いものが込み上げてきた。

それを力に、相楽場は広い日本庭園の方に走り出た。

走り出てそして――、動けなくなった。

庭園のど真ん中で、遠くに輝くスカイツリーを見上げながら、アイス・クイーンが立っていた。

「なっ」

思わず声が漏れた。

ゆっくり、小田垣観月がこちらを向いた。

室内からの明かりに、表情はどこか愁《うれ》いを含んで見えた。
いや、光と闇の陰影がそう見せるだけか。
「ご苦労様」
小田垣は言って、躊躇なく近寄ってきた。
真っ直ぐに、リズミカルに、躊躇いもなく、堂々と。
避《よ》けようと思えば避けられたはずだが、出来なかった。
相楽場が動こうとする方に必ず、小田垣の視線が先にあった。
「いいの？　四分は経ったわよ」
誘いだったとしても、それが合図になった。
「うらぁっ」
一番若い新内が金属音を鳴らした。
特殊警棒だった。
唸りが袈裟懸けに弧を描いて小田垣を襲った。
だが――。
わずかな光と濃い闇の真境にあって、小田垣は自在だった。
振れど振れど、新内の特殊警棒が小田垣を捉えることはなかった。
ジャックナイフを手に田無が続き、もう一人が続き、斎藤がバタフライナイフを手に続いてさえ、小田垣はまるで樹間を流れる狭霧《さぎり》のようだった。

　実体が感じられなかった。

　手応えのなさに引かれて、相楽場もいつしか霧に巻かれた。引きずり込まれる感覚があった。

　全員が、各自で踊っているようなものだった。手踊りのようなもの、児戯だったろうか。

　踊って踊って、やがて踊りは操られるかのように一点に集約された。

　池が近かった。

　次の瞬間、

「やあっ」

　狭霧は一瞬にしてその姿を変え、音立てて巻き上げる旋風となった。

　斎藤らが次々に弾かれ撥ねられ、池に飛ばされた。

「な、なんだっ」

　最後が相楽場だった。棒立ちになって池を見ていた。

　いつの間にか、小田垣が相楽場の前に立っていた。

　気が付けば相楽場は、小田垣に両袖を摑まれていた。

「頭を冷やしなさい。身体ごと」

そんなことを言われた気がしたが、最後まで聞くことは出来なかった。

大地は突如として虚《うつ》ろとなり、上下は反転した。

「うおっ」

相楽場は何が何だかわからないまま、宙を舞った。

宙にあって次の瞬間には、バラクラバの顔から水面に叩き付けられた。

全身に刺すほどの冷気を感じ、すぐにずぶ濡れの顔を上げた。

五人全員が揃って池の中でずぶ濡れだった。全員がもう、防寒具を取っていた。

相楽場も剝ぐようにして取った。息が苦しかった。

それにしても、骨まで凍るほどの水温だった。

そんな五人をあざ笑うかのように、錦鯉が跳ねた。

池の縁に、腰に手を当てた小田垣が悠然と立っていた。

「あんな隙間からじゃなくて、堂々とインターホン押せば良かったのに。柵を越えてもいいけど」

何を言っているかわからなかった。

「アップタウンのシステム、家の中から切ってあるから。もちろん、会長に許可をもらったわよ」

「なんん、だ。なんの、話、だ」

言葉は途切れ途切れになった。歯の根が合わなかった。

「だから、あなた達はここで、私と遊んだだけ。それだけ」

「くっ」

池の中に立った。水位は腰の高さほどだった。

ゆっくり、ゆっくり縁に向かった。他の全員が同じだった。

池から上がった。今度は外気が刺すほどだった。

立てなかった。

庭に四つん這いになった。

すぐ近くに小田垣が来て、膝を突いた。

「どう。頭は冷えたかしら」

「な、なんなんだ。どうして、お前が、いるんだ」

荒垣さんと常呂さんが、心配してさ。

そんな言葉を小田垣は口にした。

ブルー・ボックスでの一連を。

二人はおそらくわざと、日本刀を振り回したと。

そうして、逮捕されたと。

捕まる代わりに、相楽場達を助けてくれと。

これからがある連中の、これからを潰さないでやってくれと。
そんなことを、小田垣は次々に口にした。
全身が震えた。
ガタガタと震えた。
震えは白い息になった。
息になって、嗚咽《おえつ》を連れた。
少し遅れて、新内がついてきた。
——なんすか。なんなんすか、そりゃあ。
やがて全員の嗚咽が、夜の静寂に不格好な合唱となった。
「それだけ泣ければ、十分じゃない」
小田垣が立ち上がった。
次の瞬間、何かが相楽場の身体を覆った。
毛布だった。
キング・ガードの社員が、順に毛布を投げ掛けていた。
小田垣の後ろに、憲伸が立っていた。
光が当たっていた。
憲伸は何故、泣いているのだろう。

「阿呆《あほ》やなあ」

〈獅子吼〉が、聞いたことがないほど穏やかだった。

「風呂、沸いとるで。鍋も出来とるわ」

憲仲は背を向けた。

「そんでな、温《ぬく》まって、話そやないか。これまでを。——いいや、そんなん、どうでもええわ」

これからの話、しよやないか。

母屋に歩く、憲仲の背中が滲んで見えた。

新内が遠吠えのように泣いた。

気が付けば、小田垣が近くにいなかった。

離れたところでスカイツリーの明かりを見上げ、小田垣は静かに立っていた。

九

二月最後の月曜日になった。

四海舗の上に広がる本郷の空は、よく晴れていた。

観月は正午過ぎになって、その中庭を訪れた。

それにしてもいい天気だった。

春陽はちょうど中庭を日向と影に分ける頃合いで、地面には陰陽のコントラストがはっきりとしていた。

数羽の小鳥が囀《さえず》り、円形の中庭はいつになく賑やかだった。

午前中、観月は東大病院だった。貫太郎の再検査も、だから成田に行く前から今日に合わせて予約を取っていた。

ついでにこの際、と言ってはなんだが、昨日の内に、この朝が夜勤明けになる牧瀬も、本人初めてとなる四海舗へ誘ってみた。

正式に、牧瀬に貫太郎を紹介しようと思ってのことだ。

牧瀬には、新ちゃんの四十九日に〈帰って〉きた貫太郎と、顔を合わせる資格があるだろう。観月はそう思った。

彼の日、若宮八幡の境内で新ちゃんこと、井辺新太を野辺に見送ったのは観月だけではない。

観月と、牧瀬だ。

なかなか〈陽の下〉で会わせる機会はなかったが、J分室の純也が、死人の件はどうとでもなる、どうとでもすると言った。

あの人が請け合うなら、大丈夫だろう。

——今も潜ったままの者達の列に並べてみようか。死人なのだから。なんなら、もう一度死人の処置をしてもいい。容易いことだ。逆に、魔法の杖を振って生き返らせてもいい。造作もない。

まあ、どうするのかについては、一抹の不安がないでもないが。

とにかく、牧瀬を四海舗へ誘えば、さして考えもせず来ると言った。

——じゃあ、シャワー浴びて仮眠取ってから行きます。

決して一度帰ってからと言わないところが、牧瀬らしいといえばらしい。

ブルー・ボックスの仮眠室から、四海舗へはまず、直行ということだったろう。

この日も、早めに検査が終わった貫太郎が先で、観月が二番目で、牧瀬は観月が到着したときにはまだいなかった。

四海舗では店内が無人で、松子は中庭に出ていた。

いつの間に意気投合したものか、貫太郎と差し向かいになり、円卓でお茶を飲んでいた。

「おや、来たね。遅いから、プーアル茶を出したさね。ま、サービスでいいけどね。

——あんたの注文は？」

取り敢えず条頭を十皿頼むと、松子は自分の茶器を手に、店内に戻った。

松子に代わって、観月が円卓に着いた。

「おっちゃん。この間はご免ね」

「ん？　なんだい」

「成田からの帰り。湯島に行けなくてさ」

ああ、と言って、貫太郎は茶碗を傾けた。

「なぁに。来たからって何があるわけでもねえし。――おっと、そんなことより」

手を叩き、貫太郎は椅子の脇の紙袋を円卓に載せ、観月の方に押した。

「ほらよ。帰りに買ってきてって頼まれてたやつだ」

「まっ」

ということは、成田柳屋《やなぎや》本店の〈極上羊羹 礎〉だ。

米屋の分は自分で買い求めてきた。そのときから柳屋の羊羹は貫太郎の帰りに任せるつもりでいた。

柳屋の〈極上羊羹 礎〉は大納言・栗・本煉《ほんねり》の三棹《さお》がひと箱になっていた。

紙袋を寄せて中を確認する。

十箱入っていた。

しっかりとした羊羹は、持ち重りがした。

「持ってきてくれたの。ありがとう」

「全部じゃねえよ。これで三分の一くらいだ」

貫太郎は小さく笑った。

「えっ」

「俺が買っただけじゃなくて、典明さんも用意してくれてな。絆から聞いてるからってよ。それっぽかしじゃ、あのお嬢さんには足りないでしょうってよ。ゴルダがいたから助かった。重い重いって、終始文句を言ってたけどな」

「うぅん。それって、喜んでいいのかな」

「いいんじゃねえか。減るもんじゃねえし」

「増えたけどね」

松子が観月の条頭と、新しいプーアル茶のポットを持ってきた。

松子も交え、貫太郎に成田での色々な話を聞きながら条頭を堪能する。

同量の追加の皿も注文し、さらに追加の五皿を注文する段になって、ようやく牧瀬がやってきた。

すいません出遅れましたと、やけにバタバタとやってきたが、本当に出遅れたのかは微妙なところだ。

牧瀬は手に、観月の手書きの地図を握っていた。

〈私の居場所・本郷・2〉だ。

観月が学生の頃から使っている物だが、一度で真っ直ぐ四海舗に辿り着けた者はなかなかいない。

「やあ。あんたが牧瀬さん。聞いてます」

まずは貫太郎からボルサリーノを取り、丁寧に挨拶した。

「関口貫太郎です。まあ、今はこの名前も、生きてるやら死んでるやらわかりませんが」

「あ、どうも。牧瀬です」

円卓に着くが、牧瀬は緊張顔だった。

若宮八幡の境内で、新ちゃんと観月の〈演舞〉を牧瀬は見ている。

——遠く及ばないっす。

帰り道、牧瀬は真顔でそんなことを言ったものだ。

そんな新ちゃん同様の、古柔術の使い手が目の前にいる。それも、関口の名を冠した使い手がだ。

緊張するなという方が無理かもしれない。

「どうだい。近々、手合わせするかい」

「はっ。いえ、そんな。まだまだ若輩で」

「そっちが若輩なら、こっちはロートルだよ。だから血圧と尿酸値が高ぇってよ」

「ああ。あっ、いえ。その程度なら、お歳からいえば、健康そのものかと」

「それが、それだけじゃなくてよ」

観月は、貫太郎と牧瀬の不健康自慢に目を細めた。

それにしても、いい天気だ。囀る小鳥の数が増えている。

荒垣と常呂の処分は、約束した通り大谷金太郎に任せたが、〈絶対に盛るな〉と強く気で差し込むように念を押した。

二人ともに前科はあったが、遠い昔の話だった。不幸中の幸いというべきか、荒垣も常呂も銃砲刀剣類登録証は所持していた。加えて、情状酌量の余地は大いにあるだろう。

条頭の皿に手を伸ばす。

貫太郎と牧瀬の話は、聞いているうちに成田の東堂典明の業前に移っていった。

「いや。牧瀬さんよ。あれぁ、凄ぇもんだ。師と仰ぐんなら、あんなお人がいいや。この間も、ありゃあ眼福だ。あれ以上は、この世じゃお目に掛かれねぇだろうなあ」

「それほどですか」

「それほどだった」

松子が、追加の五皿を持ってきた。

卓上の十皿目を空にし、十枚の皿を松子に預ける。

貫太郎が皿と松子の顔を、交互に見遣った。

瞧这位小姐啊，五盘肯定不够。趁现在再准备个十盘比较好吧。（このお嬢はよ、どうせ五皿じゃ足りねえだろ。今のうちからもう十皿、用意しといた方がいいんじゃねえのか）

知道啦。普洱茶还要加吗。（はいよ。プーアル茶の追加は）

嗯，来吧。泡浓点啊，我爱喝浓的。（ああ、もらおうかな。少し濃くしてくれ。俺はそっちが好きでね）

要加钱哦。（割り増しだよ）

啧。贪得无厌呐。（けっ。がめついねえ）

当然咯。我是生意人嘛。（当然さね。あたしは商売人さ）

貫太郎が流暢《りゅうちょう》な上海語を操り、松子と会話をした。

日常会話になると、さすがに観月もわからない。

牧瀬が一瞬、驚いた顔をした。

観月にしても、表情には出なかったが改めて思う感じだ。

（ああ。おっちゃんは海の向こうから来たんだっけ）

次の皿に手を出したところで、観月はふと手を止めた。

牧瀬も何かを感じたようで、表情が引き締まった。

牧瀬にとっては初めてだったろうが、観月には馴染みのものだった。

囲いの外に、少し尖った気配がいくつかあった。中庭に出るときにはなかったものだ。

気が付いたら、吹き寄せる微風のように感じられた。それも、決して暖かい風ではない。

尖って冷たく、春を感じさせない色のない気配だ。

何気なく所在を探ろうとすると引き波のように離れ、立ち上がると霧散するように静かに消えた。

「ふうん」

なんだろう、と思いつつ、直近で思い当たる節は、今はない。

「放っときゃいいんじゃねえのか。別に、大して剣呑なもんじゃなかった」

貫太郎がつまらなそうに言った。

でも、と観月が言い掛けると、貫太郎は茶碗の冷めた茶を地面に払いながら腕を広げた。

「剣術遣いと違ってな。柔術家ってのは、この腕の届く範囲。揉め事はそこまでだ。近寄ってこねえなら、届かねえなら、それでいいやな。なあ、牧瀬さん」

「えっ。あ、はっ。至言かと」

振られて牧瀬は、恐縮しきりだ。

松子がトレイを持って、中庭に出てくるところだった。

条頭を並べ、濃く淹れたプーアル茶を置く。

貫太郎が空の茶器と皿を松子に手渡した。

呐，小姐。我周围实在是烦人。上海那边不和小姐说什么吗。（なあ、小さな姉さん。俺の

周りがどうにも鬱陶しいんだが。上海から姉さんには、何も言ってこないかい）
貫太郎がまた、上海語で何かを話し掛けた。
松子が一瞬、きつい目をした。それくらいは分かった。
要是有，能说啥呢。我就是个生意人而已嘛。（あったら、なんだね。あたしはただの商売人さ）
啊，对。就是个贪得无厌的生意人。（ああ、そうだった。ただの、がめつい商売人だった）
对嘛。既然认同的话，就给我点单吧。（そうさ。そう認めたなら、注文しとくれ）
那给我来两盘条头糕。（じゃあ、俺にも条頭二皿だ）
多谢惠顾。（毎度あり）
会話を終え、貫太郎が観月の方を見た。
「お嬢。それより、あれだ」
松子とはなんの会話だったのか聞こうと思ったが、虚を突かれた感じになった。
「お嬢。成田でな。アルバイトを見つけた。このままじゃ、俺ぁ近い将来、無一文になっちまうからな」
「えっ」
「たまに通いで、典明さんの助教だ。あと、なんかよ、久し振りに警視庁からも武術教練に呼ばれたってんで、そのお供も頼まれた。大利根の親分は、さすがに来れねえらしいや」

「うわっ。それって」

平気なの、と言おうと思ったら、先回りして平気らしいぜ、と言われた。

「典明さんが言ってたぜ。どっかの分室長ってのが、警視総監に掛け合ったたって」

「ぶって！　うげっ」

牧瀬が口に入れ掛けた条頭を吐き出し、むせた。

観月でさえ、知らないうちに吐息が漏れた。

やってくれる。やってくれた。

貫太郎が、笑顔でプーアル茶を飲んだ。

観月は二十六皿目の条頭に手を伸ばした。

(それにしても、小さな姉さんって)

そのくらいの上海語は分かる。たしかに松子は、大きくはないが。

立て続けに、二十七皿目の条頭を口に入れる。

甘さと柔らかさが、この段になっても格別だった。いくらでも食べられる。

(上海か)

――僕はね、僕のネットワークでサーティ・サタンと中国を繋ぐ。つまりは、世界を繋ぐ男だ。

少し前にいきなり掛かってきた電話で、桃李がそんなことを言っていたことを思い出す。
遠い武漢の平原、遥か上海の空の下。
「まさかね」
頭を振る。
声にして振り切る。
牧瀬がまだ、がふがふと、むせていた。
「んだよ。牧瀬さん。爺さんじゃあ、あるまいし」
貫太郎が背中を擦った。
爺さんと孫、に見えなくもない。
やけに叩き上げの爺さんと、鍛えに鍛えた孫だ。
少し笑えた。
笑えるなら。
(ま、いいか)
今はいい。
今はこの場と春の陽気と、条頭を堪能する。
観月はゆっくりと、二十八皿目に手を伸ばした。

物語の流れで読む！
鈴峯紅也の警視庁JKQシリーズ
（2023.8現在。順番は刊行年月と異なる場合があります）

1　警視庁公安J
2　警視庁公安J　マークスマン
3　警視庁組対特捜K
4　警視庁組対特捜K　サンパギータ
5　警視庁組対特捜K　キルワーカー
6　警視庁公安J　ブラックチェイン
7　警視庁監察官Q
8　警視庁公安J　オリエンタル・ゲリラ
9　警視庁組対特捜K　バグズハート
10　警視庁公安J　シャドウ・ドクター
11　警視庁組対特捜K　ゴーストライダー
12　警視庁監察官Q　メモリーズ
13　警視庁公安J　ダブルジェイ
14　警視庁組対特捜K　ブラザー
15　警視庁監察官Q　ストレイドッグ
16　警視庁公安J　クリスタル・カノン
17　警視庁組対特捜K　パーティーゲーム
18　警視庁監察官Q ZERO
19　警視庁監察官Q　フォトグラフ

警視庁《けいしちよう》監察官《かんさつかん》Q《キュー》　フォトグラフ　朝日文庫

2023年8月30日　第1刷発行

著　　者　鈴《すず》峯《みね》紅《こう》也《や》

発 行 者　宇都宮健太朗
発 行 所　朝日新聞出版
〒104-8011　東京都中央区築地5-3-2
電話　03-5541-8832（編集）
03-5540-7793（販売）
印刷製本　大日本印刷株式会社

Published in Japan by Asahi Shimbun Publications Inc.

ISBN978-4-02-265110-5